Y TYWYSOG A'R DEWIN

Y Tywysog a'r Dewin

Siân Lewis

Gwasg Carreg Gwalch

Argraffiad cyntaf: 2022

ⓗ testun: Siân Lewis 2022

Cedwir pob hawl.
Ni chaniateir atgynhyrchu unrhyw ran o'r cyhoeddiad hwn,
na'i gadw mewn cyfundrefn adferadwy, na'i drosglwyddo
mewn unrhyw ddull na thrwy unrhyw gyfrwng, electronig, electrostatig,
tâp magnetig, mecanyddol, ffotogopïo, recordio, nac fel arall,
heb ganiatâd ymlaen llaw gan y cyhoeddwyr, Gwasg Carreg Gwalch,
12 Iard yr Orsaf, Llanrwst, Dyffryn Conwy, Cymru LL26 0EH.

ISBN clawr meddal: 978-1-84527-876-2

ISBN elyfr: 978-1-84524-501-6

Cyhoeddwyd gyda chymorth Cyngor Llyfrau Cymru

Cynllun Clawr: Tanwen Haf

Cyhoeddwyd gan Wasg Carreg Gwalch,
12 Iard yr Orsaf, Llanrwst, Dyffryn Conwy, Cymru LL26 0EH.
Ffôn: 01492 642031
e-bost: llyfrau@carreg-gwalch.cymru
lle ar y we: www.carreg-gwalch.cymru

Argraffwyd a chyhoeddwyd yng Nghymru

1.

Pwtyn bach o'n i pan ddaeth y Brenin Edward i Gastell Strigoil.

Roedd y brenin yn dal iawn ac yn fain, meddai 'mrawd Ronw.

Roedd Ronw wedi'i weld yn mynd heibio ar ei geffyl. Wnes i ddim. Ond y noson honno, pan o'n i'n crwydro ar lan yr afon, roedd 'na ddyn ar ben tŵr uchaf y castell, dyn tal fel hwylbren a'i wyneb yn fflam o dân. Roedd e'n troi'i ben yn ara' bach, gan edrych o'r de i'r gogledd. Y Brenin Edward oedd e. Pwy arall? Roedd e'n edrych dros Gymru gyfan. Ers marw'r Tywysog Llywelyn ap Gruffudd ddwy flynedd yn gynt, y Brenin Edward oedd piau Cymru.

Edrychodd y brenin i lawr ac, am eiliad, roedden ni'n syllu i fyw llygaid ein gilydd, y Brenin Edward ar ei dŵr a fi, Ifor ab Einion, ymhell bell oddi tano. Yna, wrth i'r brenin droi'i ben, tasgodd golau bach coch o'r llawr wrth fy nhraed, yn union fel petai gwreichionyn wedi tasgu o'i wyneb.

Yr haul oedd yn disgleirio ar geiniog arian bron ar goll yn y mwd.

Cipiais y geiniog ar unwaith, ei gwthio i fy esgid dde a rhedeg yr holl ffordd adre.

Doedd neb yn y tŷ.

Tynnais fy esgid ar ras. Roedd y geiniog yn sownd wrth fy nhroed. Crafais hi i ffwrdd a gweld wyneb y Brenin Edward yn syllu arna i o'r baw ar groen fy sawdl. Dwy lygad fel pennau hoelion. Dwy gynffon o wallt tonnog dan goron bum-pigyn. Trwyn hir, a cheg lydan-agored yn barod i weiddi.

'Cau dy ben, Edward!' dwedais mewn llais dwfn, gan wasgu fy mawd ar ei wyneb ac aros i'r siâp ddiflannu. Dyna pa mor hawdd oedd hi i gael gwared ar frenin.

Ro'n i'n dal i wasgu fy nhroed pan ddaeth Mam drwy'r drws.

'Ifor,' llefodd mewn braw. Rai wythnosau'n gynt, roedd Ronw wedi sigo ei figwrn, ac wedi methu gweithio am sawl diwrnod. 'Be sy'n bod?'

'Dim, Mam!'

'Wyt ti wedi cael dolur?' Brysiodd ata i'n llawn ffwdan.

'Na, Mam!'

'Gad i fi weld.'

'Na!'

Neidiais o'i ffordd cyn iddi afael yn fy nhroed, a llithrodd y geiniog o fy llaw. Rholiodd dros y llawr a glanio yn y gwellt wrth y drws.

Ro'n i'n disgwyl i Mam gynhyrfu'n waeth, a gweiddi, 'Ceiniog? Ble cest ti honna?'

Ond wnaeth hi ddim. Er bod pelydryn o haul yn dod drwy'r drws a'r geiniog yn wincian a wincian, sylwodd Mam ddim.

Rhedais at y drws, i ddangos bod fy nhraed yn iawn, a sefyll ar ben y geiniog. Wedyn, pan oedd Mam ddim yn edrych, rhois hi'n ôl yn slei bach yn fy esgid.

Ro'n i'n mynd i'w chadw yn fy esgid am byth.

Dyna beth fyddai Dad eisiau i fi wneud.

Gwasgu'r Brenin Edward dan fy nhroed.

Un da am chwerthin oedd Dad, ac un da am wincian. Byddai'n chwarae triciau ar Mam, ac yn wincian y tu ôl i'w chefn nes i fi a Ronw forio chwerthin. Byddai Mam yn chwerthin hefyd, bryd hynny.

Byddai Dad wedi chwerthin nes codi to'r tŷ, wrth feddwl am y Brenin Edward dan fy sawdl. Roedd Dad yn casáu'r brenin a'r Normaniaid i gyd. Lladron oedden nhw, meddai fe. Lladron oedd yn dwyn ein tir. Pan ddechreuodd Normaniaid Castell Strigoil godi wal fawr o gwmpas y castell a'i harbwr, a dwyn rhagor o dir gwyrdd, fe wylltiodd yn lân. Bob tro roedd e'n clywed clecian y cerrig, roedd e'n gwasgu'i ddyrnau a sgyrnygu. Roedd e mor ddig, allai e ddim cysgu, ac weithiau byddai'n mynd allan liw nos i grwydro'r wlad.

Y diwrnod y gosodon nhw'r garreg olaf yn ei lle, aeth Dad at y porth mawr yn y wal a'i dyrnu a gweiddi'n groch. Ddaeth e ddim adre'r noson honno. Fore drannoeth codwyd ei gorff o'r afon Gwy gan rai o ddynion y pentref.

Am wythnosau bu Mam yn troi a throsi yn ei gwely. Roedd hi'n ofni y byddai'r Normaniaid yn cipio Ronw a fi ac yn ein taflu i gell dan y castell. Felly wnes i ddim dweud wrthi 'mod i'n gwasgu'r Brenin Edward dan fy nhroed. Ddwedais i ddim wrth Ronw chwaith. Mae Ronw'n siarad gormod.

2.

Aeth dwy flynedd heibio, a'r Brenin Edward yn dal i fyw'n dawel bach dan fy nhroed. Bob nos ro'n i'n cadw fy esgidiau yn ymyl fy ngwely, yn agos i 'nhrwyn, a phob bore, ro'n i'n gwthio fy nhroed dde i mewn i'r esgid yn ofalus, i wneud yn siŵr bod y geiniog yn dal yn ei lle.

Un tro yn y gaeaf, pan oedd bwyd yn brin, bues i bron â'i rhoi i Mam er mwyn iddi gael prynu rhyw damaid. Ond y bore hwnnw, daeth Ronw adre â chorff gwiwer yn ei law. Roedd y creadur wedi rhewi'n gorn. Roedd fel torri drwy garreg, ond helpais i Mam i gael y cig o'r croen. O achos y wiwer a Ronw fe gadwais i'r geiniog.

Dro arall, ar noson chwyslyd, pan oedd y perthi'n llawn llysiau a'r cnydau'n melynu, bues i bron â thaflu'r geiniog i ffwrdd. Roedd y tywydd yn boeth ers dyddiau, a chroen pawb yn pigo dan eu tiwnigau. Roedd yn rhy boeth i gysgu, yn rhy boeth i wneud potes.

Ro'n i'n gorwedd yn y gwely'r noson honno, yn methu cysgu o achos y gwres, yn gwylio'r sêr drwy'r drws agored ac yn meddwl am drysor. Rai dyddiau'n gynt roedd un o ddynion y pentref, Meurig Fychan, wedi darganfod bwcwl ar lan y môr. Bwcwl o fetel coch oedd e, a llun plu arno. Roedd Meurig wedi'i rwbio nes oedd e'n disgleirio fel wyneb y Brenin Edward.

'Trysor y Normaniaid,' meddai gan ei ddangos yn gyflym i fi a chau'i ddwrn amdano. 'Glywaist ti'r tonnau neithiwr?'

'Naddo,' atebais. Sut gallwn i glywed y môr o'r pentref? Roedd e'n rhy bell i ffwrdd.

'Roedden nhw'n rhuo,' meddai Meurig. 'Dyna ddangos eu bod nhw'n digio wrth y Normaniaid am fod mor farus. A phan mae'r tonnau'n digio wrth y Normaniaid, maen nhw'n ysgwyd eu llongau, yn cipio trysor oddi ar eu byrddau ac yn ei adael ar y traeth i rai fel ti a fi.' Trawodd ochr ei drwyn â'i fys cam a wincian.

Chwarddais innau. Go brin fod y tonnau'n digio wrth y Normaniaid. Roedden nhw byth a hefyd yn dod â llongau i harbwr Strigoil yn llawn o gasgenni gwin. Ond pan ddwedodd Meurig bod y traeth yn lle da i gasglu trysor, gallwn i gredu hynny. Yn doeddwn i wedi ffeindio fy ngheiniog i yn y mwd ar lan yr afon?

Es i gysgu o'r diwedd, a deffro ganol nos gyda bloedd. Roedd haid o fleiddiaid yn rhuthro drwy'r drws, eu gweflau'n goch, eu hanadl fel tân, ac yn anelu am Mam â chwyrniadau erchyll yn ffrwydro o'u gyddfau. Neidiais i fyny a gafael yn fy esgidiau, yn barod i'w taflu atyn nhw.

Ond 'Shhhh!' sniffiodd rhywun yn fy ymyl.

Ronw!

'Gorwedd i lawr!' meddai 'mrawd wedyn, a rhoi proc caled i fi rhwng fy asennau nes i fi ddeffro go iawn.

Doedd 'na ddim bleiddiaid. Wedi breuddwydio o'n i. Ond roedd yr awyr yn rhuo a Mam yn gwichian am fod storm wedi codi. Roedd hi'n eistedd i fyny a'i hwyneb yn wyn yng ngolau'r mellt oedd yn gwingo heibio'r drws.

'Gorwedd i lawr,' chwyrnodd Ronw eto, gan lapio'i freichiau am ei ben i ddistewi'r daran. 'Dim ond storm yw hi.'

Dim ond storm? Disgynnodd cawod chwyrn gan ddychryn y llygod o'r waliau a rhuthro fel rhaeadr dros y to. Roedd hi'n boethach fyth, yr awyr yn llawn llwch, a'r llygod yn pitran patran. Rhuglodd rhywbeth trwm heibio'r tŷ, a byddwn i wedi mynd allan i weld beth oedd e, oni bai i Ronw gydio fel gefel yn fy mraich. Wnâi Ronw ddim trafferthu codi, hyd yn oed pe bai'r to yn disgyn ar ein pennau, ond o leia roedd e wedi achub y geiniog. Pe bawn i wedi taflu'r esgidiau, byddai'r geiniog wedi diflannu i'r nos ddu.

Gwenais ar Mam yng ngolau mellten. Ochneidiodd Mam, ond gorweddodd yn ôl ar ei gwely. Gorweddais innau, a chofio Dad yn fy rhoi i eistedd ar ei lin un noson stormus ac yn esgus ein bod ni mewn cwch ar y tonnau gwyllt.

Caeais fy llygaid a dychmygu Castell Strigoil yn cael ei gipio i ffwrdd gan y tonnau a'r dyn tal fel hwylbren yn troi ben i waered, a'r arian o'i sgrepan yn cwympo i'r môr.

Pan ddeffrais yn y bore bach roedd pobman yn dawel heblaw am Mam yn chwyrnu a 'nghalon yn curo. Gwrandewais arni'n curo'n gynt ac yn gynt ac yn gynt. Roedd hi'n dweud wrtha i am godi, felly cripiais o'r gwely heb ddeffro neb ac estyn am fy nhiwnig a fy esgidiau.

Dihangais drwy'r drws ar ras. Roedd peth mwd wedi diferu o wal y tŷ ac wedi gadael pwll ar lawr. Llithrais drwyddo fel llysywen, ac er i fi sychu fy nhraed orau gallwn i cyn eu gwthio i'r esgidiau, aeth y brenin Edward yn sownd wrth fy mys mawr. Ro'n i'n hercian, ond doedd dim amser i symud y geiniog. Tynnais fy nhiwnig dros fy mhen ac i ffwrdd â fi at y llwybr oedd yn arwain at y traeth. Ro'n i'n mynd i chwilio am drysor fel Meurig Fychan.

Roedd yr haul yn dal heb godi go iawn. Roedd hi'n ddu fel bol buwch dan y coed, ond roedd y nant fach yn llawn dŵr ac yn galw arna i'n llon. Chwarae tric oedd hi. Roedd hi wedi gorlifo dros y llwybr, ac yn y tywyllwch, cerddais yn syth i mewn i'r dŵr. Rhedodd y nant i ffwrdd dan chwerthin, ond o leia fe ges wared â'r Brenin Edward o dan fy mys mawr.

Roedd y brenin newydd nofio o dan bont fy nhroed a finnau'n stampio'r dŵr o fy esgidiau, pan glywais leisiau'n pigo'r awyr. Dringais i fyny'r llethr, ac edrych yn ôl ar Gastell Strigoil. Er mor gynnar oedd hi, roedd rhywrai'n symud ar hyd y tyrau, ac wrth i belydrau cynta'r haul gyffwrdd y waliau, agorodd y porth mawr a charlamodd rhes o geffylau i gyfeiriad y traeth.

Cyn i'r ceffylau ddiflannu o'r golwg, ro'n i wedi rhedeg yn ôl i'r coed ac yn eu dilyn tua'r môr nerth fy nhraed.

Os oedd y Normaniaid yn anelu am y traeth mor gynnar yn y bore, rhaid bod llwyth o drysor ar y tywod. Ar ôl storm, roedd y tonnau'n casglu popeth, yn eu rholio yn un rhaff hir ac yn eu taflu dan y creigiau. Dyna lle ffeindiodd Meurig Fychan ei fwcwl, yn sownd wrth wymon a darn o bren. Roedd Meurig wedi trio gwerthu'r bwcwl i un o'r Normaniaid, a chael dim byd amdano ond clusten. Byddwn i'n mynd â fy nhrysor i i dywysog o Gymro. Neu byddwn i'n ei gadw nes i fi ddod yn dywysog fy hunan.

Ro'n i'n clywed lleisiau'r Normaniaid ymhell cyn cyrraedd cwr y coed. Roedden nhw'n bloeddio. Disgynnais ar fy mhedwar a chripian dros y tir agored i fyny'r llethr gwlyb nes dod i olwg y môr.

Ar y môr, tua'r gorwel, roedd cysgod du yn siglo ar y tonnau. Tynnais fy nghwcwll dros fy nhalcen, gorwedd ar fy mol a gwthio fy nhrwyn dros ymyl y graig. Oddi tana i, â'u traed yn y dŵr, safai chwech dyn, a'u dwylo'n gylch am eu cegau, yn bloeddio dros y môr. Allwn i ddim deall gair. Roedd y Normaniaid yn siarad iaith wahanol i ni. 'Fa ton sia,' gwaeddodd un arna i unwaith. Dweud 'Dydd da' oedd e, meddai Mam.

Ar ôl gweiddi, troion nhw un glust i gyfeiriad y llong. Daeth sŵn main fel gwichian llygod dros y dŵr. Ysgyrnygodd y Normaniaid a gweiddi'n uwch fyth. Waeth iddyn nhw heb. Doedden nhw'n deall dim mwy na fi.

Gwthiais fy nhrwyn ymhellach dros y graig. Yn syth oddi tana i, roedd rhaff dew o ffrwcs. Gwingais wrth feddwl am yr holl drysor allai fod yn cuddio ynddi. Byclau, cadwyni, darnau o aur!

Doedd gan y Normaniaid ddim diddordeb yn y rhaff. Roedden nhw'n gwylio darn praff o bren yn nofio tuag atyn nhw, ei waelod yn rhacs, a darn o hwyl yn sownd wrtho. Craffais yn syn dros y tonnau. Roedd llong y Normaniaid wedi colli'i hwylbren! Doedd ryfedd fod y dynion oddi tana i'n gwylltio. Trodd un yn sydyn a rhedeg i fyny'r traeth. Gwasgais innau fy nhrwyn i'r borfa a swatio'n llonydd nes clywed sŵn ceffyl yn carlamu i ffwrdd.

Roedd gwres yr haul ar fy wyneb erbyn hyn. Byddai Mam wedi hen godi. Ar ôl y storm, byddai'r ceirch ar lawr, ac os nad awn i helpu i achub y cnwd, byddai hi o'i cho'. Heddiw fe gâi Ronw fwy o fwyd na fi. Falle na chawn i ddim bwyd o gwbl.

Llygadais y rhaff ffrwcs. Pe bawn i ond yn gallu ffeindio trysor a mynd â darn adre iddi! Ond allwn i ddim. Roedd y Normaniaid yn dal ar y traeth. Doedden nhw ddim am symud nes i'r llong ddod i'r lan. Bydden nhw yno am oriau. Chwythais yn siomedig. Doedd dim amdani ond mynd adre ar unwaith, rhedeg yn syth i'r cae ac esgus i Mam fy mod i wedi codi'n gynnar i weithio.

Mewn chwinciad ro'n i wedi llithro o olwg y Normaniaid, ac yn sgrialu i lawr y llethr gwlyb. Erbyn i fi gyrraedd ei waelod, ro'n i bron iawn yn hedfan, a phan welais bâr o lygaid coch dan y coed, allwn i ddim stopio. Plannais fy nhraed orau gallwn i yn y borfa, ond saethodd y gweddill ohona i tuag ymlaen, a tharo'n erbyn boncyff.

'Fa ton sia,' gwichiais wrth i gawod o ddŵr glaw ddisgyn ar y dyn oedd yn llechu dan y dail.

'Be?' meddai'r dyn.

Yn fy mraw sylwais i ddim fod yr ateb yn Gymraeg.

'Fa ton sia,' gwichiais eto, gan godi fy ysgwyddau rownd fy nghlustiau a disgwyl cernod neu waeth.

Arhosodd y dyn yn ei unfan.

'Beth ddwedaist ti?' gofynnodd.

'Dim.'

Snwffiodd y dyn. Roedd yr haul yn goch ar ei wyneb a'i wallt du'n glynu wrth ei ben. Roedd e'n wlyb diferu. Ac nid arna i oedd y bai am hynny. Roedd e'n drewi o ddŵr y môr.

'Cwympais i mewn i'r môr,' meddai.

Llygadais e'n ofalus. Dim ond crys a llodrau oedd amdano, a phetai e wedi cwympo, fyddai e ddim yn cuddio fan hyn dan y coed. Wedi dianc o long y Normaniaid oedd e.

'Beth yw dy enw di?' gofynnodd.

'Ifor.'

'Rho dy diwnig i fi, Ifor,' meddai, gan estyn ei law. 'Fe gei di dy dalu'n dda amdani.'

Gan bwy? Doedd ganddo ddim arian, dim gwregys na sgrepan. Ond roedd e wedi dianc o long y Normaniaid a Chymro oedd e. Felly, fe dynnais fy nhiwnig. Tynnodd yntau'i grys a'i estyn i fi yn ei lle.

Dodais y crys ar fy ysgwydd a'i wylio'n gwisgo'r

diwnig. Roedd hi'n dynn amdano. Roedd e'n ddyn mawr â chraith ar ei fraich.

'Nawr rho dy sgidiau i fi hefyd,' meddai, ar ôl llusgo'r diwnig dros ei ganol.

'Sgidiau?' Camais yn ôl a chyrlio fy mysedd traed am y Brenin Edward.

'Dy sgidiau,' meddai, a'i lygaid arna i. 'Fe gei di dy dalu'n dda. Mwy o arian nag a welaist ti erioed o'r blaen.'

Roedd ganddo lygaid blaidd, ond pan wibiodd ei law tuag ata i, ro'n i'n barod amdani. Neidiais i'r naill ochr, plymio i lawr y llwybr a rhedeg am fy mywyd. Dilynodd fi, ond dim ond am gam neu ddau. Roedd e'n droednoeth, ac roedd y llwybr yn dal yn llithrig ar ôl y glaw.

Rhedais innau'r holl ffordd adre a'r Brenin Edward yn ddiogel dan fy sawdl.

3.

Roedd Mam yn meddwl 'mod i wedi achub rhyw druan o'r nant. Roedd hi'n disgwyl amdana i, ei llygaid fel pigau'r drain a'i cheg yn agored yn barod i weiddi 'Diogyn!' ond meddalodd ar unwaith pan ysgydwais i'r crys dan ei thrwyn.

'Rwyt ti'n well na'r Normaniaid. Wnaethon nhw ddim byd i achub dy dad o'r afon,' meddai ar ôl clywed y stori, neu'r hanner stori.

Ddwedais i ddim gair am y llong. Ddwedais i ddim celwydd, chwaith. Wnes i ddim sôn am achub neb, dim ond dweud fy mod i wedi darganfod dyn yn rhynnu yn y coed. Ond rhwng bod crys y dyn wedi diferu drosta i, a finnau wedi rhedeg i'r nant ben bore ac wedi cripian dros y borfa, ro'n i'n wlyb o 'mhen i 'nhraed, felly roedd Mam yn credu'n bendant 'mod i wedi plymio i lif y nant a llusgo'r dyn allan. Gadewais iddi gredu hynny, er mwyn y dyn ac er ein mwyn ni i gyd. Roedd clustiau main gan y Normaniaid, ac, os oedd y dyn wedi dianc o'r llong, do'n i ddim am i neb wybod ei fod e'n fyw ac yn iach ac yn gwisgo fy nhiwnig i.

'Paid â brolio wrth bawb yn y pentre nawr, Mam,' rhybuddiais, achos fel arfer mae hi'n canmol Ronw a fi i'r cymylau os ydyn ni'n gwneud rhywbeth gwell na'r cyffredin. 'Peth cas yw brolio.'

Edrychodd arna i'n od, a phan rois i'r crys iddi, edrychodd arna i'n fwy od byth. Tynnodd ei bysedd dros y defnydd esmwyth a'i rwbio yn erbyn ei boch.

Ar ôl i'r crys sychu, gwisgodd Mam e dan ei thiwnig, nesa' at ei chroen.

Gweithiais yn galed am weddill y diwrnod, a'r bore trannoeth. Tynnu chwyn o'n i, yn fwd i gyd, pan welais Ronw'n dod tuag ata i. Roedd e newydd fod yn clirio'r ffos ar ymyl y cae, ac roedd ei lygaid yn llosgi llawn cymaint â rhai'r dyn yn y coed. Cydiodd yn fy mraich a fy nhynnu i'r naill ochr.

'Dwi'n gweithio!' protestiais.

'Fuest ti i lawr i'r traeth fore ddoe?' gofynnodd.

'Naddo.'

'Celwydd!'

'Na. Wir!'

'Roedd y crys yn drewi o ddŵr môr,' meddai Ronw.

'Wel, fues i ddim ar y traeth.'

Edrychodd Ronw arna i â'i lygaid yn gul. 'Pam dwyt ti ddim yn fodlon dweud wrtha i be ddigwyddodd go iawn?'

'Roedd dyn yn y coed,' atebais yn swta. 'Roedd e'n wlyb, ac fe rois i fy nhiwnig iddo. Wnes i erioed ddweud ei fod wedi cwympo i ddŵr y nant. Stori Mam oedd honno.'

Lledodd gwên slei dros wyneb fy mrawd. Un pryfoclyd yw Ronw. Mae e'n debyg i Dad, meddai Mam, ond alla i ddim credu hynny. Fi sy debycaf i Dad, er fy mod i'n fwy main a 'ngwallt yn fwy cochlyd. Fyddai Ronw byth yn gwasgu'r Brenin Edward dan ei sawdl.

'Be sy'n bod?' snwffiais.

Trawodd Ronw'i drwyn â blaen ei fys.

'Beth?' chwyrnais yn ei wyneb.

Camodd Ronw'n ôl a chwerthin.

'Mae 'na long heb hwylbren yn yr harbwr,' meddai. 'A chlywais i fod rhywun wedi dianc o'i bwrdd.'

'Pwy?'

Gwasgodd Ronw'i law dros ei geg a siarad drwy'i fysedd. 'Rhys ap Gwrgant.'

'Rhy—?' Cleciodd fy nghalon a chochais hyd at fôn fy nghlustiau.

Rhys ap Gwrgant! Do'n i ddim wedi clywed yr enw hwnnw ers tro byd. Rhys ap Gwrgant oedd arwr fy nhad. Ein harwr ni'r Cymry! Pan oedd y Normaniaid yn codi'r wal fawr, roedd Rhys wedi arwain criw o ddynion ac ymosod arnyn nhw. Roedd wedi suddo un o'r llongau oedd yn cludo cerrig. Roedd wedi disgyn fel blaidd o'r bryniau, a tharo'r Normaniaid dro ar ôl tro. Roedd ar Roger Bigod, perchennog Strigoil, gymaint o ofn Rhys ap Gwrgant wnâi e ddim mentro o'i gastell, medden nhw.

Roedd fy mochau'n dal i losgi, pan ddechreuodd Ronw ganu geiriau Dad.

'Druan â Roger Bigod
Mae wedi cael braw.
Dyna pam mae'n codi waliau
Fan hyn a fan draw.
Yno mae'n cuddio,
Y Norman bach ffôl.
Gwylia di, Roger –
Bydd Rhys ar dy ôl!'

'Paid!' chwyrnais a'i wthio i ffwrdd.

'Be sy'n bod arnat ti, frawd bach?' meddai Ronw, a thaflu'i law am fy ysgwydd. 'Dylet ti fod yn teimlo'n falch. Rwyt ti wedi rhoi dy diwnig i Rhys ap Gwrgant.'

'Sh!' Edrychais i gyfeiriad tŷ ni. 'Sut wyt ti'n gwybod mai Rhys oedd e?' Ers cwblhau wal fawr Strigoil, roedd Rhys ap Gwrgant wedi diflannu o'r Ddaear. Roedd rhai'n dweud ei fod wedi marw.

Ond 'Fe oedd e!' mynnodd Ronw. 'Clywais i'r stori

nawr gan Dafydd Foel. Roedd Rhys draw yng Ngwasgwyn yn Ffrainc yn codi byddin i ymladd dros Gymru. Cyn iddo allu arwain ei fyddin yn ôl, fe gafodd ei ddal gan y Normaniaid. Roedd e'n garcharor ar fwrdd y llong, ac oni bai am y storm, byddai mewn cell o dan Gastell Strigoil erbyn hyn… neu waeth.' Tynnodd Ronw'i fys ar draws ei wddw.

Gwthiais fy mrawd i ffwrdd go iawn.

'Pam wyt ti'n edrych mor gas?' meddai Ronw â gwên fawr. 'Rwyt ti wedi helpu i achub Rhys ap Gwrgant. Rwyt ti'n arwr!'

Gwingais, ac edrych dros fy ysgwydd. 'O'n i ddim yn gwybod pwy oedd e.'

'Ond roeddet ti'n gwybod ei fod wedi dianc o'r llong?'

Atebais i ddim, dim ond sbecian dros fy ysgwydd eto. O'n cwmpas roedd pawb wedi rhoi'r gorau i'w gwaith, a'u hwynebau'n disgleirio fel petai'n ddiwrnod gŵyl. Roedden nhw'n closio at ei gilydd, ac yn suo fel gwenyn. Roedden nhw'n dathlu dihangfa Rhys ap Gwrgant, ac yn cael hwyl am ben y Normaniaid. Edrychais am Mam. Doedd hi ddim yno.

'Dwi'n mynd adre,' sibrydais wrth Ronw.

'Iawn.' Deallodd fy mrawd, a gadael i fi fynd.

Cyn i fi gymryd dau gam, gwelais Mam yn brysio tuag

ata i, yn fy llarpio â'i llygaid. Dyw Mam ddim yn hoffi arwyr. Rhedais ati.

'O'n i ddim yn gwybod pwy oedd e,' sibrydais.

'Paid â phoeni,' meddai.

Gwasgodd ei bys ar ei gwefus, a sonion ni ddim mwy amdano.

Ond ro'n i yn poeni, ac nid yn unig am Mam. Ro'n i'n poeni am ddyn troednoeth yn dianc drwy'r coed. Roedd Rhys ap Gwrgant yn fab i uchelwr. Doedd e ddim wedi arfer cerdded heb esgidiau.

4.

Gweithiais yn galed am ddyddiau wedi hynny. Gweithiais mor galed nes bod fy mhen yn suddo rhwng fy ysgwyddau. A phob tro ro'n i'n clywed carnau ceffylau neu floeddiadau uwch na'r cyffredin, roedd fy mhen yn suddo'n is ac yn is, rhag ofn i fi weld Rhys ap Gwrgant yn cael ei lusgo heibio gan y Normaniaid.

Ro'n i wedi mynd i edrych fel hen ŵr crwm, a phan redodd Ronw ata un diwrnod, roedd ei gysgod yn hirach na 'nghysgod i, er mai fi yw'r talaf o ryw ychydig. Roedd Ronw newydd weld llong Gwasgwyn yn hwylio i ffwrdd. Roedd hi wedi cael hwylbren newydd, meddai, ond roedd ei hwyl yn hongian yn llipa, ac roedd hi'n edrych fel ci â'i gynffon rhwng ei choesau.

Gwaeddodd Ronw'r newyddion yn uchel, a lledodd gwên o wyneb i wyneb. Dechreuodd rhywun hymian cân Dad, a chyn hir roedd y caeau'n llawn hymian hapus. Roedd pawb yn siŵr bod Rhys ap Gwrgant yn ddiogel.

Codais innau fy ngên o'r diwedd. Sefais yn syth a gwasgu'r brenin Edward o dan fy nhroed.

Weithiau, wrth drwsio neu lanhau fy esgidiau, byddwn i'n rhoi'r geiniog yn fy ngheg, rhwng fy nannedd a fy moch, i'w chadw'n ddiogel rhag llygaid Mam. Bryd hynny ro'n i'n gofalu hymian yn uchel, rhag ofn i Mam ddechrau siarad â fi.

'Dyna ddyn sy'n hapus wrth ei waith,' byddai Mam yn dweud, ac weithiau byddai'n rhoi'i hesgidiau'i hun i fi i'w glanhau. A rhai Ronw hefyd!

Y diwrnod arbennig hwn, ychydig ddyddiau ar ôl i'r llong hwylio'n ôl i Wasgwyn, bues i bron â llyncu'r geiniog.

Ar Ronw oedd y bai. Roedd hi'n fin nos, a Ronw wedi bod i lawr wrth yr afon. Rhedodd adre â'i wynt yn ei ddwrn. Os bydd rhywbeth yn digwydd, mae'n rhaid iddo fe fod y cyntaf i ddweud y stori.

'Mae'r Normaniaid yn codi tŵr arall!' meddai.

'Be?' dwedais.

'Ble nawr?' meddai Mam. Roedd rhes o dyrau ar Gastell Strigoil yn barod, fel dannedd drwg yn cnoi'r awyr las.

'Ar yr ochr sy'n edrych dros Gymru,' meddai Ronw.

'Ha!' Agorais fy ngheg a theimlo'r geiniog yn dechrau llithro i lawr fy ngwddw. Tagais a chwythu. Rhedodd Ronw ata i a dechrau curo fy nghefn. Cleciodd y geiniog yn erbyn fy nannedd a sboncio'n ôl. Tagais yn waeth.

Curodd Ronw fy nghefn eto. Pwniais e yn ei frest. Roedd fy mochau'n grwn ac yn goch a dagrau'n rhedeg ar hyd-ddyn nhw.

Rhedodd Mam at y stôr o ddiod mwyar. Newydd wneud y ddiod oedd hi, ac ro'n i a Ronw wedi cael rhybudd i beidio ag yfed diferyn heblaw ein bod yn teimlo'n sâl. Ond nawr fe arllwysodd lond y llestr corn i fi.

Erbyn hyn ro'n i wedi llwyddo i boeri'r geiniog i fy llaw dde, ond pan wthiodd Mam y llestr i'r llaw honno, collais fy ngafael arni a syrthiodd y geiniog i'r ddiod.

Roedd Ronw'n gwingo fel llysywen uwch fy mhen.

'Pam mae Ifor yn cael diod? Dyw e ddim yn sâl. Dim ond tagu mae e,' cwynodd. 'Mam?'

'Rho ddiferyn iddo, Ifor,' ochneidiodd Mam.

'Hanner,' meddai Ronw, ac estyn ei law am y ddiod.

'Aros!' Symudais yn gyflym o'i ffordd. Roedd y clwt gwlyb ro'n i'n ei ddefnyddio i lanhau fy esgidiau yn sownd wrth fy llawes, a glaniodd hwnnw dros geg y llestr.

'Iych! Beth wyt ti'n wneud?' rhuodd Ronw a cheisio'i gipio oddi arna i.

'Cer i ffwrdd!' gwichiais, a tharo fy mhenelin yn ei asennau. Roedd fy llais yn dal yn gryg ar ôl yr holl dagu, a Mam yn edrych yn ofidus iawn arna i.

'Cer i ffwrdd!' gwichiais wedyn, gan dynnu'r clwt yn

dynnach dros geg y llestr a'i ddal yn ei le. 'Cer i ffwrdd neu fe fydda i'n arllwys y cyfan ar lawr.'

'Wnei di ddim!' wfftiodd Ronw.

'Fe wna i!' Lapiais fy nwy law am y llestr a dechrau'i droi dipyn bach.

Do'n i ddim wedi bwriadu'i droi'n gyfan gwbl ben i waered, a dwi ddim yn siŵr sut digwyddodd hynny. Falle bod Ronw wedi procio fy mraich, neu falle mai fi wnaeth neidio. Beth bynnag, clywais Mam yn gweiddi 'Ifor!' a Ronw'n gweiddi 'Paid!' ac wedyn gweld eu llygaid yn agor led y pen.

Roedd y llestr â'i ben i lawr.

Ond dyma beth sy'n od.

Doedd dim un diferyn o ddiod yn llifo drwy'r clwt.

Codais y llestr â'i ben i fyny a thynnu'r clwt yn sydyn. Ro'n i'n hanner disgwyl gweld y llestr yn wag a'r ddiod wedi diflannu i rywle. Ond na, roedd hi'n dal yno. Codais hi'n gyflym i 'ngheg, gwneud cylch bach o 'ngwefusau a chau fy nannedd yn dynn nes teimlo'r geiniog yn llithro yn eu herbyn. Roedd Mam a Ronw'n dal i syllu arna i. Trois fy nghefn arnyn nhw, a dal y geiniog rhwng fy ngwefusau. Wedyn, gan esgus peswch eto, poerais hi i'm llaw.

Yfais hanner y ddiod yn swnllyd a'i chynnig i Ronw. Symudodd hwnnw ddim cam.

'Sut gwnest ti hynna?' gofynnodd.

'Be?' atebais yn swta, gan feddwl ei fod wedi gweld y geiniog.

Ond 'Troi'r llestr â'i ben i lawr heb golli dim?' meddai Ronw.

Codais fy ysgwyddau, ac esgus yfed gweddill y ddiod. Cipiodd Ronw'r llestr oddi arna i ar unwaith a llyncu pob diferyn. Wedyn, gan daflu edrychiad main arna i, llenwodd y llestr â dŵr, cydio yn y darn o frethyn mae Mam yn ei ddefnyddio i godi crochan o'r tân, ei dynnu'n dynn dros dop y llestr a throi'r cyfan wyneb i waered.

Llifodd y dŵr yn syth drwy'r brethyn a rhedeg dros ei goesau.

'Dyw'r tric ddim yn gweithio gyda dŵr plaen,' snwffiodd fy mrawd, gan stampio'i draed.

'Wel, dwyt ti ddim yn cael gwastraffu diod fwyar,' rhybuddiodd Mam, a symud y ddiod o'i ffordd.

'Tria di e gyda dŵr,' meddai Ronw ac estyn y brethyn gwlyb i fi.

Rhois i ddŵr yn y llestr, tynnu'r brethyn dros ei ben, cydio'n dynn a'i droi wyneb i waered.

Heblaw diferyn neu ddau, ddaeth dim dŵr allan. Ro'n i wedi troi'r llestr â'i ben i lawr, a doedd dim dŵr yn dod allan!

Crychodd talcen Ronw, ac roedd Mam hefyd yn

gwylio'n syn. Doedd ganddyn nhw ddim syniad sut o'n i'n gallu gwneud y fath beth. Ond roedd gen i syniad.

Y geiniog oedd yn helpu.

Roedd hi wedi fy helpu i droi'r llestr ben i waered heb golli diferyn.

Ceiniog swyn oedd hi.

5.

Fore trannoeth, codais gyda'r wawr, sleifio allan, a rhedeg nerth fy nhraed i'r nant gyda'r llestr corn a chlwt glân yn fy llaw. Llenwais y llestr â dŵr, rhoi'r clwt yn dynn dros ei ben a'i droi wyneb i waered.

'A!' gwaeddais wrth i'r dŵr lifo i lawr fy nhiwnig ac i mewn i fy esgidiau. Roedd e'n oer fel rhew.

Snwffiais.

Ar gangen uwch fy mhen roedd brân yn chwerthin.

Symudais fy nhroed dde'n ara' bach i weld a oedd y brenin Edward yn dal yn fy esgid. Oedd, roedd e yno o hyd, yn nofio mewn pwdel o ddŵr. Felly, pam doedd e ddim wedi helpu i gadw'r dŵr yn y llestr?

Llenwais y llestr eto, rhoi'r clwt dros ei ben, a'i droi wyneb i waered.

Ddaeth dim dŵr allan y tro hwn. Chwarddais, tynnu'r clwt a thaflu'r dŵr i gyfeiriad y frân ddigywilydd.

Es at y nant y boreau canlynol hefyd, ac ar ôl diwrnod neu ddau ro'n i'n deall beth oedd yn digwydd.

Nid y Brenin Edward oedd yn cadw'r dŵr yn ei le,

ond clwt gwlyb. Os o'n i'n rhoi clwt sych ar ben y llestr, roedd y dŵr yn llifo'n syth drwyddo. Ond os o'n i'n rhoi clwt gwlyb ac yn ei dynnu'n dynn, roedd y dŵr yn aros yn ei le. Y brethyn gwlyb oedd yn chwyddo ac yn cadw'r dŵr i mewn. Wnes i ddim dweud wrth Ronw na Mam. Ro'n i'n bwriadu eu herio i droi llestr dŵr â'i ben i lawr. Byddwn i'n gofalu rhoi clytiau sych iddyn nhw, wrth gwrs.

Un bore bach, ro'n i'n ymarfer y tric wrth y nant. Roedd hi'n fore oer, yr haul newydd godi, a dŵr y pwll dan y geulan yn sgleinio. Ro'n i'n gwneud sioe fawr ac yn esgus bod yn ddewin, gan chwifio fy llaw fel Myrddin, ffrind y Brenin Arthur. 'Nawr dyma fi'n llenwi'r llestr â dŵr,' dwedais mewn llais dwfn, a phlygu at y pwll.

Ond wnes i byth lenwi'r llestr.

Roedd cysgod dyn yn symud dros y pwll.

Hyd yn oed cyn i fi droi 'mhen, ro'n i'n gwybod pwy oedd e. Disgynnodd y llestr o fy llaw, wrth i fi neidio'n grwn dros yr afon a dianc i fyny'r geulan. Baglais yn fy hyd a rholio i lawr y llethr yr ochr draw. Codais a rhedeg.

'Ifor!' gwaeddodd llais o'r coed.

Edrychais i ddim yn ôl.

Ro'n i'n edrych fel petawn i wedi gweld ysbryd y bore hwnnw, meddai Mam.

Do'n i ddim. Ro'n i wedi gweld person go iawn a'i enw oedd Rhys ap Gwrgant. Pam rhedais i oddi wrtho? Dwi ddim yn siŵr.

'Wyt ti'n sâl, 'te?' gofynnodd Mam.

Bues i bron â dweud 'Ydw', er mwyn cael swatio yn fy ngwely a chuddio. Ond 'Na' dwedais. 'Dwi'n iawn.' Pe bawn i'n dweud 'mod i'n sâl, byddai Mam yn mynnu nôl diod fwyar i fi, a byddai'n gweld bod y llestr ar goll. Nid yn unig ro'n i wedi dianc oddi wrth Rhys ap Gwrgant, ond ro'n i hefyd wedi colli llestr Dad. Dad oedd wedi'i gerfio o gorn ych, a doedd e ond yn cael ei ddefnyddio i roi ffisig.

'Wyt ti'n siŵr dy fod ti'n iawn?' gofynnodd Ronw wrth i ni adael y tŷ.

'Ydw,' dwedais, a chuddio fy wyneb o dan fy nghwcwll.

Do'n i ddim yn sâl. Ond roedd rhywbeth mawr yn bod arna i. Ro'n i wedi rhedeg ddwywaith oddi wrth Rhys ap Gwrgant. Byddai Dad wedi cael siom enfawr.

Chysgais i fawr ddim y noson honno. Codais yn y bore bach. Roedd y ddaear yn wyn gan lwydrew, ac wrth adael y pentref, edrychais yn ôl a gweld olion fy nhraed yn gadwyn ddu yn fy nghlymu i'r tŷ. Os oedd Rhys ap Gwrgant yn chwilio amdana i, gallai ddilyn yr olion.

Er mwyn Dad, allwn i ddim dal i guddio.

Cerddais yn bwyllog, fy nghalon yn gadarn fel morthwyl, a fy llygaid yn cribinio'r coed tywyll o 'mlaen. Camais dan y brigau, a dilyn y llwybr nes cyrraedd y pwll lle cwrddais â Rhys y diwrnod cynt. Sefais yno a gwrando.

Doedd dim yn symud ond llif sbonclyd y nant.

'Rhys!' sibrydais o'r diwedd. 'Rhys!'

Ro'n i eisiau dweud wrtho mai o achos y brenin Edward y rhedais i ffwrdd y tro cynta hwnnw. Ro'n i eisiau cadw'r brenin dan fy nhroed.

Byddai Rhys yn deall. Byddai'n chwerthin.

'Rhys!' sibrydais eto.

Ond atebodd neb. Ac wrth i lygedyn o haul gripian drwy'r coed, gwelais rywbeth yn wincian mewn cilfach gerllaw'r pwll.

Llestr fy nhad oedd e, ac roedd e'n gorwedd ar ben fy hen diwnig, yr un rois i i Rhys yn y coed.

Ddeuddydd yn ddiweddarach, pan o'n i'n casglu coed tân, daeth gweiddi mawr o gyfeiriad y pentref. Rhedodd Ronw ata i â'i lygaid fel sêr.

'Rhys ap Gwrgant!' meddai.

'Be?' Edrychais yn frysiog dros fy ysgwydd.

'Mae rhywun wedi ymosod ar y Normaniaid i fyny'r cwm. Wedi gosod maglau ar eu llwybr, ac wedi rhuthro arnyn nhw wrth iddyn nhw fynd allan i hela.' Roedd Ronw'n siarad ar gymaint o ras, roedd hi'n anodd ei ddeall. A phan atebais i ddim, gwaeddodd yn fy wyneb syn, 'Rhys ap Gwrgant! Dihangodd y Cymry i gyd, ond aiff y chwe Norman byth yn ôl i'w castell.' Pwniodd fi yn fy mraich, ac aros i fi ddweud rhywbeth. 'Wel?'

Beth allwn i ddweud? Roedd Ronw yn dal i feddwl amdana i fel arwr. Fi, y person roddodd ei diwnig i Rhys ap Gwrgant.

Ond roedd Rhys wedi rhoi'r diwnig yn ôl, yn doedd? Yn lle mynd â'r diwnig adre, ro'n i wedi'i gadael ar ben clawdd. Erbyn y bore roedd hi wedi mynd. Dwi'n meddwl i fi weld Dafydd Foel yn ei gwisgo. Un bach llipa a gwasaidd oedd Dafydd. Byddai'n cael ofn drwy'i groen petai'n gwybod ei fod yn gwisgo tiwnig fu unwaith ar gefn Rhys ap Gwrgant.

'Da iawn, Rhys,' atebais o'r diwedd, a gwenu'n gam ar fy mrawd.

6.

Ychydig ddyddiau ar ôl yr ymosodiad, daeth llwythi o gerrig mawr i lawr yr afon i harbwr Strigoil. Clywson ni'r clecian o bell wrth i'r cerrig gael eu dadlwytho a'u rhoi mewn ceirt. Roedd y Normaniaid yn paratoi i adeiladu eu tŵr newydd.

'Mae mor oer,' meddai Mam a rhwbio'i dwylo coch. 'Pam yn y byd maen nhw'n adeiladu ar dywydd fel hyn?'

'Achos bod Rhys ap Gwrgant wedi'u dychryn yn dwll,' meddai Ronw'n llon. 'Dyna pam mae'r tŵr newydd yn edrych dros Gymru. Mae'r Normaniaid yn cuddio fel llygod y tu ôl i'w waliau cerrig. Mae arnyn nhw ofn! Ond does arna i mo'u hofn nhw.' Cododd fy mrawd frigyn o'r llawr, neidio'n ôl ac ymlaen fel gwiwer ac ysgwyd y brigyn dan drwyn Mam. Esgus ymladd oedd e.

'Paid,' meddai Mam yn chwyrn, 'neu byddi di yn y castell hefyd. Mewn cell o dan y tŵr!'

'Dim ond os dalan nhw fi,' meddai Ronw.

'Mae pawb yn cael eu dal yn y diwedd,' atebodd Mam.

'Dyw Rhys ap Gwrgant ddim.'

'Dim eto.'

Winciodd Ronw arna i a gwneud hwyl am ben Mam.

'Ronw!' rhuodd Mam. 'Wyt ti'n meddwl dy fod ti'n fwy clyfar na'r Tywysogion Llywelyn a Dafydd? Ac rwyt ti'n gwybod beth ddigwyddodd iddyn nhw ar ôl herio'r Brenin Edward?'

Roedd pawb yn gwybod. Roedd Llywelyn ap Gruffudd, Tywysog Cymru, wedi cael ei ladd mewn brwydr, ei ben wedi'i dorri o'i ysgwyddau a'i arddangos yn Llundain bell. Ond, am ei frawd, roedd tynged hwnnw'n waeth o lawer. Roedd y Normaniaid wedi crogi Dafydd ap Gruffudd nes oedd e bron marw, yna wedi'i ddiberfeddu, torri'i gorff yn chwarteri ac arddangos y darnau ar hyd a lled y wlad.

'Fydda i ddim yn cael fy nal,' meddai Ronw'n bwdlyd wrth Mam, ond gollyngodd y brigyn, ac fe fuodd e'n dawel wedi hynny.

Tawelodd y clecian hefyd. Er i'r Normaniaid gael ychydig o lwythi o gerrig, wnaethon nhw ddim dechrau codi eu tŵr.

Roedd Mam yn iawn. Roedd hi'n rhy oer.

Wnaeth Ronw ddim esgus ymladd wedi hynny chwaith. Dros y gaeaf fe gwympodd mewn cariad.

Enid ferch Meurig oedd y ferch anlwcus. Roedd

Ronw'n mynnu mai hi oedd wedi cwympo mewn cariad ag e. Roedd hi'n gwneud llygaid mawr arno, meddai.

Rwtsh!

Roedd Enid yn ddel a direidus. Fyddai hi byth yn cwympo mewn cariad â chrinc fel Ronw, hyd yn oed os oedd e wedi dechrau twtio'i wallt a'i dipyn barf. Roedd wedi gwneud crib iddo fe'i hun o asgwrn buwch, a phob nos a bore byddai'n ei llusgo drwy'i fwng o wallt du. Doedd neb arall i fod defnyddio'r grib. Fel arfer roedd Ronw'n ei chuddio, ond os o'n i'n ei ffeindio, ro'n i'n ei thynnu drwy 'ngwallt, a'i gadael yn llawn o flew cochlyd.

'Tyfa i fyny,' snwffiai Ronw â'i drwyn yn yr awyr. Roedd e'n esgus bod yn ddyn.

Dyn! Roedd gan Ronw ysgwyddau mawr fel Dad, ond ro'n i'n dalach nag e!

Roedd gen i draed mwy hefyd. Fe wnes i bâr o esgidiau newydd ddechrau'r haf. Roedd yr hen rai'n gwasgu. Roedd y lledr yn yr esgidiau newydd yn llai ystwyth, a phan wisgais i nhw gynta, ro'n i'n gallu teimlo siâp y geiniog yn gwasgu i mewn i 'nhroed.

Un dydd Sul, roedd Ronw ac Enid wedi mynd am dro ar hyd y lôn tua'r afon. Yn syth ar ôl i'r ddau fynd o'r golwg, i ffwrdd â fi ar ras ar hyd y llwybr cwta drwy'r coed. Ro'n i'n mynd neidio allan o'u blaenau a rhoi braw iddyn nhw.

Wrth i fi redeg, neidiodd y geiniog yn fy esgid a gwasgu rhwng fy mys troed mawr a'r un nesa ato. Roedd hynny'n boenus, ac ar ôl cyrraedd y man lle ro'n i'n bwriadu neidio, pwysais yn erbyn coeden a thynnu fy esgid dde.

Ro'n i'n sefyll fan'ny ar un droed, pan ddaeth mynach llwyd i'r golwg rhwng y coed. Taflais y geiniog yn ôl i'w lle a gwisgo'r esgid ar ras. Does dim arian gan y Brodyr Llwyd. Maen nhw'n gorfod cardota am bob ceiniog. Ond bachgen o'n i. Fyddai'r Brawd ddim yn disgwyl arian gen i. Fe gâi wên, yn lle hynny.

Ond anghofiais bopeth am wenu – anghofiais am anadlu bron iawn – pan gododd y mynach ei ben ac edrych arna i.

'Rhys!' Neidiodd yr enw o 'ngwddw.

'Ifor!' meddai Rhys ap Gwrgant â bloedd o chwerthin llon. 'Ifor, fy ffrind!' Daeth ata i a'i lygaid yn disgleirio. 'Gadewais i dy diwnig ger y nant. Gest ti hi'n ôl?'

'Do.' Feiddiwn i ddim edrych arno.

'A'r llestr?'

'Do, diolch.' Roedd fy nghoesau'n crynu a 'ngheg yn sych. 'Do'n i ddim yn dy nabod di'r diwrnod cyntaf hwnnw yn y coed,' mwmialais.

'A phe byddet ti wedi fy nabod i, beth wedyn?'

Cipedrychais ar ei wyneb.

'Byddwn i wedi rhoi fy sgidiau i ti,' dwedais.

Gwenodd Rhys ap Gwrgant.

Codais innau fy ngên, a thynnu anadl i egluro wrtho am y brenin yn fy esgid. Ond cyn i fi ddweud gair, crynodd y llawr dan ein traed. Roedd ceffylau'n nesáu ar ras. Swation ni yn y cysgodion â'n trwynau tua'r llawr. Chwipiodd y canghennau a datgelu cip o flew llwyd. Welodd y marchogion mohonon ni. Carlamon nhw yn eu blaenau i gyfeiriad Castell Strigoil.

'Fa ton sia,' sibrydodd Rhys, pan oedden nhw'n ddigon pell i ffwrdd. Edrychodd arna i o gil ei lygad. 'Dyna'r peth cynta ddwedaist ti wrtha i. Wyt ti'n cofio?'

'Ydw,' atebais. 'Ro'n i'n meddwl mai Norman oeddet ti.'

'Wir?' Roedd golwg ddireidus yn llygaid Rhys.

'Wir.'

'*Va-t'en, chien,*' meddai Rhys. 'Cer i ffwrdd, y ci. Dyna ystyr y geiriau.'

'O!' ebychais. 'Dwedodd Mam "Dydd da"!'

Chwarddodd Rhys.

Chwarddais innau a rhoi fy nwylo'n gylch am fy ngheg. 'Fa ton sia,' chwyrnais i gyfeiriad y ceffylau.

'Sh!' Cydiodd Rhys yn fy mraich a'm tynnu'n ôl i'r cysgodion.

Roedd rhywrai'n nesáu ar hyd y lôn.

'O, mae'n iawn,' dwedais, ar ôl clywed llais Ronw. 'Fy

mrawd a'i gariad sy 'na.' Sythais fy ysgwyddau. Am sioc go iawn i Ronw – gweld fi'n camu o'r coed yng nghwmni Rhys ap Gwrgant! Ond ysgydwodd Rhys ei ben a safon ni'n dau fel llygod wrth i'r ddau fynd heibio.

Roedd Ronw'n canu! Aaa! Ro'n i'n difaru dweud ei fod e'n frawd i fi. Dyma'r gân (mewn llais fel dafad yn brefu):

'O, Enid! Mae ennyd yn teimlo fel awr,
Pan wyt ti'n mynd i ffwrdd. Ond gwranda di nawr.
Mae pob awr fel ennyd, pan wyt ti gyda fi.
Aros, o aros, fy nghariad fach i!'

Tynnais wyneb hyll iawn ac esgus taflu i fyny.

'Mae dy frawd yn dipyn o fardd,' meddai Rhys, ar ôl i'r ddau gariad fynd o'n golwg.

'Mae e'n ffŵl,' atebais. 'Er mae e'n ddigon call weithiau. Rwyt ti'n arwr mawr iddo.'

'Mae e'n gall iawn felly,' meddai Rhys â gwên. 'Ond paid dweud wrtho dy fod ti wedi 'ngweld i. Mwya i gyd o bobl sy'n gwybod cyfrinach, mwya tebyg mae'r gyfrinach o gael ei datgelu.'

Roedd hynny'n wir bob gair.

'Wna i ddim,' addewais yn llawn balchder. Fi a Rhys ap Gwrgant yn rhannu cyfrinach! 'Wyt ti'n mynd i ymosod ar Normaniaid Castell Strigoil eto?' sibrydais.

Ysgydwodd ei ben.

'Na?'

'Na,' meddai. 'Ar ôl yr ymosodiad diwetha, mae'r Normaniaid yn wyliadwrus, a does gen i ddim digon o ddynion i wneud niwed parhaol iddyn nhw.'

'Ond...' Syllais mewn braw ar ei glogyn llwyd. 'Dwyt ti ddim wedi penderfynu troi'n fynach go iawn, wyt ti?'

'Na!' Chwarddodd Rhys.

'Beth 'te?'

'Mae 'na ffyrdd eraill o daro'n ôl.'

Gwyliais ei lygaid yn troi'n fflamau o dân. Fflamau allai losgi coedwig gyfan.

'Alla i dy drystio di, Ifor ab Einion?' gofynnodd.

Fflamiodd y tân a fy llyncu'n grwn.

'Alla i?' gofynnodd eto.

Nodiais.

'Yna dere i 'nghwrdd wrth y pwll yn y nant lle gadewais i'r diwnig. Dere ben bore fory.'

Sgrialodd wenci o'r coed. Sgrechiodd wrth neidio dros fy nhroed, ac erbyn i fi edrych i fyny, roedd Rhys wedi mynd. Gwyliais ei gysgod llwyd yn toddi i'r coed.

Roedd Rhys wedi fy ngalw'n Ifor ab Einion. Roedd e'n nabod Dad.

Rhedais am adre.

7.

'Mam?'

Roedd Mam yn pwnio toes. Roedd hi mewn tymer ddrwg ac arna i oedd y bai. Ro'n i dan draed, meddai hi. A pham nad o'n i allan yn gwneud rhywbeth gwerth chweil? Dim ots ei bod hi'n ddydd Sul. Roedd hi'n gorfod gweithio, yn doedd? Un diwrnod, pan fyddai hi'n farw gorn a finnau'n gorfod edrych ar fy ôl fy hun, byddwn i'n difaru na wnes i fwy i'w helpu.

Gadewais i'r storm chwythu dros fy mhen. Newydd gyrraedd adre o'n i. Do'n i ddim o dan draed. Ond ro'n i'n gofyn cwestiynau, a doedd Mam ddim eisiau ateb. Pan dawelodd hi am foment, dwedais, 'Ti'n cofio Dad yn canu?'

'Be...?' Tagodd a phesychu dros y lle. Y blawd oedd wedi mynd i'w gwddw.

'Canu'r gân am Roger Bigod a'i wal.'

'Paid ti â'i chanu hi!' Gwichiodd Mam, a rhoi hyrddiad o beswch eto. Cliriodd ei llwnc. 'Paid ti â'i chanu hi!'

'Wna i ddim.' Arhosais i Mam fynd yn ôl at ei gwaith. 'Ond roedd Dad yn casáu'r wal, yn doedd?'

'Rwyt ti'n gwybod hynny'n iawn.' Trawodd Mam y toes yn erbyn y bwrdd, fel petai hi'n lladd pryfyn. 'Tu ôl i'r wal mae tir ffrwythlon. Mae'r Normaniaid wedi'i ddwyn oddi arnon ni.'

'Oedd Dad yn un o'r rhai...?' Oedd e'n un o'r rhai helpodd i suddo'r llong oedd yn cario cerrig? Dyna beth o'n i eisiau gofyn. Oedd e'n un o ddynion Rhys ap Gwrgant? Ond yn sydyn roedd Mam fel petai wedi llyncu pob gronyn o awyr yn y tŷ, ac yn sefyll uwch fy mhen. Chwipiodd y toes tuag ata i.

'Aw!' Gwasgais fy llaw dros fy moch. 'Pam cafodd Dad ei daflu i'r afon Gwy, Mam?' llefais. 'Ife dim ond am weiddi wrth y gât?'

'Dim ond?' llefodd hithau. 'Dim ond? Roedd gweiddi'n ddigon. Cymry ydyn ni, Ifor. Gall y Normaniaid wneud fel y mynnan nhw â ni.'

'Ie, ond...' Roedd y toes yn hedfan tuag ata i eto. Rholiais o'i ffordd a mynd am y drws.

'Ifor!' rhuodd Mam.

Trois i edrych arni hi.

'Ifor!' Torrodd ei llais. 'Paid â mynd o gwmpas y pentref yn holi. Gad hi!'

'Wna i ddim,' addewais a mynd yn ôl ati. Edrychai

mor druenus. Doedd Mam ond 'run oed â Morfudd ferch Heilyn, ond roedd Morfudd yn grwn fel afal a Mam yn esgyrnog. Roedd gan Morfudd lond pen o wallt du, ond roedd gwallt Mam yn britho.

'Cofia hyn am dy dad,' meddai. 'Roedd e'n ddyn da ac yn weithiwr da. Ac fe adawodd feibion da. Ti a Ronw. Does dim gwell clod na hynny.'

Lapiodd ei braich amdana i, gan adael patrwm o flawd.

Daeth Ronw adre dan hymian dan ei anadl. Ro'n i'n nabod y gân, ond wnes i ddim ei bryfocio na dweud 'mod i wedi'i chlywed hi o'r coed. Doedd dim hwyl arna i. Roedd gan fy mrawd dusw o flodau yn ei law. Plygodd o flaen Mam a'i roi iddi gan esgus mai hi oedd ei gariad. Wedyn rhoddodd ei fraich am ei chanol a'i chwyrlïo drwy'r drws.

Clywodd pawb Mam yn gwichian. Daethon nhw allan o'u tai a dechrau stampio'u traed a chanu. Cyfarthodd y cŵn a rhochiodd y moch. Rhedodd Enid o ben draw'r pentre â'i gwallt yn hedfan. Dawnsiodd Ronw tuag ati, ond rhedodd Enid heibio'n llawn direidi ac estyn ei llaw ata i.

'Dere,' meddai. 'Dawnsia gyda fi.'

'Na,' dwedais. 'Bydd Ronw'n rhoi cwffiad i fi.'

Roedd Ronw'n fy ngwylio â llygaid barcud. Gollyngodd Mam yn fuan wedyn a chipio Enid yn ei freichiau. Daeth Mam ata i'n llawn chwerthin, ac estynnais fy nwylo ati.

'O, na,' meddai. 'Alla i ddim dawnsio rhagor.'

Ro'n i'n falch o hynny. Do'n i ddim yn teimlo fel dawnsio. Drannoeth byddai raid i fi ddweud wrth Rhys ap Gwrgant nad o'n i ddim eisiau rhannu'i gyfrinach. Allwn i ddim, er mwyn Mam. Roedd gan Morfudd ferch Heilyn lond tŷ o blant, a gŵr. Doedd gan Mam neb ond Ronw a fi.

8.

Codais yn gynnar fore trannoeth, a phan oedd Mam yn meddwl fy mod i'n mynd i chwynnu rhwng yr ŷd, rhedais i'r coed nerth fy nhraed.

Roedd Rhys yno o 'mlaen yn sefyll yn ymyl y pwll, yn toddi i'r graig yn ei glogyn llwyd. Cyn gynted ag iddo droi i'm hwynebu, a chyn i fi gyrraedd ato, hyd yn oed, ro'n i wedi agor fy ngheg a dechrau byrlymu esgusodion. Ond ro'n i'n anadlu'n rhy drwm. Ddeallodd e'r un gair, a phan sefais yn ei ymyl, 'Fe ddoist ti, Ifor ab Einion,' meddai'n fwyn.

'Do...'

'Fel mab dy dad,' meddai Rhys, 'fyddwn i'n disgwyl dim llai.'

Tewychodd yr anadl yn fy ngwddw. Syllais ar yr wyneb bron ar goll dan y cwcwll. Roedd y ddwy lygad ddisglair yn fy ngwylio.

'Einion...' Pesychais, a thynnu fy llaw dros fy ngheg. 'Einion ap Meilyr oedd fy nhad.'

'Ie...'

'A dwi ddim yn debyg i Dad!'

'O ran golwg, na. Ond rwyt ti'n debyg iddo mewn ffordd arall.'

Triais gau fy nghlustiau. Do'n i ddim eisiau gwybod. Ro'n i wedi addo i Mam.

'Rwyt ti'n ddewin.'

'Dewin?' Chwarddais yn syn. Dewin oedd rhywun fel Myrddin yn yr hen amser. Roedd hwnnw'n gwneud i feini trwm hedfan dros y môr. Allwn i ddim gwneud i feini hedfan. Na Dad chwaith. Petai e'n gallu gwneud hynny, byddai wedi cael gwared ar wal Castell Strigoil.

'Gwelais i ti'n troi llestr o ddŵr ben i lawr un bore, heb i'r un diferyn ddianc,' meddai Rhys.

'Does dim rhaid bod yn ddewin i wneud hynny,' wfftiais.

'Oes,' meddai Rhys.

'Na! Wir!' mynnais. 'O'n i'n meddwl hynny unwaith, ond tric yw e. Os...'

'Paid â dweud gair!' Cododd Rhys ei law. 'Dyw dewin byth yn datgelu'i gyfrinach.'

'Ond...'

'Paid!' meddai Rhys. 'Bues i'n dy wylio'n fanwl.'

'Do?' Rhedodd ias i lawr fy nghefn, ond ysgydwais hi i ffwrdd. Am faint o amser fuodd e'n fy ngwylio'r bore hwnnw? Roedd yn fy ngwylio i nawr, a'i lygaid fel dwy seren rhwng y cudynnau o wallt llwyd.

'Roeddet ti'n ymarfer twyllo, yn doeddet?'

Nodiais, gan lygadu'i farf a'i wallt. 'Ro'n i'n mynd i herio Mam a Ronw a fy ffrindiau i droi'r llestr heb golli dŵr.'

'A byddet ti wedi gwneud yn siŵr eu bod nhw'n methu?'

'Byddwn.'

'Felly rwyt ti'n ddewin. Twyllo pobl i gredu bod pethau amhosib yn bosib, dyna waith dewin.'

Syllais i'w lygaid. 'Wyt ti'n ddewin?'

'Falle.'

Disgleiriodd pelydryn o haul ar ei lygaid a gwelais fy nghysgod yn fach, fach, yn boddi ynddyn nhw. Pwy oedd Rhys ap Gwrgant? Pwy oedd y dyn hwn â'r blew llwyd. Pwy oedd y dyn welais i ar y graig y tro cyntaf hwnnw a'r dŵr yn diferu dros ei wallt du? Pwy oedd e?

'Roedd dy dad yn ddewin,' meddai Rhys. 'Buodd e'n ymladd wrth fy ochr fwy nag unwaith.'

Llyncais y geiriau'n grwn.

'Wyddet ti ddim?'

Ysgydwais fy mhen. Do'n i ddim yn gwybod. Doedd Ronw ddim yn gwybod. A Mam? Falle. Falle ddim. Roedd Dad, y dyn mawr swnllyd gyda'i chwerthin iach a'i ganu llon, wedi'n twyllo ni i gyd.

Roedd e'n ddewin.

A finnau? Yn doeddwn i wedi sleifio o'r tŷ, fel Dad, i gwrdd â Rhys ap Gwrgant?

Ro'n i'n fab i 'nhad. Roedd e'n deimlad braf. Chwyddodd fy mrest, ac yna suddo'n sydyn, wrth i ffluwch mawr o adar godi mewn braw uwch ein pennau. Ro'n i'n troi fy mhen i bob cyfeiriad, fel aderyn fy hun, pan ddwedodd Rhys, 'Paid â phoeni. Does neb yn y coed. Normaniaid Strigoil sy wedi'u dychryn nhw.'

Roedd e'n iawn. Yr adeiladwyr oedd wrthi unwaith eto yn codi'r tŵr, eu morthwylion yn clecian a'r cerrig yn diasbedain. Y Normaniaid oedd piau'r tir, ac ers wythnosau nhw oedd piau'r awyr hefyd, nhw a'u sŵn.

Disgynnodd yr adar yn ôl i'r coed, a chlywais fy llais yn dweud wrth Rhys, 'Os wyt ti eisiau help i daro'r Normaniaid, fe helpa i di, os galla i wneud hynny heb i Mam wybod.'

'Wnei di?' Dododd Rhys ei ddwylo ar fy ysgwyddau.

'Gwnaf,' atebais yn gadarn. 'Fe helpa i di i falu waliau ac ymosod ar farchogion.'

Ysgydwodd Rhys ei ben.

'Gwnaf,' mynnais. 'Fe helpa i di...'

'I achub Tywysog Cymru o Gastell Bryste?' holodd, ac edrych i fyw fy llygaid. 'Wnei di helpu i wneud hynny, Ifor ab Einion?'

'Be?'

'Wnei di fy helpu i achub Tywysog Cymru?' gofynnodd Rhys eto.

Tynnais anadl. Rhys druan! Roedd e wedi bod yng Ngwasgwyn yn rhy hir! Doedd e ddim yn deall. Mab y Brenin Edward oedd ein tywysog nawr. Roedd y brenin wedi cynnig ei blentyn bach yn dywysog i ni'r Cymry. Doedd dim angen achub hwnnw o unman.

Ond 'Wfft i fab Edward,' meddai Rhys, cyn i fi ddweud gair. 'Wfft iddo, Ifor! Llywelyn, mab Dafydd ap Gruffudd, yw gwir Dywysog Cymru. Lladdwyd ei dad gan y Normaniaid bedair blynedd yn ôl, ac ers hynny mae Llywelyn yn garcharor ym Mryste.'

'Ac rwyt ti'n mynd i'w achub e?'

'Ydw.'

Gwasgodd Rhys ei fysedd i 'nghroen, cyn gollwng ei afael yn sydyn a throi'i gefn arna i.

'Nawr wyt ti am fy helpu i, Ifor ab Einion?' gofynnodd.

Syllais ar ei gysgod ar ddŵr y pwll. Roedd ei lygaid ar gau. Roedd e am roi cyfle i fi redeg i ffwrdd.

Ond ro'n i wedi rhedeg yn rhy aml. Wnawn i ddim rhedeg y tro hwn.

'Ydw,' dwedais, a gwasgu'r Brenin Edward dan fy nhroed.

9.

Neidiodd pysgodyn bach yn grwn o'r pwll. Crynodd y dŵr, a diflannodd y cysgod. Syllais i wyneb y dyn go iawn.

Rhys ap Gwrgant, arwr fy nhad.

Rhys ap Gwrgant oedd yn gofyn i fi ei helpu i achub tywysog.

'Dwi wedi bod yn cynllunio hyn ers dwy flynedd,' meddai. 'Ddwy flynedd yn ôl fe adewais i Gymru, a mynd i Ffrainc i ddysgu bod yn Ffrancwr. Ffrangeg yw iaith y Normaniaid, fel rwyt ti'n gwybod. Yn ystod y ddwy flynedd dysgais siarad yr iaith yn rhugl. Bues i hyd yn oed yn ymladd dros frenin Ffrainc. Ro'n i'n un o griw o hurfilwyr fuodd yn ymladd yn erbyn yr Aragoniaid ym mynyddoedd y de. Roedd hi'n frwydr a hanner. Roedd llawer mwy ohonyn nhw nag ohonon ni.'

Cododd Rhys ei fraich dde a gadael i lawes ei glogyn ddisgyn tuag at ei ysgwydd. Ar hyd y fraich rhedai craith goch.

'Roedd fy nghyfaill gorau newydd syrthio wrth fy

nhraed, pan neidiodd Aragonwr tuag ata i a rhwygo fy mraich. Fy mraich dde! Y fraich oedd yn dal y cleddyf. Roedd y gwaed yn llifo a 'mraich yn gwanhau, ond meddyliais am Gymru, Ifor. Cydiais yng ngharn fy nghleddyf â'm dwy law a rhuo enw Llywelyn. Cododd yr Aragonwr ei ben i edrych arna i, ac fe laddais i e a dianc. Nawr, edrych.' Tynnodd ei fys ar hyd y graith fain, hir. Ar ei gwaelod, uwchben yr arddwrn, roedd siâp fel pig aderyn. 'Ti'n gweld sut mae'n ffurfio siâp tafod draig?'

'Ydw!' Roedd y tafod yn gwingo fel peth byw dan ei fysedd.

'Y ddraig,' meddai Rhys. 'Arwydd brenhinoedd Cymru! A'i dafod yw fy arwydd i! Pan welais siâp tafod y ddraig, ro'n i'n gwybod y down ni'n ôl i Gymru'n fyw. A dwi'n gwybod yr achubwn ni'r Tywysog Llywelyn o Gastell Bryste, Ifor!'

Llifodd y tân i fy nghalon. Gwenais mewn cyffro. 'Gwnawn! Dwi'n gallu ymladd. Dwi wedi ymarfer â ffyn. Os ca i gleddyf go iawn...'

'Fydd yna ddim ymladd,' meddai Rhys. 'Allwn ni ddim ymladd ac ennill. Dau ohonon ni yn erbyn yr holl Normaniaid? Fyddai gyda ni ddim gobaith. Felly bydd raid i ni eu twyllo. Ac i dwyllo mae'n rhaid i ni fod yn gyfrwys, yn glyfar a'r un mor ddewr â phetaen ni'n ymladd â chleddyf.'

Sobrais. 'Ydyn ni'n mynd i fod yn fynachod 'te?'

'Nid mynachod,' atebodd Rhys, 'ond dewiniaid. Dewiniaid sy'n canu.'

'Canu!' Crychais fy nhrwyn a meddwl am Ronw.

'Pan o'n i'n fachgen ifanc, yn llys fy nhad, roedd beirdd yn dod yno i ganu i ni a dweud stori,' meddai Rhys yn frwd. 'Gwelais i bobl felly yn Ffrainc. Yn y de roedd 'na gantorion o'r enw trwbadwriaid yn mynd o le i le. Fe fyddwn ni'n drwbadwriaid, Ifor. Dyna sut awn ni i mewn i Gastell Bryste.'

Gallwn i deimlo curiad ei galon yn erbyn fy mraich, a churiad fy nghalon innau. Roedden nhw'n boddi sŵn Castell Strigoil.

'Ond dwi ddim yn siarad Ffrangeg,' dwedais

'Heblaw "Fa ton sia".' Chwarddodd a rhoi proc i fi. 'Dim ots! Gad ti bopeth i fi. Mae iaith y trwbadwriaid yn o wahanol i Ffrangeg y Normaniaid. Fyddan nhw ddim yn disgwyl deall pob gair. Hefyd mae canu'n llawn o bethau fel ffa-la-la-la sy'n golygu dim byd. Fe wna i ganu geiriau, ac fe gei di ganu ffa-la-la-la gyda fi.'

'Ond os bydd rhywun yn siarad â fi?'

'Gwena a pharabla'n ôl yn dy iaith dy hun, os bydd rhaid.'

'Cymraeg?'

'Nage.' Chwarddodd eto, a'r sŵn yn codi o wadnau'i

draed fel bwrlwm y nant. 'Iaith hollol wahanol. Iaith dewin, Ifor! Alacasam! Abracadabra! Iaith heb 'ch' nac 'll' nac unrhyw sŵn sy'n rhy debyg i'r Gymraeg. Iaith lle does neb yn deall y geiriau ond ti. Ond paid â phoeni. Bydda i'n gwisgo'n fwy crand na ti, a does neb yn siarad â gwas pan fydd y meistr o gwmpas. A chofia fod gan ddewin gyfrinachau. Mae e'n gwybod mwy na'r bobl o'i gwmpas. Dyna sut mae dewin wastad yn ennill.' Trawodd ei ddwrn yn erbyn ei law.

Gwasgais innau fy nhroed dde yn erbyn y llawr. Roedd gen i gyfrinach. Roedd gan Dad gyfrinachau. Ac roedd e'n hoffi canu. Roedd e wastad yn canu.

'Ydy Bryste'n bell?' gofynnais i Rhys.

'Ddim yn bell iawn,' atebodd Rhys. 'Pam? Oes arnat ti ofn?'

'Na! Meddwl am Mam.'

'A!' Ochneidiodd Rhys. 'Druan â mamau Cymru. Mae Brenin Lloegr yn dwyn eu plant. Wyddost ti fod mam Llywelyn yn fyw, ac yn galaru am ei dau fab sy'n garcharorion, a'i merch fach a gipiwyd o'i breichiau a'i rhoi mewn lleiandy yn Lloegr?' Gwasgodd fy ysgwydd. 'Fe awn ni â'i phlant yn ôl iddi, Ifor.'

'Gwnawn.'

'A bydd gan Gymru dywysog eto.'

'Bydd!'

'A byddai dy dad yn falch ohonot ti, Ifor ab Einion.'

Llifodd ton o wres drwydda i.

'Fe wna i drefniadau,' meddai Rhys, 'a phan fydd popeth yn barod fe gei di air gen i. Yn y cyfamser cadw'r gyfrinach yn dy galon.'

'Fe wna i.'

'Fel dy dad.'

'Fel Dad!'

Gollyngodd Rhys ei afael arna i, a theimlais bigiad, yn union fel petai tafod y ddraig wedi neidio o'i chuddfan a 'mrathu drwy fy nhiwnig. Roedd y pigiad yn dal i ffrydio drwy fy ngwaed, pan ddiflannodd Rhys rhwng y coed.

Sefais yn llonydd am ychydig, a thynnu awyr Cymru i'm hysgyfaint nes o'n i'n fawr fel cawr. Yna trois ar fy sawdl a rhedeg am y pentref. Es i ddim adre chwaith. Rhedais yn syth i'r caeau, a phan ddaeth Mam i chwilio amdana i'n nes ymlaen, ro'n i wedi chwynnu rhych hir, wedi symud y cerrig a'u taflu i'r ffos.

'Fan hyn wyt ti,' meddai mewn rhyfeddod. 'O'n i'n meddwl...'

O'n i'n meddwl dy fod ti wedi dianc i rywle. Dyna oedd ar flaen ei thafod.

10.

Roedd hi'n iawn. Ro'n i wedi dianc i rywle. Roedd yr Ifor ab Einion go iawn wedi cilio dros dro i ogof ddirgel. Dim ond cysgod oedd yr Ifor oedd yn gweithio yn y caeau, yn chwarae cicio sach gyda'i ffrindiau, yn bwyta potes yng nghwmni Mam a Ronw.

Fel arfer, byddai Ronw wedi synhwyro bod rhywbeth ar droed. Fel arfer, roedd Ronw'n gallu sniffian cyfrinach, fel mae ci'n sniffian cwningen. Ond ers cwrdd ag Enid, roedd e wedi anghofio amdana i. Enid, Enid, Enid oedd popeth.

Ro'n i'n falch iawn o hynny, ac roedd Mam yn falchach fyth. Dros y dyddiau nesaf trodd y tywydd yn wlyb. Roedd peswch ofnadwy ar Mam ac roedd Enid wedi darganfod nyth gwenyn gwyllt ac wedi mynd i drafferth mawr i wneud ffisig iddi.

Un noson, es i adre'n chwys diferu o'r caeau, a dyna lle oedd y tri ohonyn nhw, yn eistedd wrth ddrws y tŷ, Mam ac Enid yn sgwrsio'n llon, a Ronw'n gorwedd ar lawr, ei lygaid ar gau ac yn hymian canu.

'Blerwm, blerwm, blerwm' – fel'na roedd e'n canu dan ei wynt. Ond pan agorodd ei lygaid a 'ngweld i'n syllu arno, gwaeddodd 'Ffa la la hoi hoi!' nes i Mam ac Enid neidio o'u crwyn.

'Be sy arnat ti?' meddai Mam. Yna gwenodd arna i, a dweud wrth Enid, 'Roedd llais da gan Einion, ei dad. Yn doedd, Ifor?'

'Oedd,' atebais, a gwenu'n ôl.

Doedd dim llais da gan Ronw. Dyna'r gwir plaen. Ar wahân i'r ffaith ei fod e'n canu caneuon twp, roedd e'n swnio fel brân. Gen i oedd y llais. Roedd Mam wedi dweud wrtha i droeon 'mod i'n canu fel Dad.

'Ffa la la,' canais yn uchel, ond swynol. 'Holiaci hi a ho.'

Chwarddodd rhywun y tu ôl i fi. Roedd pobl wedi dod at eu drysau ac yn sbecian arna i. Roedd Morfudd ferch Heilyn yn cario llestr o ddŵr. Yn ei chyffro, collodd ei hanner, ond fe chwarddodd yr un fath, a chyn hir roedd yr 'Holiaci hi a ho,' yn atseinio drwy'r pentref.

Fe foddon ni sŵn Castell Strigoil.

Do!

Ro'n i'n ddewin – ac yn ganwr hefyd!

Wedi hynny, bob tro roedd gen i anadl, ro'n i'n canu yn y coed a'r caeau. Weithiau roedd pobl yn canu gyda fi. Weithiau ddim.

Fe fuodd hi'n glawio am ddyddiau, nes oedd y tir yn un gors fawr a'r baw yn glynu wrth bawb. Un canol dydd, pan oedd pawb bron wedi rhoi'r gorau i'w gwaith, ro'n i'n torri brigau coeden fedwen wrth ymyl y llain ŷd, er mwyn trwsio wal bella'r tŷ.

Roedd pythefnos wedi mynd heibio ers i fi weld Rhys. Yn ystod y dyddiau cyntaf, ro'n i fel ci, fy llygaid yn gwibio i bobman gan ddisgwyl gweld clogyn llwyd a dwy lygad fel gwreichion tân yn fy ngwylio o'r cysgodion. Ond y diwrnod hwnnw, ro'n i'n cael hwyl yn ymladd â brigau'r fedwen, ac yn esgus mai'r Normaniaid oedden nhw.

'Llywelyn!' chwyrnais, gan ymosod ar gangen a'i thorri o'r bôn.

'Llywelyn!' chwyrnais, a chwifio'r gangen at y Normaniaid go iawn oedd yn hongian ar raffau oddi ar dŵr Castell Strigoil, ac yn edrych fel corynnod.

Ro'n i'n cadw cymaint o sŵn, chlywais i mo Mam yn gweiddi, ond pan drois i gyfeiriad y pentref, dyna lle roedd hi, yn chwifio'i breichiau a'i hwyneb yn goch. Roedd hi'n sefyll yn ymyl tŷ Morfudd Lwyd, a'r hen Morfudd yn sbecian arni drwy'i drws â'i phen ar dro.

'Ifor!' gwaeddodd Mam.

'Ie, Mam?' atebais mor fwyn ag y gallwn i, gan ollwng y gangen o fy llaw.

'Dwi wedi bod yn galw a galw. Dere 'ma.'

Twtiais y bwndel o ganghennau ro'n i newydd eu torri. Lapiais fy mreichiau amdanyn nhw a'u cario fel tarian yn erbyn fy mrest ac o flaen fy wyneb. Os oedd Mam yn mynd i weiddi arna i am chwarae ymladd, byddai angen rhywbeth i warchod fy nghlustiau.

Roedd ei breichiau'n dal i chwifio fel cynffonnau ceffylau yn y gwynt. Sbeciais drwy'r brigau a stelcian yn ara' bach tuag ati, gan esgus bod y brigau'n drymach nag oedden nhw.

Roedd hi'n siarad â rhywun. Allwn i ddim gweld pwy. Nid Morfudd. Roedd Morfudd yn teimlo'r tywydd gwlyb yn waeth na Mam, ac roedd hi wedi mynd yn ôl i'w thŷ.

'Ydy, mae e'n fachgen da,' meddai Mam.

Am bwy oedd hi'n siarad? Nid Ronw, gobeithio! Fyddai hynny ddim yn deg! Ro'n i wedi bod yn gweithio'n galed. A ble oedd Ronw? Roedd e wedi esgus mynd â'r moch i'r coed, a mynd ag Enid gyda fe.

Ochneidiais yn uchel i ddangos mor galed o'n i'n gweithio. Ochneidiais a chodi'r bwndel coed yn uwch yn fy mreichiau. Wrth wneud, ces glec dan fy ngên.

'Aw!' gwaeddais, a sbecian drwy'r brigau i weld a oedd Mam wedi sylwi.

Doedd hi ddim. Roedd hi'n gwenu ar y dyn oedd newydd gamu o gysgod y dderwen sy'n tyfu yn ymyl tŷ

Morfudd. Roedd e'n ddyn mawr, cydnerth ac yn swagro fel rhywun pwysig.

Meddyliais mai Norman oedd e a'i fod am roi clusten i fi – neu waeth! – am weiddi 'Llywelyn!' Gwisgai diwnig foliog a gwregys am ei ganol, a chapan du a ffitiai'n dynn am ei ben. O dan y capan llifai trwch o wallt brith, a chwifiai mwstás fel adain aderyn dan ei drwyn. Pan o'n i o fewn ychydig gamau iddo, trodd yn sydyn a'm hoelio â llygaid dewin. Llithrodd y bwndel coed drwy fy mreichiau a tharo'r llawr.

'Ifor,' meddai Mam a'i hwyneb yn ddisglair fel seren. 'Dere i gwrdd â Morus ab Adda.'

Gwibiodd fy llygaid o un ochr i'r llall. Ro'n i'n chwilio am rywun arall. Am ffŵl!

'Morus ab Adda,' meddai Mam, gan nodio at y dyn wrth ei hochr. 'Mae gyda fe rywbeth i'w ddweud wrthot ti. Mae...' Brathodd ei thafod yn sydyn ac edrych dros ei hysgwydd. Roedd y twrw rhyfedda'n diasbedain o gyfeiriad Castell Strigoil. Clec uchel a cherrig yn treiglo. Crynodd Mam. 'Gobeithio nad oes neb wedi cael dolur,' meddai, wrth i leisiau grafu'r awyr, mor gras ac aflonydd â chrawcian brain. 'Gas gen i feddwl am rywun yn cael ei daro gan y cerrig, pwy bynnag yw e.'

Ddwedais i'r un gair, dim ond syllu ar y dewin o 'mlaen. Gallwn i'n hawdd gredu'r funud honno mai fe oedd wedi dymchwel waliau Strigoil o bell, fe â'i lygaid fel mellt.

'Morus ab Adda.' Dechreuodd Morfudd Lwyd lafarganu yn ei bwthyn, gan rowlio'r enw am ei thafod, fel petai hi'n blasu sudd melys. Ers iddi fynd yn hen, dyna mae hi'n wneud. Blasu geiriau. 'Morus ab Adda. Morus ab Adda,' canodd.

Ond nid Morus ab Adda oedd y dyn o 'mlaen. Petai Morfudd wedi canu'i enw go iawn, byddai pob Norman wedi rhuthro o bell ac agos â'u cleddyfau yn eu dwylo. Ond doedd Morfudd ddim yn ei nabod, na Mam chwaith. Doedd neb yn ei nabod ond fi, er bod ei enw ar wefus pawb. Rhys ap Gwrgant.

'Ifor ab Einion,' meddai Rhys mewn llais dwfn a dierth.

'Morus ab Adda,' meddai Mam ar ei draws, gan ddod ati'i hun. 'Mae Morus eisiau i ti fynd gyda fe i Fryste, Ifor.'

Edrychais yn syn ar Rhys. Beth oedd e wedi'i ddweud wrth Mam?

'Ar long!' meddai Mam.

'Llong?'

'Mae angen help arna i, Ifor ab Einion,' meddai Rhys, gan fy hoelio â'i lygaid unwaith eto. 'Dwi'n mynd â llwyth o risgl coed i'r tanerdy ym Mryste, ac mae un o fy llongwyr wedi anafu'i goes. Dwi angen rhywun yn ei le ar frys. Rhaid i'r llwyth gyrraedd Bryste erbyn pnawn fory.'

'Dyw e ddim yn bell, Ifor bach,' meddai Mam yn fwythus.

'Dwi'n gwybod hynny!' Roedd hi'n meddwl bod ofn arna i.

'Ond os nad wyt ti eisiau mynd...'

'Mam!'

Gwenodd Mam. 'Mae e'n weithiwr da,' meddai wrth y dyn yn ei hymyl. 'Ac mae e wedi cryfhau cryn dipyn yn ddiweddar, ac aeddfedu o ran cymeriad...'

'Mam!'

'Wel, mi wyt ti,' meddai Mam. 'Roedd e'n arfer bod yn dipyn o freuddwydiwr...'

'Breuddwydiwr,' canodd Morfudd Lwyd.

'Ddoi di gyda mi, felly?' gofynnodd Rhys, gan foddi'r ddwy.

'Gwnaf,' atebais, a throi i edrych ar Mam.

Gwenodd hithau a chyffwrdd â 'moch.

'Breuddwydiwr,' canodd Morfudd Lwyd, ei llais yn codi fel edau fain, ac yn chwythu i ffwrdd ar y gwynt. 'Breuddwydiwr!'

11.

Roedd Ronw o'i go, pan ddaeth adre a chlywed yr hanes.

'Pam mae Ifor yn cael mynd i Fryste?' gofynnodd i Mam. 'Pam ddim fi?'

'Fyddet ti ddim eisiau gadael Enid, fyddet ti?' dwedais.

'Wel...' Gwgodd Ronw'n bwdlyd.

'Bydda i'n dweud wrthi! Bydda i'n dweud wrthi fod yn well gen ti Fryste na hi.' Cymerais arna i redeg at y drws.

'Ca' dy ben,' meddai Ronw. 'Dyw Bryste ddim yn bell. Dim ond am ddiwrnod neu ddau fyddwn i i ffwrdd, ontefe, Mam?'

Edrychais ar Mam.

Dwedodd Mam yn ofalus, 'Yn ôl Morus, byddan nhw i ffwrdd am rai dyddiau. Ti'n gweld, mae Morus yn mynd â llwyth o risgl coed i Fryste ar ran mynachod Abaty Tyndyrn. Mae pobl Bryste'n defnyddio'r rhisgl i liwio lledr.'

'Ie, ond dyw Morus ddim yn mynd i liwio'r lledr, yw e?' meddai Ronw'n ddiamynedd.

'Na...'

'Felly bydd e'n gwerthu'r rhisgl a dod yn ôl yn syth.'

Ro'n i'n dechrau anesmwytho. Beth petai Ronw'n perswadio Mam i adael iddo fynd yn fy lle? Fe oedd yr hynaf o dair blynedd, wedi'r cyfan.

'Dwedodd Morus "ychydig ddyddiau"!' mynnais.

'Mae Morus yn gorfod trafod â'r prynwyr faint maen nhw'n fodlon ei dalu, a faint o lwyth fyddan nhw angen y tro nesa,' meddai Mam. Roedd hi'n swnio fel petai hi'n gwybod popeth am brynu a gwerthu, ond doedd hi ddim. Doedd hi erioed wedi bod ym marchnad Strigoil, hyd yn oed. Ers marw Dad roedd arnon ni i gyd ofn mynd yno.

'Ta beth, fi sy'n mynd i Fryste. Gofyn i fi wnaeth Rhys...' Tagais. '...ab Adda. Ontefe, Mam?' Ro'n i wedi cochi nes bod y chwys yn rhedeg i lawr fy wyneb. Ro'n i'n disgwyl i Mam neu Ronw weiddi 'Rhys?' ond wnaethon nhw ddim. Roedd Ronw'n rhy brysur yn cwyno a Mam yn rhy brysur yn rhyfeddu at y ddau ddarn arian ar y bwrdd o'i blaen.

Rhys oedd wedi'u gwasgu i'w llaw cyn gadael. Darnau bach pitw iawn oedden nhw, gydag ôl cnoi ar eu hochrau, ond roedden nhw'n fwy o arian nag a gafodd Mam erioed.

'Ie,' meddai Mam. 'Falle cei di gyfle'r tro nesa, Ronw. Fe gaiff Ifor air â Morus.'

Morus, Morus, Morus. Ro'n i'n llafarganu'r enw yn fy mhen. Roedd raid anghofio'r Rhys. Morus, Morus, Morus oedd ei enw nawr.

'Morus!' poerodd Ronw. 'Morus! Pa fath o enw yw hwnnw?' Cuchiodd arna i. 'Ife Norman yw e?'

'Mae e'n siarad Cymraeg, y crinc!'

'Wel, sut bydd e'n siarad â phobl Bryste 'te?'

'Am ei fod yn ddewin!'

Dyna fi wedi'i dweud hi, ond chwerthin wnaeth Mam, a snwffian wnaeth Ronw.

Es innau allan drwy'r drws. Cerddais heibio i gefnau'r tai, ac i fyny'r llethr. Roedd y defaid yn swatio dan y coed, a ruban o haul gwan yn disgleirio ar eu gwlân. Trois innau fy nghefn at yr haul, a gwylio fy nghysgod hir, hir yn ymestyn i gyfeiriad yr afon Gwy.

Oddi tana i roedd y pentref yn swrth ac yn dawel. Cyn hir byddai pawb yno'n cysgu. Ond fyddai 'nhad ddim yn cysgu ar adeg fel hon, a do'n innau ddim chwaith. Chwyddais fy mrest ac estyn fy mreichiau ar led.

Ro'n i'n mynd i achub Tywysog Cymru.

12.

Roedd Mam wedi rhoi darn o fara yn barod yn fy sgrepan. Codais y sgrepan a chripian o'r tŷ.

Do'n i ddim wedi aros i'r haul godi. Do'n i ddim wedi aros i Ronw a Mam ddeffro chwaith. Cripiais drwy'r pentref dan olau lleuad fain a chawod o sêr. O leia roedd hi'n sych. Cripiais heibio i ddrysau agored a chlywed y gwres o'r tu mewn a'r oglau chwys. Chwyrnai cŵn yn eu cwsg, a phesychai anifeiliaid yn y caeau. Yn y pellter roedd Castell Strigoil hefyd yn cysgu. Dan olau'r lleuad edrychai ei waliau fel dŵr. Ryw ddydd fe gaen nhw eu hysgubo i ffwrdd. Ro'n i'n siŵr o hynny. Fi oedd Ifor ab Einion, y dewin. Fi oedd mab fy nhad. A fi oedd piau'r bore.

Doedd dim sŵn yn unman ond sŵn fy nhraed yn brysio'n ysgafn, ysgafn tuag at yr afon. Pan gyrhaeddais ei glannau, roedd hi'n fwy swnllyd na fi, yn llawn glaw, a llawn sêr. Petawn i'n gallu cerdded ar sêr, byddwn i wedi rhedeg lan y Gwy i'r man lle'r oedd Morus yn disgwyl amdana i. Ond roedd hynny'n amhosib, a doedd dim amdani ond dilyn y llwybr drwy'r coed.

Cyn hir roedd y wawr yn torri uwch fy mhen, a'r adar yn dechrau cyffroi rhwng y brigau. Tasgodd carlwm o'r llwyni a dianc i lawr y llwybr. Ymhen eiliad, sgrechiodd a sgrialu'n ôl tuag ata i a phelydryn o haul yn disgleirio ar ei ddannedd. Craffais innau i'r pellter a gweld cysgod ar ymyl y llwybr, cysgod talach na chawr a duach na'r coed.

Tynnais fy nghwcwll i lawr dros fy wyneb a chripian yn nes.

'Ifor?'

Neidiodd fy nghalon. 'Dad?'

'Ifor!'

Rhedodd chwys dros fy nhalcen. Ro'n i'n drysu. Llais Morus oedd e.

Eisteddai Morus ar geffyl mor ddu â'r nos. Gwyntais arogl tew'r anifail, teimlo brathiad ei gynffon, a gweld fflach ei lygaid.

'Fe ddoist ti,' meddai Morus.

'Fel ro'n i wedi addo,' atebais.

'Fel mab dy dad.' Gwenodd, a disgyn yn esmwyth o'r cyfrwy. 'Lan â ti felly.'

Estynnodd yr awenau i fi. Cydiais ynddyn nhw'n dynn. Do'n i ddim yn uchelwr fel Morus ab Adda. Do'n i erioed wedi marchogaeth.

'Dwyt ti erioed wedi bod ar gefn ceffyl?' meddai Morus yn syn.

'Na.'

'Dere,' ochneidiodd. 'Fe helpa i di. Rho dy droed yn y warthol. Troed chwith!'

Cydiodd yn fy mraich a dodais innau fy nhroed yn yr hanner cylch o haearn.

'Nawr cwyd dy goes arall yn sionc, fel petaet ti'n dringo dros wal. A!' Baglodd tuag yn ôl wrth i fi ei gicio yn ei frest.

Disgynnais ar gefn y ceffyl a phlannu 'nhrwyn yn ei fwng. Aeth y ceffyl o'i go. Taran oedd ei enw, ac roedd e mor fygythiol â tharan. Byddai wedi fy nhaflu i'r llawr, oni bai bod Morus wedi cydio yn y darn lledr am ei ben. Gwthiais fy hun i fyny a'r ceffyl yn gwingo oddi tana i. Roedd ei ben ar dro a'i lygaid yn wyllt.

'Llacia dy afael yn yr awenau,' meddai Morus. 'Paid â thynnu mor galed.'

Llaciais fy ngafael. Ysgydwodd y ceffyl ei ben a'i glustiau.

'Nawr eistedd yn llonydd,' siarsiodd Morus. 'Dwi'n mynd i nôl Nudd, fy ngheffyl i. Fydda i ddim chwinciad.'

Allwn i ddim eistedd yn llonydd. Cyn gynted ag i Morus ein gadael, neidiais i a'r anifail.

'Rwyt ti'n ddewin,' meddai Morus dros ei ysgwydd. 'Felly sytha dy gefn a dwed wrth dy hun. "Dwi'n farchog. Dwi'n farchog llawn cystal â'r Normaniaid".'

'Dwi'n farchog. Dwi'n farchog,' sibrydais dan fy ngwynt, a phob gair yn sboncio fel broga yn fy ngwddw. 'Dwi'n farchog. Dwi'n farchog.'

Roedd Morus wedi diflannu rhwng y coed. Symudodd Taran ei garnau'n anniddig. Chwythodd a dechrau symud yn ei flaen.

'Aros,' erfyniais, a mwytho'i flew. 'Aros, Taran bach!'

Gweryrodd y ceffyl yn flin, ond fe arhosodd. Nid gwrando arna i oedd e chwaith. Roedd ceffyl arall yn gweryru dan y coed. Ysgydwodd y brigau a daeth Morus i'r golwg yn tywys ceffyl llwydwyn â stribed wen ar ei dalcen. Yn ei law arall roedd sach. Taflodd y sach dros gefn yr anifail a dringo i'r cyfrwy'n chwim.

'Dilyn di a bydd popeth yn iawn,' galwodd, a dechrau symud yn hamddenol i lawr y llwybr.

Symudodd Taran ar ei ôl, ling-di-long. 'Dwi'n farchog. Dwi'n farchog,' sibrydais dan fy ngwynt. Cyn hir doedd dim raid i fi sibrwd o gwbl. Ro'n i'n farchog go iawn, yn symud yn dalsyth fel brenin. Trueni nad oedd Ronw ddim yno i 'ngweld i. Ond wedyn ro'n i'n falch nad oedd e ddim. Dechreuodd y ceffylau duthian. Dechreuais innau sboncio fel sach, ac erbyn i ni gyrraedd llannerch ym mhen draw'r coed, roedd fy mreichiau'n brifo ac ro'n i allan o wynt yn lân.

Yn y llannerch roedd mynachod yn eu dillad du a

gwyn yn hollti coed. Codon nhw'u pennau i'n cyfarch, heb arafu dim yn eu gwaith. Marchogon ninnau ymlaen at yr afon, lle roedd dau fynach arall yn disgwyl amdanon ni, un bach ifanc, main, ag wyneb direidus, ac un dipyn yn hŷn. Cydiodd yr un main yn awenau Nudd, a neidiodd Morus o'r cyfrwy.

Llithrais innau o gefn Taran, â'm llygaid ar y llong fach oedd yn nythu yn erbyn glan yr afon. Llong fach, fach oedd hi o'i chymharu â llongau Gwasgwyn, ond roedd hi mor hir â'n tŷ ni. Hon oedd y llong fyddai'n fy nghludo o olwg fy nghartref, ac ymhellach nag a fues i erioed o'r blaen. Edrychai'n gysurus fel plisgyn wy, ac eto'n llawn antur. Cododd aderyn o'r hwylbren a hedfan tua'r dwyrain i lygad yr haul. Hedfanodd fy nghalon gydag e, i Fryste, i achub tywysog.

'Ifor.'

Roedd tri phâr o lygaid yn fy ngwylio.

'Mae'r llanc yn breuddwydio,' meddai'r mynach hŷn yn fwyn.

'Hon yw ei fordaith gyntaf,' meddai Morus gan chwerthin.

'A! Rhwydd hynt i ti, felly.' Gwenodd y mynach. Y Brawd Ioan oedd ei enw. 'Dere i ni gael mynd ar fwrdd y llong.'

Cymerodd Brynach, y mynach bach, awenau Taran, a

rhedais innau'n sionc at y llong. Camais ar ei bwrdd yr un mor sionc. Ond roedd y llong yn waeth na cheffyl! Stranciodd dan fy nhraed, ac oni bai i Ioan gydio yn y fy mraich, byddwn i wedi disgyn yn glwt ar lawr.

'W! Coesau brwyn!' galwodd Brynach wrth fy nghefn.

Er syndod i fi, roedd e'n arwain Taran a Nudd at y llong. Y tu ôl iddyn nhw cerddai Morus â'i sach dros ei ysgwydd.

Dychrynodd y ceffylau wrth gerdded dros y lanfa, a dychryn yn waeth fyth, pan grynodd y llawr dan eu traed. Gwasgais yn erbyn yr ochr, wrth i Brynach eu harwain at gefn y llong gan sibrwd yn eu clustiau.

Aeth Morus i'r pen arall. Gollyngodd ei sach ar ben y llwyth o risgl coed, a mynd i sefyll o flaen yr hwylbren, ei gefn tuag aton ni, ei goesau ar led a'i ddwylo ar ei gluniau. Morus ab Adda, meddyliais. Ie, Morus ab Adda oedd hwn. Doedd e ddim byd tebyg i Rhys ap Gwrgant. Doedd e ddim yn debyg iawn i'r Morus fu'n siarad â Mam, chwaith. Roedd hwn yn fwy diamynedd, a'i lais a'i osgo'n fwy garw.

Roedd e'n ddewin.

Yn fy ymyl clywais Ioan yn tynnu anadl. Roedd e hefyd yn syllu ar Morus, a throdd tuag ata i, fel petai am ofyn cwestiwn. Ond cyn iddo ddweud gair, eisteddais yn sydyn ar lawr.

Roedd Morus wedi datod y rhaff oedd yn ein clymu i'r lan.

Roedd y llong yn hwylio.

13.

Cyn pen dim roedd Castell Strigoil yn llithro tuag aton ni drwy haul gwan y bore, a finnau'n cael fy nghludo tuag ato heb orfod symud cam. Hwylion ni heibio i harbwr y Normaniaid. Roedd dwy long yn dadlwytho yn yr harbwr a chert ar y lan yn llawn cerrig enfawr. Gwaeddodd rhywrai'n llon ac atebodd Morus mewn iaith estron. Edrychais dros fy ysgwydd i gyfeiriad ein pentref ni. Doedd dim i'w weld ond plu o fwg yn codi dros y coed.

'Draw fan'na mae dy gartref?' meddai llais tawel Ioan.

Nodiais yn gwta. Wrth i ni farchogaeth drwy'r coed, roedd Morus wedi fy rhybuddio i fod yn ofalus iawn wrth siarad â'r mynachod, a pheidio â datgelu dim. Roedd y Normaniaid wedi rhoi arian a thiroedd i Abaty Tyndyrn. Petai Ioan yn gwybod 'mod i a Morus ar ein ffordd i achub Llywelyn o'u dwylo, falle byddai'n mynnu bod y llong yn troi'n ôl. Neu falle'n ein bradychu i Normaniaid Castell Strigoil.

Roedd y castell ymhell uwch ein pennau, yn llygad yr haul. Petai hi'n brynhawn, byddai'i gysgod wedi'n llyncu'n grwn. Ond y bore oedd hi, a chysgod ein llong fach ni oedd yn gwasgu ar odre'r graig. Arni, safai Morus fel gwyliwr cadarn o flaen yr hwylbren, fi ac Ioan fel cawr deuben yn y canol, a Brynach a'r ceffylau'n glwstwr y tu ôl i ni. Codais fy llaw a'i gwylio'n estyn am y castell.

Doedd neb yn sefyll ar waliau Strigoil. Dim milwr. Dim brenin. Gwasgais y Brenin Edward dan fy nhroed a daeth awydd drosta i i ddweud wrth Morus am y geiniog ac i egluro o'r diwedd pam y gwrthodais roi fy esgidiau iddo'r diwrnod hwnnw yn y coed. Ond cyn gynted ag i fi godi, hyrddiwyd y llong tuag yn ôl a disgynnais ar bentwr o risgl.

'Llanw'r môr yn dod i'n cyfarfod,' meddai Ioan.

Fentrais i ddim codi wedyn. Arhosais ar fy eistedd a gwylio'r afon yn tyfu'n lletach ac yn lletach bob ochr i fi, nes o'r diwedd doedd dim byd ond dŵr o'n blaen. Rhuodd y gwynt a neidiodd y môr gan boeri'i halen yn fy wyneb. Neidiodd y ceffylau'n waeth fyth, ac oni bai bod Brynach wedi clymu eu hawenau wrth gylchoedd yn y llawr, a rhoi'i freichiau am eu hysgwyddau, bydden nhw wedi taflu eu hunain dros yr ochr i'r tonnau.

Roedd y llong yn codi ac yn plymio, yn codi ac yn plymio. Trodd Morus i weld a o'n i wedi dychryn. Do'n i ddim. Chwarddais mewn cyffro. Do'n i ddim wedi dychryn o gwbl, er bod yr ewyn yn tasgu a'r llong yn strancio. Sawl gwaith o'n i wedi gweld llong ar y môr ac wedi dychmygu bod arni? Nawr, ro'n i'n llongwr fy hun, er yn llongwr diog. Roedd Ioan yn gofalu am yr hwyl, Brynach yn gofalu y ceffylau, a finnau'n gwneud dim ond edrych o gwmpas.

Roedd llong fawr yn hwylio tua'r gorllewin.

'Un o longau Gwasgwyn,' meddai Ioan.

'Wyt ti wedi bod yng Ngwasgwyn?' gwaeddais dros sŵn y gwynt. Roedd mynachod yn mynd i bobman, yn wahanol i bobl ein pentref ni.

'Nid i Wasgwyn,' atebodd Ioan, 'ond i ogledd Ffrainc.'

'A!' ochneidiais. Byddwn i wedi hoffi mynd i Wasgwyn dros y môr mawr. Roedd Dad wedi dweud stori wrtha i unwaith am fôr oedd mor llydan doedd dim posib gweld tir. Fuodd Dad i Wasgwyn? Wyddwn i ddim. Beth bynnag, doedd dim gobaith mynd i Wasgwyn y diwrnod hwnnw. Roedd Ioan yn rhoi plwc i'r hwyl ac yn ein troi tua'r dwyrain.

Y tu ôl i fi roedd y ceffylau'n gweryru'n drist, a dechreuodd Brynach hymian cân iddyn nhw. Un o ganeuon y mynachod oedd hi, a hymiodd Ioan gyda fe. Pwysais innau dros ochr y llong, a gwylio'r tir yn cau amdanon ni fel safn neidr fawr. Cyn hir, roedden ni'n hwylio i fyny afon unwaith eto a llong yn dod i'n cwrdd. Roedd hi'n fwy o lawer na'n llong ni ac yn symud yn rhwydd ar y llif. Edrychodd ei morwyr i lawr a gweiddi cyfarchiad yn iaith y Normaniaid. Atebodd Morus. Atebodd Ioan hefyd. Daliodd Brynach ati i ganu ac i gydio'n dynnach yn y ceffylau, oedd wedi dychryn yn waeth nag erioed wrth weld y cysgod mawr uwch eu pennau.

'Wedi mynd nawr. Mae wedi mynd nawr. Wedi mynd,' canodd Brynach, gan rwbio'i ben yn eu herbyn.

Bob ochr i'r afon roedd corsydd drewllyd, a nentydd bach mor denau â llinynnau'n rhedeg ar eu traws. Yn y mwd ar lan yr afon roedd dryswch o olion traed yn arwain at drapiau pysgod yn gwingo yn y dŵr. Cylchai gwylanod uwchben. Glaniodd un ar ochr y llong a syllu arna i â dwy lygad filain, ond dihangodd â sgrech o brotest, pan gododd Ioan rwyf o'r llawr.

'Dere,' meddai'r mynach wrtha i. 'Mae angen hwb bach ar y llong. Fe rwyfwn ni gyda'n gilydd.'

'Ydy e'n gallu rhwyfo?' galwodd Brynach yn bryfoclyd.

'Fe ddysgith,' atebodd Ioan.

'Gwnaf!' dwedais innau, gan anelu edrychiad main at Brynach.

Chwarddodd y mynach bach.

'Dere draw fan hyn i fi gael dangos i ti beth i'w wneud,' meddai Ioan.

Doedd dim angen gwers arna i. Roedd rhwyfo'n hawdd. Ond, ar ôl anelu edrychiad main arall at Brynach, es i sefyll wrth benelin Ioan a'i wylio'n gollwng ei rwyf i'r dŵr, yn tynnu, a chodi. Ar ôl gwylio deirgwaith, codais y rhwyf arall a mynd i eistedd gyferbyn ag e.

'Nawr gyda'n gilydd,' galwodd Ioan. 'Barod?

'Ydw.'

'Lawr!'

Gollyngais y rhwyf dros ochr y llong a'i phlymio i'r dŵr. Ar unwaith neidiodd fel broga a thrio dianc. Cydiais yn dynnach a phlymio eto. Herciodd y llong. Plymiais yn wylltach.

'Ara' deg!' galwodd Ioan. 'Cymer anadl. Fe ailddechreuwn ni.'

Yn lle gwrando, gwasgais fy nannedd a gwthio'r rhwyf.

Siglodd cefn y llong tuag at y lan a llithrodd carnau'r ceffylau dros y llawr.

'Hei!' gwaeddodd Brynach, a brwydro i ddal ei afael arnyn nhw. 'Wyt ti'n trio mynd â ni'n ôl i Strigoil?'

'Aros nawr,' medai llais cadarn Ioan. 'Cymer bwyll.' Winciodd yn galonnog arna i. 'Mae'n bwysig ein bod yn

rhwyfo fel un. Gwranda nawr. Lawr yn ofalus. Wedyn
'nôl drwy'r dŵr – rhaid i ti deimlo'r rhwyf yn gwthio'r
dŵr – a lan. Cymer dy amser. Paid â brysio. Barod?'

Roedd fy mreichiau wedi troi'n ddarnau o bren a'r
ceffylau'n dal i gadw sŵn wrth fy nghefn.

'Hei, If!' galwodd Brynach. 'Wyt ti eisiau i Taran
gymryd dy le di? Fyddai e ddim gwaeth.'

'Brynach!' rhybuddiodd Ioan.

Dim ond chwerthin wnaeth Brynach, a chwarddodd y
ceffylau gyda fe. O leia fe wnaethon nhw sŵn bach main
yn eu gyddfau oedd yn debyg iawn i chwerthin.

Wrth i fi wasgu fy nwylo ar y rhwyf, trodd Morus i
edrych arna i â'i lygaid yn fain. Deallais y neges ar
unwaith. Dewin! Gall dewin wneud unrhyw beth.

Gall! Sythais fy nghefn.

'Barod!' dwedais yn dawel wrth Ioan.

Nodiodd y mynach a wincian eto.

'Lawr!' galwodd. Yna: ''Nôl drwy'r dŵr. Lan.'

Gall dewin wneud unrhyw beth. Mae hynny'n ffaith!
Ond mae hyd yn oed dewin yn gorfod ymarfer. Wnes i
ddim rhwyfo'n berffaith yn syth, ond fe ddysgais mewn
fawr o dro. Erbyn i ni adael y corsydd, roedd y ceffylau'n
dawel, a Brynach yn fy nghanmol. Am deimlad gwych!
Cyn bo hir ro'n i wedi anghofio am wylanod a mwd. Yn
fy nychymyg, ro'n i'n gwibio dros foroedd glas. Ro'n i'n

rhwyfo i wledydd llawn dreigiau a chamelod a llewod, a chreaduriaid nad oedd neb erioed wedi'u gweld, heblaw mynachod a storïwyr a dewiniaid.

Ac yna neidiodd y rhwyf yn fy llaw, a diflannodd y moroedd glas.

Roedd llong fach yn dod tuag aton ni a morwr yn pwyso dros ei hymyl, yn bloeddio'n groch. 'Helynt ym Mryste! Helynt ym Mryste!'

Anghofiais rwyfo'n gyfan gwbl.

'Wo!' gwaeddodd Brynach, ac ymbalfalu am ffrwynau'r ceffylau, wrth i gefn y llong ddechrau troi tua'r lan. Cododd Ioan ar ei draed, gwthio'i rwyf i'r dŵr a'i sadio.

Roedd y morwr yn dal i weiddi. Trodd Morus tuag ata i.

'Pam mae helynt?' gofynnais.

'Mae 'na wastad helynt,' ochneidiodd Morus. 'Dere. Rhwyfa.'

Edrychais ar Ioan.

Gwenodd yr hen fynach. 'Paid â phoeni,' meddai, ac eistedd unwaith eto. 'Os yw pethau'n ddrwg yn y dref, mae croeso i ti a Morus ddod yn ôl gyda ni heddi.'

'Be?' Do'n i ddim yn deall.

'Fyddwn ni ddim yn gadael tan yn hwyr y pnawn,' meddai Ioan.

Cochais at fy nghlustiau.

'Be sy'n bod?' gofynnodd yr hen fynach yn ofidus.

'Dim! Dim!' atebais ar ras. Dim ond 'mod i'n teimlo'n dwp. Tan hynny, do'n i ddim wedi meddwl sut bydden ni'n mynd adre. Allen ni ddim mynd adre ar y llong, achos byddai Llywelyn gyda ni! Cipedrychais yn gyflym ar y ceffylau, a phlymio fy rhwyf i'r afon.

Lan. 'Nôl drwy'r dŵr. Lawr. Roedd y tir agored wedi diflannu, a phob ochr i'r afon roedd creigiau tal. Lan. 'Nôl drwy'r dŵr. Lawr. Yn ôl Ioan, doedd gan yr afon hon ddim enw ond 'Afon'. Ond roedd hi fel pob afon yn y wlad. Roedd hi'n hollti mynyddoedd.

Byddai Morus a finnau yn hollti waliau Castell Bryste,

yn achub tywysog,

ac yna, wrth gwrs, yn marchogaeth adre.

14.

Ro'n i'n rhwyfo mor galed, welais i mo'r dref yn codi o'r gors, nes i Ioan ddweud, 'Bryste.'

Daliais fy ngwynt, ac am foment roedd y llong yn symud tuag yn ôl fel petai wedi cael mwy o syndod na fi. O'n blaenau roedd twmpath morgrug o dai. Do'n i erioed wedi gweld cymaint. Allwn i ddim credu bod lle i bobl anadlu yno.

'Be sy'n bod nawr?' galwodd Morus yn swta.

'Dim,' chwarddodd Ioan.

'Dim,' dwedais innau, gan gydio'n dynnach yn y rhwyf.

Nodiodd Ioan, ac ymlaen â ni, gan wthio'r llong yn ara' bach tuag at y dref oedd yn barod i'n llyncu'n grwn.

Roedd wedi sugno rhes o longau ati'n barod, rhai bach a rhai mawr. Yn eu hymyl, ar y cei, prysurai dynion yn ôl ac ymlaen, yn cario sachau a gwthio ceirt tuag at res o stordai â'u drysau'n llydan agored. Roedd yr awyr yn llawn sŵn, sachau'n disgyn, olwynion yn gwichian, a phobl yn gweiddi am y gorau. Yn gymysg â'r sŵn, roedd y drewdod rhyfeddaf, oglau chwys a mwd a charthion, pysgod a phren, pethau melys a sur, a'r cyfan yn gorwedd fel tawch ar fy wyneb. Rhwbiais fy ngên ar fy ysgwydd. Roedd ein ceffylau'n dawel, yn rhy syn i symud heblaw am ysgwyd eu clustiau. Disgynnodd casgen ar y cei a gwaeddodd y morwyr yn groch, ond dim ond closio at Brynach wnaeth Taran a Nudd.

'Fan hyn mae'n lle ni!' galwodd Ioan, a phwyntio at lanfa fach. 'Galli di stopio rhwyfo.'

Llithrodd y rhwyf o'm llaw mor sydyn nes i'n llwyth o risgl neidio a sibrwd yn eu sachau. Gwthiodd Ioan ei rwyf ei hun i'r dŵr a'n llywio tuag at y lanfa. Trawodd y llong ei thrwyn yn ysgafn ar y pren, yna troi'n ara' bach a nythu yn ei erbyn.

Cyn i Ioan ei chlymu, roedd Morus wedi neidio i'r lan. Cleciodd ei draed ar y pren, ac ar unwaith daeth gwaedd ffyrnig o ben draw'r cei, gan lyncu pob sŵn. Roedd criw'r llong nesaf aton ni ar ganol dadlwytho bwndel o wlân. Gyda phwff o wynt disgynnodd y gwlân i gert ar y lan. Estynnais innau fy ngwddw mewn braw i weld pwy oedd wedi gweiddi. Ro'n i'n meddwl ei fod yn gweiddi ar Morus. Ond sibrydodd Ioan, 'Sa'n llonydd, 'machgen i,' a nodio arna i'n galonnog.

Roedd traed trwm yn nesáu ar hyd y cei. Gwaeddodd y llais cras ac atebodd rhywun gan gwyno a phrotestio.

Gyda chlec a bloedd disgynnodd rhywbeth i'r afon.

'Helynt go iawn,' sibrydodd Ioan heb symud ei wefusau. 'Mae rhywrai wedi codi ofn ar y Normaniaid. Mae swyddogion y dref yn chwilio am derfysgwyr.'

Gwasgodd ei wefusau'n dynnach wrth i berchennog y llais ddod i'r golwg. Norman tal, gwydn oedd e, ei wallt fel yr eira, a'i lygaid mor ddu â'r nos. Brasgamodd at y cert gwlân, bygwth y certiwr, yna gweiddi dros ei ysgwydd ar ei swyddogion a phwyntio'i gleddyf at y llong yn ein hymyl.

'No! No! No!' llefodd y certiwr ac estyn ei freichiau i amddiffyn ei long, wrth i'r swyddogion ddechrau cythru tuag ati.

Ro'n i a phawb arall yn ddistaw fel y bedd, yn dal ein gwynt, yn gwrando ar ruthr eu traed, pan ddaeth bloedd sydyn o stordy gyferbyn. Gwasgarodd y swyddogion, wrth i ddyn byrdew dasgu ar eu traws, ei fraich yn troi fel olwyn, a'i lygaid wedi'u hoelio ar ddrws ei stordy.

'Haste! Haste!' gwaeddodd, ac o'r stordy stryffagliodd y bwystfil rhyfeddaf a welodd neb erioed. Bwystfil heb geg na thrwyn, na llygaid chwaith. dim ond rhes o gynffonnau coch, gwyn a du, yn tyfu o'i ben. Trawodd yn erbyn ei feistr a disgyn yn swp ar lawr.

Fan'ny fe ddadfeiliodd dan ein trwynau. Un foment roedd e'n fwystfil, a'r foment nesaf doedd e'n ddim byd ond bachgen heb flewyn ar ei wyneb, yn gorwedd ar bentwr o grwyn anifeiliaid oedd newydd ddianc o'i freichiau. Daeth gwich fach o chwerthin o 'ngheg. Allwn i ddim help!

Gorweddai'r bachgen yn bêl yng nghanol ei grwyn, a'r byrdew'n dawnsio mewn tymer uwch ei ben.

'Ffŵl! Ffŵl! Ffŵl!' gwaeddodd y byrdew a'i ddyrnau'n chwipio'r awyr.

Roedd y Norman a'i griw wedi sefyll yn stond ac yn syllu arno'n syn. Ond nawr daeth y Norman ato'i hun. Bloeddiodd ar y byrdew. Trodd hwnnw'n sydyn a chwibanodd ei ddwrn heibio i drwyn y bloeddiwr. Dechreuodd rhywun biffian chwerthin – nid fi y tro hwn! – ac agorodd llygaid y byrdew fel dwy olwyn fawr. Er ei fod yn grwn, roedd e'n sionc fel gwiwer. Sgipiodd o afael y Norman oedd yn bygwth ei dagu, a sefyll y tu ôl i'r bachgen.

Roedd y bachgen wedi cau'i lygaid yn dynn ac yn gwasgu'i ddwylo am ei fochau. Gwingodd mewn braw wrth i'r byrdew blycio un o'r crwyn o dan ei ben. Croen llwynog ifanc oedd e, yn goch ac yn esmwyth ac yn sgleinio yn yr haul. Cynigiodd y byrdew e'n anrheg i'r Norman, ond cododd hwnnw'r croen ar flaen ei gleddyf a'i daflu'n ddirmygus dros ei ysgwydd. Hedfanodd tuag at Morus a disgyn o flaen ei draed.

Gwingodd y croen fel peth byw.

Y tu ôl i fi, roedd Brynach yn sibrwd yn dawel, dawel yng nghlustiau'r ceffylau. Amneidiodd y Norman ar ei ddynion a'u hysio i mewn i stordy'r byrdew. O'r stordy daeth sŵn chwilio a chwalu, a phethau'n disgyn ar lawr. Safai'r perchennog yn wylaidd wrth y drws a'i ên ar ei frest, ond gwelais e'n codi'i ben unwaith ac yn edrych yn gynllwyngar ar Morus.

Daeth y dynion yn eu holau, a'u harweinydd yn eu dilyn. Safodd y Norman yn nrws y stordy a syllu ar hyd y cei, ei ben yn troi fel pen neidr, nes sylwi ar Morus oedd yn dal i sefyll mor gadarn ag erioed. Syllodd arno am hir cyn symud yn araf a bygythiol tuag ato â'i gleddyf yn ei law.

Y tu ôl i fi roedd Brynach yn dal i sibrwd yn ysgafn, ysgafn fel siffrwd dail.

Camodd y Norman i ymyl y lanfa. Wnes i ddim codi fy mhen, dim ond syllu ar ei draed. Chwyrnodd ei lais a sgubodd cysgod ei fraich fel chwip dros y llong. Ond yna siaradodd Morus yn hamddenol yn iaith y Normaniaid, a thawelodd y dyn. Tinciodd cloch yn rhywle yn y pellter, ac o'r diwedd trodd y traed oddi wrthon ni, gan ddamsang ar flew coch oedd yn gorwedd ar lawr.

Codais fy mhen yn ara' bach a gweld Morus yn edrych arna i â hanner gwên ar ei wyneb.

Dewin, meddyliais.

15.

Roedd y byrdew'n ddewin hefyd. Roedd wedi achub y llong wlân. Rhuthrodd y swyddogion ar ei bwrdd fel defaid mewn cae ŷd, gan chwalu popeth dan draed. Ond er iddyn nhw weiddi a bygwth a chwilota am hir, ddaliwyd neb na dim. Dwedodd Brynach wrtha i'n ddiweddarach fod y llongwyr wedi taflu rhywbeth i'r dŵr, pan oedd y dynion yn y stordy.

Ar ôl gwneud llanast, aeth y dynion yn ôl i'r lan. Roedd un yn tisian yn ddi-baid, a'r lleill yn cribinio gwlân dafad oddi ar eu dillad, gan gwffio'u tiwnigau, fel petaen nhw'n ymladd â nhw'u hunain. Trodd un a syllu arna i, gan fy herio i chwerthin. Ac fe wnes i chwerthin, ond dim ond yn y dirgel. Gadewais i fyrlymau o chwerthin gwrso rownd fy mol, er bod fy wyneb yn hollol lonydd.

Tra oedd y dynion yn bytheirio, roedd pawb arall yn dal i sefyll yn eu hunfan. Unwaith roedd Iago Hen, storïwr ein pentref ni, wedi dweud hanes am ddyn oedd wedi troi'n garreg. Ro'n i'n teimlo fel carreg. Roedd

pawb o 'nghwmpas i wedi troi'n gerrig. O'r braidd
oedden ni'n anadlu. Roedd y certiwr, y byrdew, y morwyr
ar y llong ac ar y cei yn sefyll â'u cefnau'n grwm, fel cŵn
sy wedi teimlo blas y ffon. Yr unig un cefnsyth oedd
Morus. Allwn i ddim gweld ei wyneb, ond gallwn deimlo
ei gysgod yn ymestyn yn warchodol dros y llong.

Doedd dim blewyn o wlân dafad ar diwnig y Norman.
Tra oedd ei ddynion yn crafu'u tiwnigau, safai o'r neilltu,
yn gwylio pob darn o'r cei. Pan waeddodd yn groch,
gwingon ni i gyd. Ond nid gweiddi arnon ni oedd e.
Roedd e'n gorchymyn i'w ddynion fynd yn eu blaenau.

Gwrandawon ni arnyn nhw'n mynd, heb symud
gewyn. Ond ar ôl i'w sŵn ddistewi, fel gwair sy wedi'i
wasgu dan draed, ac sy'n ara' bach yn ystwytho,
dechreuon ni anadlu'n rhydd. Cyn hir roedd ceirt yn
gwichian, lleisiau'n parablu a phobl yn brysur wrth eu
gwaith fel o'r blaen.

Ar y llong wlân roedd y morwyr yn eu cwrcwd yn
ceisio rhoi trefn ar eu llwyth, ac ar y lan roedd y certiwr
yn gwthio'i wlân tuag at stordy ymhellach i lawr y cei.

Daliai'r byrdew i sefyll o flaen ei ddrws. Er gwaetha'i
sŵn a'i symud yn gynharach, safai'n dawel fel oen.
Roedd y bachgen wedi codi, ac yn casglu'r crwyn yn
fwndel, gan gadw un llygad ar Morus ac ar y croen
llwynog oedd yn gorwedd yn swp bawlyd wrth ei draed.

Cododd Morus y croen o'r llawr, a'i ysgwyd nes bod y gynffon yn dawnsio. Sawl gwaith o'n i wedi hel cynffon o'r fath o ganol y defaid? Yn y pentwr wrth draed y gwas roedd crwyn sgwarnogod a belaod. Roedd pobl gyfoethog yn gwisgo'r blew. Meddyliais ofyn i Morus a allwn i fynd â'r croen adre i Mam, os oedd e rhy'n fawlyd i'w berchennog. Gallai Mam ei olchi a gwneud rhyw ddilledyn bach esmwyth i roi dros ei hysgwyddau pan oedd ei chefn yn boenus.

Ond roedd y bachgen yn dal i wylio Morus â llygaid barcud, ac ar ôl rhoi un ysgytwad arall i'r croen, estynnodd Morus e iddo. Neidiodd y bachgen fel llygoden, ac edrych i gyfeiriad ei feistr. Nodiodd hwnnw, a chymerodd y bachgen y croen, gan fwmian ei ddiolch. Bachgen gwelw, anniben oedd e, mor fawlyd â'r llwynog, a'i wallt fel gwair.

Dododd y croen dros ei ysgwydd, a phlygodd Morus i godi'r gweddill. Dwedodd wrth y bachgen am estyn ei freichiau a threfnodd y crwyn yn ofalus ar eu traws, er mwyn iddo allu gweld i ble roedd e'n mynd. Ond cyn gynted ag iddo ollwng ei afael, claddodd y bachgen ei drwyn yn y blew. Simsanodd mewn cylch, ac yn ôl ag e i stordy ei feistr. Plygodd hwnnw ei ben o flaen Morus, a sibrwd rhyw eiriau, cyn dilyn ei was i'r stordy.

Roedd Ioan wedi codi ar ei draed. Codais innau

hefyd. Y tu ôl i fi roedd Brynach yn rhyddhau'r ceffylau. Es innau at y sachau rhisgl. Gorweddai sach Morus ar eu pennau.

'Dere â hi i fi,' galwodd Morus, oedd newydd godi styllen o'r lanfa a'i rhoi i bwyso yn erbyn y llong. Estynnais y sach foliog iddo. Roedd pethau esmwyth y tu mewn iddi a rhywbeth caled hefyd, a hwnnw'n tincial.

Mwythodd Brynach drwynau'r ceffylau. 'Hwyl i chi, fechgyn bach,' meddai wrthyn nhw. Yna edrychodd yn ddifrifol iawn arna i. 'Gofala dy fod ti'n siarad a chanu iddyn nhw, Ifor. Maen nhw wedi arfer â chanu nawr, cofia.'

'Gad dy ddwli, Brynach,' rhygnodd Morus, wrth weld fy nhalcen yn crychu. Do'n i erioed wedi dychmygu gorfod marchogaeth drwy Fryste. 'A brysia.'

'Fe wna i, os ca i help,' atebodd Brynach. 'Ifor, dere 'ma.'

Roedd e'n dal ffrwynau'r ddau geffyl, un ym mhob llaw, ac yn ceisio'u perswadio i droi tuag at y lanfa. Ond roedden nhw wedi dychryn wrth fyrddio'r llong, a nawr roedden nhw'n dychryn wrth ei gadael. Roedd y llong yn rhy gyfyng a llwythog a doedd dim lle i symud. Wrth i fi ymbalfalu am ffrwyn Taran, rhoddodd y ceffyl hwb i fi. Syrthiais innau yn erbyn ochr y llong, a gweld wyneb islaw.

'Brynach!' llefais.

'Gad dy sŵn. Rwyt ti'n dychryn y ceffylau,' hisiodd y mynach bach.

'Ond mae dyn yn yr afon!'

'Be?' Rhoddodd Ioan naid ar draws y cwch a chydiais yn ei fraich, gan feddwl ei fod am neidio i'r dŵr i helpu'r dyn.

Roedd hi'n rhy hwyr i hynny. Corff marw oedd e. Gwnaeth Ioan arwydd y groes, a dechrau llafarganu.

'Paid!' chwyrnodd Morus ar ei draws. Roedd Morus wedi brysio ychydig gamau i lawr y cei ac yn gwylio'r corff yn nofio heibio. 'Terfysgwr yw e. Un o'r rhai sy'n creu helynt i'r Normaniaid. Paid â gweddïo drosto, rhag ofn i rywun dy weld.'

Gweddïodd Ioan serch hynny, a phe gwyddwn i beth i'w ddweud, byddwn innau wedi gweddïo drosto hefyd. Edrychai fel dyn cyffredin â chreithiau gwaith ar ei wyneb, ei wallt yn britho, a'i diwnig lwyd yn nofio'n llac ar y don. Roedd un o'i draed yn noeth. Ei droed dde. Gwasgais fy nhroed dde i ar y llawr, a theimlo'r Brenin Edward yn gwasgu'n ôl.

'Dylen ni ei dynnu allan,' sibrydais wrth Ioan.

'Dylen,' ochneidiodd Ioan.

Ond wnaethon ni ddim. A wnâi neb arall chwaith. Byddai'r dyn druan yn hwylio yn ei flaen i'r môr. Daeth llong i fyny'r afon. Ysgydwyd y corff gan yr ewyn a diflannodd o'n golwg.

Trawais innau yn erbyn Ioan, wrth i Taran roi hwb arall i fi. Tra o'n i'n gwylio'r afon, roedd Brynach wedi llwyddo i droi'r ceffylau heb help, ac roedd y tri'n stryffaglu tuag at Morus oedd yn sefyll ar y styllen. Gwingodd y llong dan garnau'r ceffylau a chrafu yn erbyn y lanfa.

'Dewch chi. Dewch chi,' canodd Brynach yn ei lais swynol.

'Dewch chi. Dewch chi,' canais innau.

Ond doedd canu ddim yn ddigon. Roedd raid wrth fôn braich Morus a help Ioan a minnau i gael y ceffylau i'r lan. Ar ôl teimlo'r tir dan eu traed, edrychodd y ddau'n hiraethus ar Brynach.

'Dewch chi,' meddai'r mynach bach, gan eu dilyn dros y styllen a chymryd yr awenau oddi ar Morus.

Camodd Morus yn ôl a'i wylio'n tawelu'r ceffylau â golwg feddylgar yn ei lygaid. Gan Brynach oedd y llais swynol. Brynach oedd yn medru tawelu ceffylau. Oedd e'n difaru gofyn i fi fynd gydag e i Gastell Bryste, yn hytrach na'r mynach bach? Os oedd e, ddwedodd e'r un gair.

Trodd tuag ata i a chodi'i ysgwyddau.

'Dere,' meddai wrtha i.

Gwasgodd Ioan fy mraich. 'Duw fo gyda thi, 'machgen i,' meddai'n dawel.

'Ydyn ni'n mynd nawr?' gofynnais yn syn. 'Ond beth am ddadlwytho'r rhisgl?'

'Ni fydd yn gwneud hynny.'

'Dere,' snwffiodd Morus, a gwelais Ioan yn cuchio. Roedd e'n poeni amdana i.

Byddwn i wedi hoffi dweud wrtho am beidio â phoeni. Dyn swta a garw oedd y Morus ar y llong, ond nid hwnnw oedd y Morus go iawn. Sioe oedd y cyfan. Roedd y Morus go iawn yn ffeind. Gallai Mam dystio i hynny. Ond allwn i ddim dweud gair, felly gwasgais ei fraich a gwenu'n llon.

'Da bo,' dwedais. 'Wela i di eto. Yng Nghymru!'

'Duw fo gyda thi,' atebodd, ac o dan ei wynt bron, 'Byddwn ni yma tan heno, cofia.'

Nodiais mor gwta â Morus, achos roedd Morus yn fy ngwylio, yna codais fy sgrepan a chamu'n sionc i'r cei.

Yr eiliad nesa roedd fy nghoesau'n plygu oddi tana i.

'Coesau llongwr,' meddai Morus â gwên ar ei wyneb. 'Pan fyddi di'n camu ar y lan, ar ôl bod ar long am hir, mae dy goesau di'n dal i symud fel y tonnau.'

'O.' Gwasgais fy nhraed ar y llawr a sythu fy nghefn. Tybed oedd coesau'r ceffylau'n crynu hefyd? Dim rhyfedd eu bod wedi dychryn.

'Gofala amdanyn nhw, Ifor,' ochneidiodd Brynach, gan roi awenau Taran yn fy llaw, a sefyll yn ôl i 'ngwylio.

Roedd e'n disgwyl i fi ddringo ar gefn yr anifail. Ciledrychais ar Morus. Do'n i ddim eisiau i Brynach weld 'mod i'n farchog gwael.

'Fe gerddwn ni am y tro,' meddai Morus, gan edrych dros ei ysgwydd i lawr y cei.

Edrychais innau heibio'r llongau a gweld castell yn sefyll uwchben yr afon fel anifail mawr yn gwylio'i brae. Roedd e'n wahanol i Gastell Strigoil. Roedd y tyrau ar y wal allanol yn fain, yn lle'n foliog, ac yn codi uwch eu pennau roedd adeilad sgwâr, cadarn. Roedd Normaniaid Bryste wedi casglu'r holl gerrig mawr o bell ac agos, wedi'u naddu a'u gosod yn un pentwr. O dan y pentwr hwnnw roedd Llywelyn, Tywysog Cymru.

Edrychodd Morus arna i â gwên fach sarrug ar ei wefusau. Gwenais innau'r un wên. Yna, ar ôl ffarwelio â'r ddau fynach, rhois blwc i awenau Taran a throi am y castell.

'Ifor!' cyfarthodd Morus, a phwyntio'r ffordd arall.

16.

Roedden ni'n cerdded ar lwybr drwy gors. O'n blaenau roedd afon lai. Ffrŵm oedd ei henw, meddai Morus, ac roedd hi'n llifo i'r Afon fawr.

'Pam ydyn ni'n mynd ffordd hyn?' gofynnais, cyn gynted ag i ni gyrraedd man tawel.

Atebodd Morus ddim ar unwaith. Roedd e'n syllu ar waliau tref Bryste yn codi rhyngddon ni a'r haul. Hedfanai haid o wylanod dros y toeau gan daflu'u cysgodion i bobman.

'Rydyn ni'n mynd i edrych am lety,' meddai o'r diwedd.

'Llety?'

'Lle i aros.'

'Pam?' gofynnais yn syn.

'Mae'n rhaid i ni gael rhywle i adael y ceffylau dros dro, ac i gael bwyd,' meddai Morus.

'Beth am y castell?'

'Fe awn ni i'r castell cyn gynted ag y cawn ni gyfle. Paid â phoeni.'

'Ac achub Llywelyn,' dwedais.

'Ie.' Gwenodd Morus arna i. 'Dyna sy'n bwysig, ontefe?'

'Ie.' Dyna oedd yn bwysig.

Ond am y tro roedd fy mol yn anghytuno. Chwyrnodd yn groch wrth feddwl am gael bwyd mewn llety. Pa fath o fwyd, tybed – y pethau sur a melys a rhyfedd oedd yn cael eu dadlwytho ar y cei? Anadlais yn ddwfn a llusgo'r oglau i 'ngwddw. Wedyn pesychais dros y lle, ac ysgydwodd Taran ei glustiau'n wfftlyd.

Cerddai Taran yn dawel a gosgeiddig a'i flew du'n sgleinio yn yr haul. Pan ddaeth dau farchog ar hyd y llwybr i'n cwrdd ar hen geffylau gwargrwm, llygadon nhw Taran, ac edrych yn syn arna i. Codais fy nhrwyn. Dim ots os nad oedd gen i glogyn hardd na chleddyf. Fy ngheffyl i oedd Taran.

Roedden ni'n nesáu at y Ffrŵm erbyn hyn. Er ei bod yn gulach na'r Afon fawr, roedd hi'n llawn dŵr a llawn llongau. Ar un o'r llongau hongiai baner goch â chroes wen. Roedd y faner yn neidio fel cynffon wrth i gasgenni rowlio ar draws y dec, a meddyliais am y dyn waeddodd '*Haste!*' ac am y bachgen â'i lwyth o grwyn.

'Pam mae helynt ym Mryste?' gofynnais i Morus.

'Arian,' atebodd.

'Be?' dwedais, a gwasgu'r Brenin Edward dan fy nhroed.

'Arian,' meddai Morus eto. 'Mae bywyd yn anodd, mae pobl yn dlawd ac maen nhw'n taro'n ôl drwy ymosod ar y Normaniaid ac ar eu heiddo.'

Meddyliais am Dad yn dyrnu porth Strigoil. O'n blaenau roedd teithwyr, rhai â sachau ar eu cefnau, yn croesi'r bont dros y Ffrŵm ac yn anelu'n ara' bach am borth y dref.

Wrth i ni nesáu at y bont, sgrialodd llygoden fawr o dan drwynau'r ceffylau a gwibio'n syth at ddau ddyn oedd yn croesi'n llwybr â sachau ar eu cefnau. Neidiodd y dynion a gweiddi'n groch. Dynion llwyd ac esgyrnog oedden nhw, ond ffyrnig fel bleiddiaid, a phan welais i nhw'n llygadu'r ceffylau, cydiais yn dynn yn awenau Taran. Sylwodd y ddau a dweud rhywbeth wrth ei gilydd yn iaith y Saeson. Yna fe bwyson nhw tuag ata i a chwerthin yn wawdlyd yn fy wyneb.

Cydiais yn dynnach fyth yn Taran. Pe bawn i'n gallu siarad Saesneg, bydden nhw wedi cael blas fy nhafod. Ond doedd gen i ddim iaith ond dyrnau, ac er mor denau oedd y ddau, roedd eu breichiau'n wydn. Felly, pan estynnodd un ei law a chyffwrdd â thrwyn y ceffyl, camais yn ôl mor sydyn, nes i Taran sefyll ar fy nhroed.

'A!' gwichiais a chwarddon nhw eto.

A nawr roedd Morus yn chwerthin gyda nhw! Cuchiais arno ond chymerodd e'r un sylw, dim ond siarad â'r ddau yn eu hiaith. Roedden nhw'n gwneud hwyl am fy mhen. Ro'n i wedi deall hynny, hyd yn oed cyn i Morus droi ata i a dweud, 'Mae Osmer yn dweud wrthot ti am dyfu barf.'

Osmer oedd y dyn oedd wedi estyn ei law. Gwgais yn ei wyneb. Crechwenodd yntau. Roedd wedi colli'r dannedd yng nghanol ei geg.

'Dwed wrtho fe am dyfu dannedd,' snwffiais.

Dwedodd Morus rywbeth wrthyn nhw, ond dwi ddim yn meddwl ei fod e fod wedi sôn am ddannedd, achos llygadodd y ddau deithiwr fi â gwên ar eu hwynebau, ond gwên ddigon serchog. Wedyn fe fwython nhw'u barfau'n awgrymog a chodi eu sachau.

'*God speed*,' galwon nhw.

'*God speed*,' meddai Morus, a wincian arna i.

Roedd e eisiau i fi ffarwelio â nhw yn eu hiaith, ond wnes i ddim. Fe gaen nhw aros nes oedd gen i farf. Gwasgais fy ngwefusau'n dynn i ddangos i Morus 'mod i wedi digio, a rhwbio fy mhen yn erbyn Taran. O leia doedd y ceffyl ddim yn chwerthin.

Ar ôl i Osmer a'i ffrind gyrraedd y porth, troion ninnau i gyfeiriad y dref.

'Roedd Osmer a'i ffrind yn ddynion iawn,' meddai Morus.

'Hm!' snwffiais.

'Wir!' meddai Morus. 'A doedden nhw ddim yn mynd i ddwyn Taran a Nudd.'

'Hm!' snwffiais eto. 'Roedden nhw'n llygadu'r ceffylau.'

'Drwg eu hwyl oedden nhw, dyna i gyd. Mae'r gaeaf wedi bod yn anodd, yr haf yn wlyb ac maen nhw'n wan a llwglyd. Gofynnodd Osmer i fi pam oedden ni'n arwain y ceffylau yn lle'u marchogaeth. Byddai e a'i ffrind wedi rhoi'r byd am gael ceffyl i'w cario.'

'O.' Teimlais gywilydd am fod mor sur wrth y ddau. Wedyn teimlais yn waeth fyth. Roedd llabwst o wyliwr wrth y porth wedi cipio sach Osmer oddi ar ei gefn, ac yn ei throi ben i waered. Llifodd ffrwd o hadau ŷd o'i chrombil a llifo dros y llawr tuag aton ni.

'O!' llefais eto, a meddwl am Mam. Byddai Mam yn torri'i chalon pe bai hi'n colli dyrnaid o ŷd, heb sôn am lond sach. 'Pam taflodd e'r ŷd?'

'Chwilio am arfau,' sibrydodd Morus. 'Rhag ofn bod Osmer yn derfysgwr.'

'Ond pam na allai e dwrio yn y sach, yn lle difetha'r ŷd?'

'Sh!' rhybuddiodd Morus.

Roedd lleisiau'n sibrwd y tu ôl i ni. Roedd criw bach o deithwyr wedi aros yn stond, eu llygaid yn gwibio o'r gwylwyr wrth y porth tuag at y llwybr ro'n i a Morus wedi'i ddilyn drwy'r gors. Roedden nhw am ddianc y ffordd honno. Ond cyn iddyn nhw allu symud cam, bloeddiodd y gwylwyr a brasgamu tuag atyn nhw, a hadau ŷd yn tasgu dan eu sodlau.

Wrth y porth roedd Osmer ar ei liniau yn ceisio achub ei ŷd. Dim ots os oedd e wedi chwerthin am fy mhen – es i i'w helpu, a Taran gyda fi. Ond plygodd Taran ei ben a dechrau snwffian yr hadau. Gwaeddodd Osmer a dangos ei ddyrnau. Camais innau o'r ffordd.

Roedd ŷd ffrind Osmer yn dal yn ei sach. Y tu ôl i ni roedd y teithwyr yn dal eu sachau'n agored, a'r gwylwyr yn chwalu drwyddyn nhw â'u dwylo. Mwy na thebyg bod Osmer wedi'u pryfocio, neu fod y gwylwyr, fel fi, wedi camddeall y dyn. Dyna pam roedd hanner ei ŷd ar goll yn y baw.

Roedd gan Iago Hen stori dda am farchog o'r enw Culhwch oedd eisiau priodi merch rhyw gawr ffyrnig. Er mwyn cael caniatâd i'w phriodi, roedd yn rhaid iddo gasglu hadau ŷd o'r cae. A daeth morgrug i'w helpu! Ond doedd 'na ddim morgrug i helpu Osmer, dim ond ei ffrind. Gwichiodd cert drwy borth y castell, a chododd y ffrind ei ddwylo a gofyn i'r certiwr aros, nes i Osmer gael cyfle i wthio'r ŷd oedd ar ôl i ymyl y llwybr. Arhosodd y certiwr yn ddigon amyneddgar. Arhosais i a Morus hefyd, nes i'r gwylwyr ddod yn eu holau a'n hysio ymlaen. Roedden nhw mewn tymer, eu hwynebau'n goch, a'u llygaid fel chwilod bach duon yn neidio yn eu pennau.

Aeth y gert ar ei ffordd, ac amneidiodd Morus arna i i'w ddilyn at y porth.

Wrth fynd heibio i Osmer, sibrydais, '*God speed.*'

Yna i mewn i â fi i Fryste, a gweld yr awyr yn diflannu.

17.

Welais i erioed y fath le. Roedd tai'n gwasgu at ei gilydd ac yn ymestyn uwch ein pennau. Dros y gors roedd awel yn chwythu, ond y tu mewn i waliau'r dref, roedd gwres annifyr a thamprwydd. Roedd glaw'r dyddiau cynt wedi golchi'r strydoedd, ac wedi casglu'r holl faw yn bentyrrau.

Tasgodd pentwr o faw ar hyd fy nghoesau. Do'n i ddim yn edrych i ble o'n i'n mynd, ond yn troi fy mhen fel aderyn, er mwyn cael mynd adre a dweud wrth Mam a Ronw a phawb arall yn y pentref sut le oedd Bryste. Byddwn i'n storïwr fel Iago Hen, a phawb yn gwrando arna i a'u cegau'n llydan agored wrth glywed am yr holl weithdai, lle'r oedd pobl yn trin toes, neu ledr neu bren, a chlywed am yr oglau cwrw a theisennau poeth. Ond beth am yr oglau eraill? Sut oedd disgrifio'r rheiny? Roedden nhw'n waeth na'r oglau ar y cei, achos doedd dim gwynt i'w chwythu i ffwrdd.

A sut oedd disgrifio'r sŵn? Doedd clecian adeiladwyr Strigoil yn ddim byd o'i gymharu â dwndwr y dref.

Roedd cymaint o bobl o bob lliw a llun yn byw ar ben ei gilydd, pobl bwysig, gweision, mynachod, gweithwyr, a phob un yn clebran, neu'n gweiddi, neu'n trin eu hoffer. Ac yn rhywle roedd gwraig yn sgrechian canu.

Ro'n i a Morus yn cerdded bob ochr i'r ceffylau, gan wasgu'n glòs i'w cadw rhag dychryn. Ar hyd ochr y stryd safai pobl fel Osmer yn gwerthu ychydig nwyddau. Crwydrai pobl o'u cwmpas, rhai'n troi'u trwynau, a rhai'n estyn arian o'u sgrepanau. Ro'n i'n chwys diferu, a phan gyrhaeddon ni fan agored ac aros i gael ein hanadl, tynnais ar wddw fy nhiwnig er mwyn cael peth gwynt ar fy nghroen.

I lawr y stryd gul o'n blaenau, roedd tafarn â llun llong ar y wal. Yn y drws safai gwraig mewn tiwnig werdd â mwng o wallt du. Hi oedd yn canu'n groch.

'Petai gen i lais fel'na, byddwn i'n cau fy ngheg,' dwedais wrth Morus.

Roedd swyddogion y dref yn cytuno â fi, achos rhedodd pedwar ohonyn nhw i lawr y stryd, a gwthio'r wraig o'r golwg. Chlywson ni ddim byd wedyn ond sŵn byrddau'n disgyn. Chwythodd Taran drwy'i drwyn. Snwffiais innau. Doedd y wraig ddim yn haeddu cael ei thrin fel'na, hyd yn oed os oedd ei chanu'n wael.

Ro'n i'n mynd i ddweud hynny wrth Morus, pan safodd Norman, mewn tiwnig goch, yn ein hymyl, a

phwyso'i law ar gefn Nudd. Dyn trwm oedd e, ei goes
dde'n stiff ac yn lletchwith, a'i wallt llwyd yn diferu o
chwys. Wrth ei weld yn ymladd am ei anadl, dwedodd
Morus air caredig wrtho, a chyn pen dim, roedd y ddau'n
sgwrsio fel hen ffrindiau.

Do'n i'n deall dim, ac wedi troi i edrych ar y dynion
yn dod allan o'r dafarn, pan glywais dinc bach swynol.
Roedd Morus wedi tynnu crwth o'i sach a'r Norman yn
mwytho'r llinynnau â gwên ar ei wyneb. Gwenais innau.
Ar gefn y crwth roedd patrwm tafod y ddraig yn
fflachio'n goch yn yr haul. Welodd y Norman mo
hwnnw, a winciais ar Morus pan aeth y dyn i ffwrdd.

'Am lwc!' Roedd Morus wrth ei fodd, a'i lygaid mor
danllyd â'r ddraig.

'Be?'

'Un o Normaniaid pwysig yr ardal oedd hwnna.'
Cwffiodd fi'n llon. 'William de Valence. Am lwc ei fod e
wedi aros i siarad â ni. Mae e'n mynd i drefnu i ni fynd i'r
castell.'

'Nawr?' Sythais fy nghefn ar ras.

'Na.' Chwarddodd Morus. 'Llety yn gynta. Dere.'
Ailglymodd ei sach a'i thaflu dros ei ysgwydd. Wedyn
rhoiodd blwc bach i Nudd. Rhois innau blwc bach i
Taran ac i ffwrdd â ni i lawr y stryd.

Wrth i ni nesáu at dafarn y llong, chwythodd cwmwl

o lwch drwy'r drws a brws yn ei ddilyn. Sbeciais i mewn gan ddisgwyl gweld y wraig yn y diwnig werdd. Ond menyw wahanol oedd yn brwsio, menyw fawr, â bochau coch a chudynnau o wallt wedi dianc o'i chap ac yn chwifio'n fygythiol ar draws ei thalcen.

Aeth Morus i siarad â hi, ac wedyn amneidiodd arna i'w ddilyn i iard y dafarn.

'Hwn yw ein llety?' gofynnais yn syn.

'Ie.' Chwarddodd Morus. 'Pam? Be sy? Dyw e ddim yn ddigon da i ti?'

Codais fy ysgwyddau. Do'n i erioed wedi aros yn unman ond gartre. Lle tawel, cysurus oedd fan'ny, ond lle gwyllt oedd hwn. Wrth i ni droi i mewn i'r iard, rhedodd llipryn o fachgen ar draws ein llwybr, â llestr yn ei freichiau. Welodd e mo Nudd, a phan snwffiodd y ceffyl yn ei glust, collodd ei afael ar y llestr a disgynnodd hwnnw'n glep.

Ar unwaith daeth bloedd o'r dafarn a rhuthrodd y fenyw fawr fel corwynt drwy'r drws cefn. Wnaeth hi ddim rhoi clusten i'r bachgen chwaith, dim ond ochneidio a gweiddi, 'Samson!' Ar y gair brysiodd dyn crwn fel casgen ar draws yr iard. Cododd y darnau llestr yn ei ddwylo mawr a mynd i'w taflu dros y wal gefn.

Roedd y bachgen wedi cilio i'r naill ochr, a'i ben rhwng ei ysgwyddau, ond pan roddodd y wraig hwb iddo, daeth ata i a chymryd awenau Taran o fy llaw. 'Aaaaaaa!' meddai'n fwyn wrth y ceffyl, ac roedd yr 'Aaaaa!' honno cystal â chanu Brynach, achos, er gwaetha popeth, gadawodd Taran i'r bachgen ei arwain ar draws yr iard at gafn dŵr. Gwyliodd y wraig e'n mynd, ac ysgwyd ei phen ar Morus cyn mynd yn ôl i'r dafarn.

Roedd syched ar Taran. Llowciodd am hir, ac ar ôl iddo orffen, aeth Morus â Nudd at y cafn. Dilynais innau'r bachgen a Taran i'r stabl gerllaw. Roedd hi'n dywyll yn y stabl, gydag arogl cynnes ceffylau a'u carthion. Fyddwn i ddim wedi malio aros yno am sbel, ond, cyn pen dim, daeth Morus â Nudd at y drws a rhoi'r awenau yn llaw'r bachgen. Wedyn dododd ei law ar fy ysgwydd.

'Nawr am fwyd,' meddai.

'Mmm!' Cofiais yn sydyn am fy mol, a dilyn Morus yn sionc at y drws cefn.

Y tu mewn roedd 'na stafell mor fawr â'n tŷ ni, ond mae'n tŷ ni'n daclus ac roedd hon yn llanast, a byrddau a meinciau'n gorwedd ar draws ei gilydd. Safai'r dafarnwraig yn eu canol yn pwyso'n flinedig ar ei hysgub.

Dwedodd Morus rywbeth wrthi. Wedyn gollyngodd ei sach yng nghornel y stafell, ac aethon ni'n dau i godi'r celfi ar eu traed. Pan oedden ni'n codi'r bwrdd olaf, daeth dau deithiwr drwy'r drws, a sibrydodd Morus dan ei wynt, 'Cydia yn y sach.' Brysiais i'w chodi dros fy ysgwydd a gwenodd y wraig arna i. Wedyn aeth â Morus a fi at y bwrdd yn un gornel, a rhoi'r ddau deithiwr i eistedd wrth fwrdd yn y gornel bella.

Eisteddais i lawr â fy stumog yn rhuo fel llew. Do'n i erioed wedi bwyta yn unman ond gartre. Yn ôl Iago Hen, roedd y Normaniaid yng Nghastell Strigoil yn bwyta pob math o bethau blasus – elyrch a pheunod a baeddod, pysgod mawr, a'r ffrwythau melysaf erioed. Felly ro'n i'n llyfu fy ngwefusau ac yn meddwl tybed a allwn i fynd â darn bach, bach o gig paun adre i Mam, pan laniodd dysglaid o botes a bara a chaws ar y bwrdd o 'mlaen.

'Be sy'n bod?' gofynnodd Morus ar ôl i'r dafarnwraig fynd i ffwrdd. 'Dwyt ti ddim yn hoffi potes?'

'Ydw,' ochneidiais. Wrth gwrs 'mod i'n hoffi potes. Ro'n i'n ei fwyta bob dydd, yn doeddwn? Plymiais fy llwy i'r fowlen a chyn hir ro'n i'n bwyta fel bwystfil rheibus, bron heb gymryd anadl.

Ro'n i wedi bwyta'r cyfan ac yn crafu'r fowlen, pan glywais lais y tu ôl i fi. Roedd y wraig yn y diwnig werdd yn siarad â'r bachgen yn iaith y Saeson wrth y drws cefn. Stopiais grafu, a gwrando'n syn. Roedd ei llais mor fwyn, ac mor wahanol i'r llais fu'n sgrechian canu. Roedd hi fel y byrdew ar y cei, yn gweiddi un funud ac yn llywaeth fel oen y funud nesaf.

Syllais arni am hir, a phan welodd fi'n edrych, gwenodd arna i.

Gwenais innau'n swil.

Pobl od oedd pobl Bryste, meddyliais.

Falle'u bod nhw i gyd yn ddewiniaid.

18.

'Ife mam y bachgen oedd honna?' gofynnais, ar ôl i'r wraig fynd i ffwrdd.

Ysgydwodd Morus ei ben. Roedd wedi gorffen ei botes, ac yn pwyso'i gefn ar y wal. 'Na, Alys yw honna,' atebodd. 'Mae mam a thad Jacob wedi marw. Wedi'u lladd gan y Normaniaid.'

'Y Normaniaid!' Poerais y geiriau o 'ngheg, a thaflu cipolwg ar y bachgen oedd yn tindroi yn nrws y gegin. Roedd yn waeth arno fe, druan, nag arna i. Roedd wedi colli dau riant.

'Meg, y dafarnwraig, yw ei fodryb,' meddai Morus, 'a hi a'i gŵr Samson sy'n gofalu amdano.'

'A beth am Alys? Pwy yw hi?'

'Ffrind,' meddai Morus. 'Rydyn ni i gyd yn ffrindiau yma.'

'Pawb ond y Normaniaid,' chwyrnais.

'Ie.' Gwenodd, a chyn i fi gael cyfle i ofyn cwestiwn arall, amneidiodd arna i i fod yn dawel.

Roedd Jacob yn dod tuag aton ni, a llestr diod ym

mhob llaw. Codais fy mhen a gwenu arno'n gyfeillgar. Ond rhaid bod gen i wên fel blaidd, achos neidiodd Jacob o'i groen bron iawn, a gollwng y llestri'n glec ar y bwrdd.

Tasgodd diod dros bobman, a ffrwydrodd bloedd fawr o chwerthin a churo dwylo o'r bwrdd yn y gornel. Gwichiodd Jacob, tynnu clwt o'i wregys, a mynd ati i sychu'r llanast. Yn ei ffwdan, trawodd un o'r llestri hanner llawn â'i benelin. Gwibiodd fy llaw tuag ato a'i ddal cyn iddo ddymchwel.

Chwarddodd y teithwyr yn uwch, a daeth Meg i'r golwg. Pan welodd hi Jacob yn rhwbio, cochodd ei hwyneb a chwyddo fel cwmwl glaw. Roedd hi'n anelu am Jacob a hwnnw'n cilio at y wal, pan gipiais y clwt gwlyb o'i law, ei dynnu'n dynn dros geg y llestr, a throi'r cyfan wyneb i waered. Wedyn, yn gyflym, rhois y llestr yn ôl ar y bwrdd a thynnu'r clwt.

Agorodd llygaid Meg led y pen wrth weld y ddiod yn y llestr. Daeth y ddau deithiwr i sbecian dros ei hysgwydd a'u hwynebau'n disgleirio. Cipiais innau'r llestr, rhoi'r clwt yn ôl yn ei le, dal yn dynn a throi unwaith eto. Ddisgynnodd 'run diferyn. Parablodd pawb mewn cyffro. Roedden nhw am i fi wneud y tric am y trydydd tro, ond fflapiodd Morus ei ddwylo i yrru pawb i ffwrdd. Wedyn fe lyncon ni'n hanner diodydd a chodi ar ein traed.

Ar unwaith daeth Meg o'r gegin ac estyn dwy ddiod arall i ni. Roedd hi am i ni eistedd i lawr eto, ond ysgydwodd Morus ei ben. Gwthiodd Meg y diodydd i'n dwylo serch hynny, a galw ar Samson i ddod i'n tywys i'r man lle bydden ni'n cysgu'r nos. Dwedais '*God speed*' wrthi cyn mynd allan, ac fe blygodd ei phen, fel petawn i'n ddyn pwysig.

Roedd hi'n braf teimlo'n bwysig! Ond chymerodd Samson ddim tamaid o sylw ohona i. Roedd e wedi bod allan yn yr iard drwy'r amser. Doedd e ddim wedi gweld y tric dewin, a dim ond siarad â Morus wnaeth e, heb edrych arna i, wrth ein harwain i'r adeilad drws nesa i'r stabl.

Yn yr adeilad roedd rhes o welyau gwellt. Estynnodd Samson ei fraich i ddangos y gallen ni ddewis pa rai bynnag oedden ni eisiau. Dewisais i'r gwely pellaf un, lle doedd dim ond wal rhyngddon ni a'r ceffylau. Dilynodd Morus wrth fy sodlau, ac ar ôl i Samson fynd allan, gollyngodd ei sach ar y gwely yn ymyl fy un i.

'Edrych ar ôl hon nes i fi ddod yn ôl,' meddai.

'Ble wyt ti'n mynd?' gofynnais.

'Allan i gael golwg ar y castell.'

'Fe ddo' i gyda ti,' dwedais ar unwaith. 'Dwi'n fodlon cario'r sach.'

'Na,' meddai Morus. 'Bydda i'n ôl cyn pen dim.'

Llyncodd ei ddiod a gadael y llestr ar y llawr. Wedyn tynnodd ei law dros ei fwstás. Dilynais e at y drws a'i wylio'n croesi'r iard ac yn mynd allan i'r stryd.

Ro'n i eisiau mynd gydag e. I be dda oedd dod i Fryste ac aros o fewn pedair wal? Wedyn, cofiais. Roedden ni wedi dod i Fryste i achub Tywysog Cymru. Dim ond tua'r un oed â Ronw oedd Llywelyn ap Dafydd, ond am bedair blynedd gron doedd e ddim wedi cael cyfle i fynd allan am dro. Doedd e ddim wedi chwerthin gyda'i ffrindiau. Doedd e ddim wedi gweld ei wlad. Allwn i ddim dychmygu'r fath beth. Sut gallwn i gwyno am orfod treulio awr neu ddwy yn y llety?

Es yn ôl at fy ngwely a chuddio sach Morus yn y gwellt. Doedd arna i ddim awydd yfed fy niod, felly gadewais y llestr llawn wrth y gwely, a mynd am dro bach i'r stabl i weld y ceffylau.

Roedd Taran a Nudd yn sefyll yn ymyl ei gilydd, un cwmwl du ac un cwmwl llwyd. Sibrydais eu henwau, ond symudon nhw'r un gewyn. Roedden nhw'n cysgu ar eu traed.

Gweryrodd ceffyl arall ym mhen pella'r stabl a throi'i ben ata i. Hwnnw oedd ceffyl Llywelyn, mae'n rhaid. Crynodd fy mol yn sydyn wrth feddwl am farchogaeth o Fryste rhwng dau uchelwr. Sut gallwn i farchogaeth mor esmwyth a chyflym â nhw?

Am fy mod yn ddewin! Codais fy ngên. Gall dewin wneud unrhyw beth. Gall hwylio o Gymru yn y bore bach, ac achub tywysog cyn nos. A marchogaeth? Dim problem!

Ond fues i ddim yn ddewin am hir. Ro'n i'n brasgamu'n ôl i'r llety, pan glywais sŵn wnaeth fy nhroi i'n llygoden. Roedd rhywun yn y llety! Cyn i fi allu cyrraedd y drws, rhuthrodd Jacob drwyddo, taflu clwt yn fy wyneb a dianc ar draws yr iard. Rhedais innau at wely Morus â 'ngwynt yn fy nwrn, a chodi'r gwellt.

Roedd y sach yn ddiogel, ond roedd y llawr yn wlyb a fy llestr diod yn gorwedd ar ei ochr. Roedd Jacob wedi meddwl rhoi cynnig ar y tric, a finnau wedi'i ddal mewn pryd.

Chwarddais, a dechrau crynu eto. Beth petai rhywun arall wedi sleifio i'r llety? Beth petawn i wedi colli'r sach? Byddai Morus o'i go. Wnawn i ddim symud cam nes iddo ddod yn ei ôl.

Gorweddais ar fy ngwely i warchod y sach, ac ymhen sbel, fel Taran a Nudd, es i gysgu.

19.

Deffrais i sŵn gweiddi.

Neidiais i fyny'n syth, a galw ar Ronw, ond doedd 'na ddim Ronw, na Mam chwaith. Ro'n i mewn llety ym Mryste, a storm o weiddi a chyfarth a sgrechiadau yn chwythu uwch fy mhen. Do'n i ddim wedi clywed y fath sŵn ers y diwrnod yr ymosododd Rhys ap Gwrgant ar y llong oedd yn cludo cerrig i Gastell Strigoil.

Rhedais at y drws a gweld Alys yn sefyll ar ganol yr iard, a thri dyn bratiog, gwyllt yn rhuthro heibio iddi â phastynau yn eu dwylo. Chwifion nhw'r pastynau'n fygythiol dan fy nhrwyn a dianc heibio i dalcen y llety. Yna, rhedodd Alys ata i a chydio yn fy mraich. Ro'n i'n meddwl mai wedi dychryn oedd hi. Ond na! Cyn i fi gael fy ngwynt ata i, roedd hi wedi fy llusgo at y cafn a gwthio fy mhen i'r dŵr. Gwthiais yn ei herbyn a chael cip sydyn ar res o farchogion yn sefyll wrth y fynedfa a'u llygaid yn gwibio i bobman. Cydiodd Alys yn fy ngwegil a dowcio fy mhen eto. Erbyn iddi lacio'i gafael, ac erbyn i fi boeri a sychu'r dŵr o fy llygaid, roedd y marchogion wedi mynd.

Gwenodd Alys yn gynnil arna i, a nawr ro'n i'n gwybod yn bendant mai dewin oedd hi. Roedd hi wedi golchi fy ngwallt i dwyllo'r marchogion, ac i dynnu eu sylw oddi ar y dynion oedd wedi dianc dros y wal gefn. Ond ddwedodd hi'r un gair, dim ond cyffwrdd fy moch â'i llaw, a throi'n ôl am y dafarn. Roedd dŵr yn diferu o'u llewys, ac yn dripian ar hyd ei thiwnig. Roedd fy nhiwnig innau'n sopen wlyb a'r dŵr wedi rhedeg i mewn i fy esgidiau.

Ar ôl i Alys fynd o'r golwg, sleifiais at y wal lle'r oedd y dynion wedi diflannu, a phwyso drosti. Oddi tana i roedd ffos frwnt. Heblaw llygod, doedd dim yn symud ar hyd y ffos, ond roedd olion traed yn arwain i lawr i gyfeiriad yr afon.

Roedd y ffos yn drewi. Crychais fy nhrwyn, ac ro'n i'n ysgwyd fy mhen i gael gwared â'r arogl, pan glywais lais Morus. Rhedais yn ôl at ddrws y llety a'i gyrraedd eiliad cyn iddo gamu o'r dafarn. Ar ei ysgwydd roedd darn o frethyn gwyrdd.

'Ifor! Ifor!' meddai, a dod tuag ata i'n llawn chwerthin. 'Dwi'n clywed dy fod ti wedi cael trochiad.'

'Trochiad bach,' dwedais.

'Wel, mae Alys yn ymddiheuro ac yn cynnig tiwnig Jacob i ti nes i dy ddiwnig di sychu.' Estynnodd y darn brethyn i fi.

'Dwi'n iawn,' dwedais. 'Wnaiff tipyn bach o ddŵr ddim drwg i fi.'

'O, dere,' meddai Morus. 'Paid â siomi, Alys. Fe sychith hi dy diwnig di yn y gegin. Dere.'

Tynnais fy nhiwnig wlyb ar ganol yr iard a'i rhoi iddo. Do'n i ddim yn disgwyl i diwnig Jacob fy ffitio, ond rywsut llwyddais i'w llusgo amdana i. Roedd hi braidd yn dynn, ond yn esmwyth ac yn feddal, ac er bod olion hen staeniau arni, roedd hi'n lân ac yn arogli o dân y gegin. Roedd Jacob yn lwcus i gael tiwnig sbâr. Dim ond un oedd gen i, ac roedd Mam wedi trwsio honno sawl gwaith. O dan y fraich dde roedd rhes o bwythau fel baglau brain.

Ar ôl gwisgo'r diwnig, es yn ôl i'r lléty. Ro'n i wedi tynnu fy esgidiau ac yn sychu fy nhraed ar fwndel o wellt, pan sylweddolais fod Morus yn fy ngwylio o'r drws. Symudodd ei ben fymryn a fflachiodd ei lygaid yng ngolau'r haul.

'Da iawn,' meddai'n falch.

'Be?' Ro'n i'n meddwl ei fod wedi gweld ceiniog y Brenin Edward yn gorwedd ar y gwely. Codais hi a'i dangos. 'Dwi wedi bod yn cario hon yn fy esgid am dair blynedd,' dwedais. 'Am dair blynedd dwi wedi gwasgu'r brenin dan fy sawdl. Dyna pam allwn i ddim rhoi fy sgidiau i ti'r diwrnod hwnnw yn y coed.'

Daeth bloedd o chwerthin o geg Morus. 'Ifor! Ifor!' meddai. 'Rwyt ti'n arwr.' Wedyn daeth i eistedd yn fy ymyl. A thra o'n i'n gollwng y brenin yn ôl i fy esgid, cipiodd ei sach o dan y gwellt, plycio crwth a bwa allan, ac â gwên fawr ddireidus, dechreuodd chwarae a mwmian canu.

'Ble mae'r brenin? Ble mae'r brenin?
Mewn carchar du. Mewn carchar du.
Mae'n tagu dan droed Ifor.
Mae'n tagu dan droed Ifor.
Ych-a-fi! Ych-a-fi!'

'Ych-a-fi! Ych-a-fi!' canais innau 'run mor dawel, ond gan stampio fy nhroed dde'n galed. 'Dwyt ti ddim yn mynd i ganu honna i'r Normaniaid, wyt ti?' sibrydais â gwên mor fawr ag un Morus.

'Pam lai?' atebodd. 'Fydden nhw ddim yn deall.'

'Ond dwyt ti ddim, wyt ti?'

'Na.' Ysgydwodd ei ben, a chyffwrdd eto â'r tannau.

Y tro hwn llifodd miwsig ysgafn, hudolus dan ei fysedd. Eisteddais yn gyffyrddus ar fy ngwely a gadael i'r sŵn lapio amdana i fel mantell gynnes. Roedd e'n canu yn iaith y Normaniaid, ond ro'n i rywsut yn deall pob gair yn fy nghalon.

Pan ddaeth y gân i ben, gofynnodd, 'Ddeallaist ti?'

'Do,' atebais.

'Beth ddeallaist ti?'

Crychais fy nhalcen. Beth o'n i wedi'i ddeall?

'Teimlad,' dwedais. Ac yna'n sydyn, 'Oedd 'na eiriau Cymraeg yn y gân?'

'Dwed ti,' meddai Morus.

'Oedd!' Triais ddatrys y synau yn fy mhen. Yng nghanol y geiriau dierth, o'n i wedi clywed y gair 'draig'? 'Cana eto!' dwedais.

Ond gwasgodd Morus ei fys ar ei wefus a phwyntio at y drws. Roedd cysgod yn crynu yno, cysgod yr un siâp â Samson.

Diflannodd y cysgod, ac er i fi glustfeinio, chlywais i mo Samson yn cerdded ar draws yr iard, ond clywais e'n siarad â Meg wrth ddrws y dafarn ychydig eiliadau'n ddiweddarach.

O ddyn trwm, roedd e wedi symud yn dawel iawn. Roedd y dref wedi tawelu hefyd. Er bod yna ffrwtian o hyd, swniai'n bell i ffwrdd.

Crafais fy ngwddw lle roedd y diwnig yn rhwbio. Roedd Morus wedi pwyso'n ôl yn erbyn y wal â'i lygaid ynghau. Chwythais fy mochau'n swnllyd, gan obeithio'i ddeffro. Ro'n i eisiau gwybod beth welodd e yn y dref. Ro'n i hefyd eisiau holi am Alys a'r tri dyn ddihangodd dros y wal.

Ond wedyn sylwais mai gwrando oedd e, nid cysgu.

Roedd ei ben ar dro, a chroen ei wyneb yn dynn. Gwrandewais innau, a chyn pen dim, sgrialodd traed dros yr iard, a neidiodd Jacob drwy'r drws fel ellyll bach. Parablodd ryw eiriau, a dianc.

Yn fuan wedyn, daeth pen main, cochliw, rownd y drws. Crychodd y perchennog ei lygaid a syllu arna i a Morus.

'Maurice?' meddai'r dyn yn acen y Normaniaid.

Atebodd Morus ar unwaith a chodi ar ei draed. Codais innau hefyd.

Daeth Norman arall i'r golwg. Roedd gan hwn wyneb crwn, llond pen o wallt cyrliog du a llond ceg o ddannedd mawr.

Daeth y ddau Norman i mewn i'r llety, a syllu'n eiddgar ar Morus. Parablodd yr un main yn Ffrangeg, a chododd y llall ei ddwylo ac esgus llifio'r awyr. Chwarddodd Morus, ac ar ôl gwneud sioe fawr o chwifio'i fwa, dechreuodd chwarae'i grwth.

Cyn gynted ag i'r nodau lifo o'r tannau, lledodd gwên dros wyneb y Normaniaid. A phan ddechreuodd Morus ganu'r gân felys, caeon nhw'u llygaid ac ysgwyd eu pennau i'r miwsig. Gwenais ar Morus a winciodd e arna i. 'Caaaa-na gyda fi. Caa-na gyda fi.'

'Mi gaaa-na i. Mi gaaa-na i,' atebais gan agor fy mhig a thrydar fel aderyn.

Roedd y Normaniaid wrth eu bodd! Roedden nhw'n tapio'r awyr â'u bysedd ac yn symud eu gwefusau fel petaen nhw'n nabod y gân. Aeth Morus i hwyl. Canodd yn uwch, nes bod ei lais yn crynu fel cynffon sigl-di-gwt. 'Dilyn y ddraaaaig,' canodd. 'Dilyn y ddraaaaig!' Erbyn hynny allwn i ddim canu o gwbl. Roedd gormod o chwerthin yn corddi yn fy mol. Er braw i fi, ffrwydrodd y chwerthin o 'ngheg. Trawodd y Normaniaid eu cluniau a chwerthin gyda fi. Roedden nhw'n meddwl mai cân ddoniol oedd hi. Pan ddaeth hi i ben, roedden nhw'n dal i wenu.

Ro'n innau'n gwenu hefyd, ac yn esgus 'mod i'n deall y ffrwd o Ffrangeg oedd yn byrlymu dros eu gwefusau.

'Beth ddwedon nhw?' sibrydais ar ôl i'r ddau droi'u cefnau arnon ni a mynd allan i'r iard.

'Maen nhw wedi dod â gwahoddiad i ni fynd i'r castell fory. Chwarae teg i William de Valence. Fe gadwodd ei air.' Pwniodd Morus fy mraich. 'Luc a Toma yw enwau'r ddau 'na ac maen nhw eisiau i fi fynd gyda nhw i'r dafarn nawr.'

'Dim ond ti?' gofynnais, a chodi un ael.

'Maurice!' galwodd y Norman main.

'Ie, yn anffodus,' meddai Morus, ac esgus edrych yn drist. Yna, 'Dod, Luc,' galwodd, neu rywbeth felly, a brysio allan â'i grwth a'i sach yn ei law.

Cripiais innau at y drws a gwylio'r tri'n swagro ar draws yr iard. Gwisgai Luc diwnig werdd fel porfa'r haf, a gwregys arian â bwcwl fel crafanc aderyn, a gwisgai Toma diwnig las â brodwaith aur yn sgleinio am y gwddw. Dynion ifainc oedd y Normaniaid, dim llawer hŷn na Ronw.

Ar ôl iddyn nhw fynd o'r golwg, mentrais allan i'r iard. 'Fory,' ddwedodd Morus. Fory bydden ni'n mynd i'r castell. Ond am heno roedden ni'n aros ym Mryste. Es at y fynedfa a gwylio'r bobl yn mynd i fyny ac i lawr y stryd. Peth rhyfedd oedd bod mewn lle llawn dieithriaid. Doedd neb yn edrych arna i. Gartre byddai pawb yn gweiddi 'Ifor, dere 'ma' neu 'Ifor, be wyt ti'n wneud?' Ond yma ro'n i'n teimlo'n anweledig, ac roedd e'n deimlad cyffrous. Ro'n i'n ddewin, ac yn mynd i gipio tywysog o dan eu trwynau.

Drwy ddrws agored y dafarn, roedd lleisiau'r ddau Norman, a llais trymach Morus, yn byrlymu i'r stryd. Sleifiais yn ôl ar draws yr iard a mentro sbecian drwy'r drws cefn. Er syndod i fi roedd y dafarn bron yn llawn. Eisteddai Morus â'i gefn tuag ata i, yn wynebu Luc a Toma. Roedd e'n dweud rhyw stori, y Normaniaid yn chwerthin a llowcio, a phawb arall yn y dafarn yn dawel fel cysgodion.

Arllwysodd Toma'r diferyn olaf o'i ddiod i lawr ei

gorn gwddw, a tharo'i lestr ar y bwrdd. Gwthiodd Meg ei phen o'r gegin. Roedd bowlen fawr yn ei breichiau a'i hwyneb yn goch. Galwodd ar Jacob, a chamodd y bachgen heibio iddi â siwg o ddiod yn ei law. Gwasgodd y siwg yn dynn at ei frest, a cherdded yn bwyllog, bwyllog tuag at y Normaniaid.

Roedd e bron â'u cyrraedd, ac yn gwenu'n falch, pan wibiodd coes ar draws ei lwybr. Gyda gwaedd o fraw baglodd Jacob a disgyn yn bendramwnwgl ar y bwrdd. Tasgodd y ddiod o'r llestr a tharo Toma yn ei wyneb.

Am foment distawodd pob sŵn. Yna cododd Jacob a sgrialu i'r stryd. Rhuthrodd Meg at Toma, oedd wedi codi ar ei draed gan weiddi a sgyrnygu ar y Saeson yn y dafarn oedd yn piffian chwerthin. Roedd y Sais oedd wedi baglu Jacob yn chwerthin yn fwy na neb.

Roedd Meg ei hun bron â chrio yn ei dychryn. Triodd sychu tiwnig las y Norman, ond ysgydwodd e hi i ffwrdd.

Diflannais innau cyn i neb fy ngweld. Ro'n i wedi clywed Jacob yn rhedeg i'r iard y tu ôl i fi, ac yna'n cripian yn dawel bach at y stabl. Cripiais innau'r un mor ddistaw ar ei ôl.

Roedd e'n swatio ym mhen pella'r stabl yn ymyl y ceffyl dierth. Pan welodd fi, neidiodd ar ei draed a cheisio dianc, ond codais fy llaw i'w atal. Yna ysgydwais fy nwrn i gyfeiriad y dafarn, estyn fy nghoes a phwyntio ati, i ddangos 'mod i'n deall beth oedd wedi digwydd.

Roedd e'n fy ngwylio, fel anifail wedi'i gornelu. Sefais yn ymyl Taran. 'Taran,' dwedais wrth Jacob. Yna: 'Taran. Nudd. Jacob. Ifor,' gan bwyntio at y pedwar ohonon ni.

Daliai Jacob i syllu.

'Taran. Nudd. Jacob. Ifor,' dwedais eto.

Symudodd yn sydyn, a neidiais, gan feddwl ei fod am ddianc eto. Ond dim ond rhoi'i fraich am wddw'r ceffyl dierth wnaeth Jacob.

'Angmar,' meddai.

'Angmar?'

'Angmar,' meddai. Yna â gwên falch, gan bwyntio at bawb yn ei dro, 'Tara, Nith, Jacob, Ifo, Angmar.'

Eisteddais i lawr yn ymyl Angmar. Eisteddodd Jacob wrth fy ochr. Gwenon ni ar ein gilydd. Tynnais fy llaw dros y diwnig werdd, pwyntio ati ac yna ato fe. Ro'n i'n diolch iddo am fenthyg ei diwnig i fi, ond ddeallodd e ddim. Dim ots. O leia roedd Jacob yn deall ein bod ni'n ffrindiau.

Eisteddon ni'n dawel a chysurus yn ymyl ein gilydd, nes i Meg ddod i chwilio amdanon ni.

20.

'Jacob! Jacob!' llefodd pan welodd hi'r bachgen. 'O, Jacob! Jacob!'

Codais ar fy nhraed, a sefyll o'i blaen cyn iddi ddechrau'i ddwrdio, a phwyntio at fy nghoes. Ro'n i am iddi ddeall fod rhywun wedi'i faglu. Ond chymerodd hi ddim sylw ohona i, a phan ddaeth Morus i mewn i'r stabl, rhedais ato.

'Nid ar Jacob oedd y bai am y ddamwain,' sibrydais. 'Fe gafodd ei faglu...'

'Gad hi!' meddai Morus, a chydio yn fy mraich.

'Ond...'

'Gad hi!' Tynnodd fi allan o'r stabl.

'Ond os yw Meg yn mynd i roi llond pen iddo...'

'Dyw hi ddim!' chwythodd Morus.

Roedd e'n edrych mewn llawer gwaeth tymer na Meg.

Tynnais fy mraich yn rhydd a stelcian at ein llety. Ro'n i mewn tymer hefyd, a brasgamais drwy'r drws heb edrych i ble ro'n i'n mynd. Wrth fy nhraed ffrwydrodd rhoch a rheg. Roedd dyn yn gorwedd ar y gwely nesa at y drws, a finnau wedi'i gicio. Codais fy llaw i ymddiheuro, ond fe oedd yr un ddylai ymddiheuro, nid fi.

Roedd e'n drewi o bysgod. Roedd y lletty i gyd yn drewi.

Roedd Morus wedi arogli'r drewdod o'r tu allan, ac wedi sefyll wrth y wal ger y drws. Es i sefyll yn ei ymyl. Roedd yr haul yn dianc tuag at Gymru a'r iard mewn cysgod, heblaw am stribed o olau yn rhedeg fel afon drwy'r canol.

Edrychodd Morus ddim arna i. Roedd e'n gwylio Samson yn llusgo sach drom ar draws yr iard. 'Meg!' galwodd Samson ar ôl cyrraedd drws y dafarn, a daeth Meg o'r stabl a'i braich am ysgwydd Jacob. Roedd golwg bron diffygio ar Meg, ond gwenodd Jacob arna i wrth fynd heibio. Gwenais innau'n ôl.

'Nid bai Jacob oedd y ddamwain,' dwedais ar ras, cyn gynted ag iddyn nhw fynd o'r golwg.

'Dwi'n gwybod!' arthiodd Morus. 'Ac mae Meg yn gwybod.'

'Felly pam mae hi'n poeni?'

'Achos bod Luc a Toma'n beio Jacob.'

'Ond dyw hynny ddim yn deg!'

'Dwed hynna wrth y Tywysog Llywelyn,' meddai Morus yn sur. 'Dyw ei fywyd e ddim yn deg.'

'Ydyn nhw'n mynd i'w gosbi?'

'Be?' Edrychodd Morus arna i'n ddiddeall.

'Jacob. Ydyn nhw'n mynd i'w gosbi?'

'O, Jacob,' ochneidiodd Morus. 'Ydyn, ydyn. Maen nhw'n mynd i'w orfodi i gario casgen o win i'r castell fory.'

'O?' Codais fy aeliau. Doedd hynny fawr o gosb.

'Mae'r gasgen yn drwm,' meddai Morus. 'Ac un bregus yw Jacob. A lletchwith! Pan fyddan nhw'n dod i'n cyrchu ni fory i fynd i'r castell, bydd Jacob yn dod gyda ni.'

'O!' dwedais yn llon. 'Os yw Jacob yn dod gyda ni...'

'Paid â meddwl y galli di'i helpu,' chwyrnodd Morus ar fy nhraws. 'Ei gosb e yw hi. Bydd y Normaniaid yn mynnu mai fe sy'n cario'r gasgen.'

'Gallet ti egluro bod rhywun wedi'i faglu.'

'Na!' meddai Morus a tharo'i law ar fy ysgwydd. 'Mae Luc a Toma wedi penderfynu ar eu tipyn hwyl. Maen nhw'n mynd i roi'r gwin yn rhodd i Iarll Caerhirfryn, sy'n dod ar ymweliad i'r castell fory. Mae wedi clywed am yr helynt yn y dref, ac yn dod i weld drosto'i hun. Mae Normaniaid y castell eisiau dangos i'r Iarll bod popeth o dan reolaeth a dim i boeni amdano, a pha ffordd well o wneud hynny na chael gwledd ganol dydd, cael bachgen i gripian o'i flaen â chasgen ar ei gefn, ac yna cael dau drwbadŵr o Gwasgwyn i ganu iddo?'

'Ydyn ni'n mynd i ganu i iarll?' Agorais fy ngheg yn syn. Do'n i erioed wedi gweld iarll.

'Ydyn, rydyn ni'n mynd i ganu i iarll!' Trodd Morus tuag ata i â'i lygaid cyn goched â'r haul. 'Rydyn ni'n mynd i ganu i iarll ac yna rydyn ni'n mynd i achub Llywelyn. Rwyt ti'n credu hynny, yn dwyt, Ifor ab Einion?'

'Ydw.'

'Wyt.' O'r llety y tu ôl i ni daeth rhoch. Arhosodd Morus am foment, ac yna sibrwd, 'Mae Llywelyn yn cael dod allan o'i gell am ychydig amser bob dydd. Fe glywith ein lleisiau ni, Ifor. Ac ar ôl twyllo'r Normaniaid, fe achubwn ni e.'

'Fe achubwn ni e.'

'Fe achubwn ni e!'

Gwasgodd Morus fy ysgwydd a theimlais frathiad yn llifo drwy fy ngwaed.

Y noson honno, wrth orwedd ar fy ngwely yn y llety pysgodlyd, drewllyd, breuddwydiais am Morus a fi yn carlamu tuag adre ar gefn Taran a Nudd. Rhyngddon ni, ar gefn Angmar, marchogai Llywelyn, Tywysog Cymru.

'Llywelyn! Llywelyn!' Roedd Dad yn bloeddio a Mam, a Ronw a'r pentref cyfan. Deffrais â naid a gweiddi gyda nhw.

Disgynnodd llaw dros fy ngheg. Gwthiais hi o'r ffordd a chwyrnellodd yr anadl o 'ngwddw.

Do'n i ddim ar gefn ceffyl. Ro'n i'n gorwedd mewn

llety a'r tu allan roedd rhywun yn gweiddi'n druenus. Jacob! Codais ar fy eistedd.

'Gad iddo!' hisiodd Morus o'r tywyllwch yn fy ymyl.

Roedd y sŵn wedi deffro'r pysgotwr. Bytheiriodd a chodi ar ei draed. Simsanodd at y drws, ond hyrddiwyd e'n ôl gan gysgod main.

'Ifo!' llefodd Jacob a rhuthro tuag ata i gan godi cymylau o wellt.

'Jacob!' Gwaeddodd Morus lond ceg o eiriau a rhoi naid tuag ato.

Gwingodd Jacob o'i afael a chydio yn fy mraich. Gwaeddodd yn fy wyneb a cheisio fy llusgo at y drws.

'Jacob!' gwaeddodd Morus.

Roedd Morus yn gweiddi ar y bachgen, y pysgotwr yn gweiddi ar bawb, a Jacob yn gweiddi arna i. Ddeallais i ddim byd nes clywed 'Tara. Nith.'

'Mae rhywbeth o'i le ar y ceffylau!' ebychais mewn braw.

Chlywodd Morus ddim. Roedd e wedi codi'r bachgen yn grwn o'r llawr, ac yn chwyrnu yn ei glust. Cariodd e allan i'r iard. Dilynais innau a rhedeg i'r stabl. Yn y tywyllwch roedd ceffyl yn gweryru. Rhuthrais at y sŵn gan estyn fy llaw o 'mlaen. Ro'n i'n disgwyl cyffwrdd â Taran a Nudd. Ond doedd 'na ddim Taran, a doedd 'na ddim Nudd. Dim ond y ceffyl dierth ym mhen draw'r stabl.

'Ifor.' Roedd Morus wedi rhedeg i mewn ar fy ôl.

'Mae'r ceffylau wedi mynd!'

'Maen nhw'n iawn.' Trawodd Morus yn fy erbyn.

'Mae rhywun wedi mynd â nhw yn y nos!' llefais.

'Sh! Dwi wedi'u symud nhw'n nes at y castell.' Cydiodd yn fy mraich.

'Ti?'

'Ffrind. Dewin. Pwy bynnag. Do'n i ddim am ddweud wrthot ti neithiwr, achos fyddet ti ddim wedi cysgu winc. Byddet ti wedi bod yn gwrando am eu sŵn. Ac mae gyda ni ddiwrnod pwysig o'n blaenau. Dere.'

'Ond mae Angmar ar ôl.'

'Dere.' Tynnodd Morus fi at y drws.

Roedd Meg yn dod ar draws yr iard â channwyll yn ei llaw. Neidiai'r fflam mor wyllt â fy nghalon. Cododd Meg y gannwyll ac edrych i wyneb Morus. Gofynnodd gwestiwn gofidus, a phan atebodd Morus, trodd i edrych am Jacob.

Roedd Jacob yn swatio wrth y cafn dŵr.

'Jacob!' Aeth ato a rhoi'i braich amdano. Siaradodd yn dyner ag e a'i arwain yn ôl at y dafarn.

Cripiodd y golau gyda nhw.

Wedi i'r golau ddiflannu'n llwyr, cydiodd Morus yn fy mraich. Gadewais iddo fy arwain yn ôl i'r llety, lle'r oedd y pysgotwr yn cwyno nerth ei geg.

21.

Cododd y pysgotwr ar doriad gwawr a gadael y llety, gan fynd â'i arogl pysgod gyda fe. Cododd Morus yn fuan wedyn. Gwrandewais arno'n golchi'i ben yn y cafn dŵr ac yna'n mynd ar draws yr iard at y dafarn.

Cyn gynted ag y clywais e'n siarad â Meg, codais innau a mynd yn syth i'r stabl. Roedd Angmar yn cysgu'n dawel wrth y wal bella. Doedd neb wedi'i symud.

Es allan, a sefyll ar ganol yr iard. O 'nghwmpas roedd y dref yn deffro, pobl yn cripian o'u gwelyau, yn pesychu ac ochneidio. Roedd babi'n crio, rhywrai'n chwerthin, a lleisiau'n parablu. Do'n i ddim yn eu deall nhw. Do'n i ddim yn deall. Crafais fy mhen yn chwyrn.

Drwy'r nos ro'n i wedi breuddwydio am Llywelyn yn gweiddi am geffyl. Do'n i ddim wedi cysgu'n dda o gwbl. Pan fydda i'n cael noson felly yn tŷ ni, dwi'n codi'n gynnar a mynd am dro i'r nant. Doedd 'na ddim nant yn agos i'r dafarn, dim ond yr hen ffos ddrewllyd. Es i bwyso dros y wal. Ar y bencyn gyferbyn, roedd pethau'n disgleirio fel arian yn yr haul gwan. Baw a charthion oedden nhw o'r tai oedd yn codi tua'r awyr.

Gwasgais fy llaw dros fy nhrwyn, a gwylio dwy lygoden fawr yn twrio yn y baw. Cododd y ddwy eu pennau a syllu i ben draw'r ffos. Roedd gwraig mewn tiwnig laes yn dod ar hyd y llwybr cul yn ymyl y dŵr gan ddal ei sgert ag un llaw a sach yn y llaw arall. Cododd ei phen a 'ngweld i. Am eiliad safodd yn stond, yna dihangodd i fyny'r bencyn. Llithrodd y sach o'i llaw a gwasgar hadau ar lawr.

Arhosais am ychydig i weld a ddôi hi'n ôl i gasglu'r sach. Ond ddaeth hi ddim.

Alys oedd hi.

Pam oedd hi wedi dianc? A pham oedd hi'n cerdded yn y fath le afiach?

Roedd yr arogl yn ddychrynllyd. Roedd e yn fy ngwddw, yn fy nhrwyn. Es i drochi fy mhen yn y cafn i gael gwared arno, ac ro'n i'n ysgwyd fel ci pan ddaeth gwich o'r tu ôl i fi. Roedd Jacob wedi cripian o rywle ac yn sefyll wrth fy mhenelin a'i wyneb yn diferu.

'O!' Allwn i ddim help chwerthin. 'Mae'n ddrwg gen i am dy wlychu di,' dwedais. 'Ro'n i wedi bod yn edrych dros y wal.' Doedd e'n deall dim. Felly pwyntiais at y wal, crychu fy nhrwyn, tynnu wyneb hyll a dweud 'Alys!' Pan fyddwch chi'n methu siarad iaith, yr unig bethau sy'n gwneud synnwyr yw enwau.

'Alys?' Sgubodd Jacob ei wallt o'i lygaid, ac edrych ar y wal. 'Alys?' meddai'n eiddgar, a phan ddwedais i 'Ie!', dihangodd nerth ei draed.

Gydag un naid diflannodd dros y wal. Erbyn i fi ei chyrraedd, roedd e'n rhedeg i lawr y ffos a chawodydd o faw yn codi o dan ei draed. Gwyliais e'n cydio yn sach Alys, ac yn ei llusgo i fyny'r bencyn.

Arhosais i Jacob ddod yn ei ôl, ond ddaeth e ddim. Wedyn gwaeddodd Morus arna i i ddod i mewn i'r dafarn i gael bwyd. Do'n i ddim yn teimlo fel bwyta. Wnes i ddim byd ond sugno'r crystyn o fara ges i gan Meg, ac yna'i guddio yng ngwregys fy llodrau, pan oedd Morus ddim yn edrych.

'Arogl y pysgod wedi troi arna i,' mwmialais, rhag ofn iddo feddwl bod arna i ofn mynd i'r castell. Doedd dim ofn arna i o gwbl. Na, poeni am Jacob o'n i. Poeni y byddai'n dod yn ôl yn fwd o'i ben i'w draed a Morus o'i go'.

Roedd Meg yn poeni hefyd. Roedd hi'n hofran wrth y drws cefn, a'i llygaid yn goch, a phan ddaeth Samson o'r gegin â chasgen win yn ei freichiau, daeth sŵn crio o'i gwddw. Er mai casgen go fach oedd hi, roedd Samson yn pwffian dan ei phwysau. Gollyngodd hi yn ein hymyl a mynd yn ôl i gysuro Meg.

Gwyliodd Morus y ddau, ac ochneidio'n ddiamynedd.

'Be sy?' sibrydais.

'Jacob wedi mynd i rywle,' meddai'n gwta. 'Mae Meg yn poeni na ddaw e'n ôl mewn pryd i fynd i'r castell. Mae hi'n poeni'i fod e wedi rhedeg i ffwrdd.'

Roedd golwg bron drysu ar Meg, druan. Er ei mwyn hi, allwn i ddim dal i gau 'ngheg.

'Dyw e ddim wedi rhedeg i ffwrdd,' dwedais.

'Na?' meddai Morus, a'i lygaid yn fy mrathu.

'Wedi mynd dros y wal mae e. Y wal y tu ôl i'r llety.'

'I be?'

Atebais i ddim, dim ond neidio ar fy nhraed.

'Fe a' i ddweud wrth Meg.'

'Paid!'

Ond fe es. Cyn i Morus allu cydio yndda i, rhedais at y drws a gafael yn ysgwydd Meg.

'Jacob!' dwedais gan bwyntio at y wal. Wedyn pwyntiais at fy mrest i ddangos fy mod i'n mynd i chwilio amdano. Fi oedd wedi'i yrru dros y wal, a fi oedd yn gwybod ble yn union oedd e wedi mynd. I chwilio am Alys.

Ond gwthiodd Meg fi o'r ffordd, a gwên yn lledu dros ei hwyneb.

'Jacob!' llefodd.

Doedd dim rhaid i fi fynd dros y wal wedi'r cyfan.

Roedd Jacob yn dod tuag aton ni ar draws yr iard. Roedd yn faw o'i ben i'w draed, ond roedd ei lygaid fel sêr.

Diflannodd y wên o wyneb Meg, a rhuthrodd amdano gan fytheirio a phwyntio at y cafn. Dim ond chwerthin wnaeth Jacob, a wnaeth e ddim cwyno o gwbl pan fynnodd Meg ei fod yn tynnu'i ddillad ar unwaith ac yn dringo i'r dŵr. Ro'n i'n crynu drosto. Ond lapiodd Jacob ei freichiau amdano'i hun ac eistedd yn dawel, hyd yn oed pan roddodd Meg ei ben dan y dŵr oer a rhwbio'i wallt â dyrnau caled.

Roedd Morus yn dal wrth y bwrdd, felly sleifiais yn gyflym at y wal a sbecian drosti. Dim ond llygod oedd yn rhedeg ar hyd y ffos, ac un wylan â'i phig yn y baw. Canodd cloch eglwys rywle'n agos a chrynai brigau'r goeden lle diflannodd Alys, ond ddaeth neb i'r golwg.

Es yn ôl i'r iard. Gorweddai dillad brwnt Jacob yn bentwr ar lawr, a hadau ceirch yn sownd wrthyn nhw, yn gymysg â'r baw. Roedd Jacob ei hun yn rhedeg yn borcyn at y drws cefn. Dilynais yr olion traed gwlyb i mewn i'r gegin. Roedd Jacob ar ei liniau o flaen y tân. Heb ei ddillad, edrychai mor fain a bregus â chyw aderyn, ond pan welodd fi'n sefyll yno, cododd ei ben a gwenu arna i mor hyderus ag unrhyw iarll.

Wedyn, mwmialodd air, a phan fethais i ddeall, mwmialodd eto.

'Taranith.'

'Tar...?'

'No!' gwaeddodd Jacob ar fy nhraws, a throi'i gefn arna i.

'Jacob?' Roedd e'n amlwg wedi darganfod Taran a Nudd, ac ro'n i'n mynd i drio gofyn ble, pan deimlais anadl ar fy ngwar.

Y tu ôl i fi safai Morus, ei sach ar ei ysgwydd, a'i wyneb mor galed â chreigiau Strigoil.

22.

Ddwedodd Morus 'run gair, dim ond syllu ar y bachgen yn swatio wrth y tân. Roedd asgwrn cefn Jacob yn codi fel bwa drwy'i gnawd. Sugnais fy ngwynt. Nawr ro'n i'n deall pam roedd Morus yn poeni amdano'n cario'r gasgen.

'Dwi'n mynd i roi hon yn ôl iddo,' dwedais, a dechrau tynnu'r diwnig werdd.

'Paid!' meddai Morus, a gafael yn fy mraich.

'Ond galla i wisgo fy hen diwnig.'

'Na.'

Ar y gair daeth Meg i mewn i'r gegin. O dan ei braich roedd tiwnig lân, un garpiog a'i godre'n frau. Taflodd hi at Jacob a dweud wrtho am ei gwisgo.

'Ti'n gweld,' meddai Morus.

'Ond mae'r un werdd yn dewach,' dwedais.

'Paid â chymhlethu pethau,' meddai Morus. 'Gad hi. A cher i dwtio dy hun, neu fe fydd Jacob yn edrych yn daclusach na ti pan awn ni i'r castell.' Cydiodd yn dynnach yndda i a'm llywio drwy'r drws.

Ysgydwais e i ffwrdd cyn gynted ag i ni fynd allan i'r iard. 'Dwi ddim yn mynd i 'molchi yn y cafn dŵr,' dwedais yn swta. 'Mae Jacob newydd fod yn eistedd ynddo fe. Mae e'n llawn o faw'r ffos. Ta beth, dwi newydd olchi fy wyneb.'

'Twtia dy diwnig a dy wallt 'te,' arthiodd Morus.

'Iawn. Fe wna i!' snwffiais.

Gollyngodd Morus fi o'r diwedd, a chyn gynted ag iddo droi'i gefn, sniffiais fy nhiwnig rhag ofn ei bod yn arogli o'r ffos. Doedd hi ddim. Roedd hi'n arogli fel fy hen diwnig – cymysgedd o wellt a chwys a photes, gydag ychydig bach o geffyl hefyd. Tynnais friwsionyn bara oddi arni a'i fflician yn galed i gyfeiriad y cafn dŵr. Glaniodd yn dwt yn ei ganol.

Ro'n i'n chwilio am friwsionyn arall, pan frysiodd Samson heibio â rhaw yn ei law. Cydiodd yn y cafn, ei droi ar ei ochr a gyrru ffrwd o ddŵr dros yr iard. Wedyn crafodd bentwr o faw o'i waelod, a mynd i'w daflu dros y wal gefn.

Nodiodd Samson arna i ar ei ffordd yn ôl. Nodiais innau. Byddwn i wedi mynd i'w helpu oni bai am Morus. Roedd hwnnw'n sefyll wrth fynedfa'r iard yn gwylio'r bobl yn mynd heibio. Byddwn i wedi glanhau'r cafn er mwyn Taran a Nudd, Angmar, a phob ceffyl arall oedd yn gorfod yfed ohono. Ond roedd Morus wedi dweud wrtha i am fod yn daclus, felly crafais bob gwelltyn oddi ar fy nhiwnig, a thynnu fy mysedd drwy fy ngwallt. Wedyn sefais yn llonydd a surbwch fel y dyn carreg hwnnw, nes i Morus droi i edrych arna i.

O gil fy llygad, gwyliais y wên yn lledu dros ei wyneb.

'Ifor!' galwodd. 'Dere. Fe awn ni am dro, ti a fi.'

'I'r dre?' Anghofiais deimlo'n flin.

'I'r dre,' chwarddodd. 'Ddaw Luc a Toma ddim i'n nôl tan ganol dydd.'

Brysiais yn sionc tuag ato, a gweld cip o Jacob drwy ddrws y dafarn. Bues i bron â gofyn i Morus a gâi e ddod gyda ni, ond wedyn caeais fy ngheg. Fyddai Morus ddim yn fodlon. Doedd Jacob ddim yn ddewin.

Brasgamodd Morus i fyny'r stryd mor bwysig â Norman. Gwnes innau fy ngorau i gadw fy nhrwyn yn yr awyr, er bod fy mhen yn troi o un ochr i'r llall. Roedden ni'n dilyn yr un llwybr ag y gwnaethon ni'r diwrnod cynt, ond roedd pethau newydd i'w gweld. Roedd y dref yn symud o hyd fel afon. Yn ein pentref ni roedd pob tŷ bron 'run fath, ond ym Mryste roedd pob adeilad yn wahanol, y drysau'n agored, a phobl y tu mewn iddyn nhw'n morthwylio, yn crafu, yn clecian. Wrth fynd heibio i weithdy oedd yn gwynto o groen anifeiliaid, rhedodd ceiniog arian drwy'r drws a tharo yn erbyn fy nhroed. Cyn i fi allu'i chodi, rhuthrodd dyn o'r gweithdy, ei chipio o'r llawr, a gwgu arna i fel petawn i'n lleidr. Chwarddais yn ei wyneb. Gallai gadw ei geiniog. Roedd gen i fy ngheiniog fy hun, yn doedd?

Oedd e? Daliais fy ngwynt. Am y tro cyntaf ers i fi roi'r Brenin Edward yn fy esgid, do'n i ddim wedi edrych y bore hwnnw i weld a oedd e'n dal yn ei le. Sefais yn stond, a gwasgu fy nhroed ar lawr. 'A!' Roedd e'n swatio dan fy sawdl. Ochneidiais yn falch, ac wrth i fi wneud, llithrodd y crystyn bara i lawr fy nghoes a diflannu dan olwynion cert. Sgrialodd bachgen bach dros y llawr, wedyn syllodd arna i'n slei a'i fochau'n grwn fel bochau gwiwer sy'n hel cnau. Chwarddais. Chwarddodd yntau a daeth bara i'r golwg rhwng ei ddannedd.

Rhwng helynt y geiniog a'r bara, ro'n i wedi colli Morus. Codais ar flaenau fy nhraed a'i weld yn sefyll o flaen drws tafarn â llun baedd uwch ei ben. Roedd e'n siarad â rhywun. Erbyn i fi gyrraedd y dafarn, roedd Morus wedi mynd yn ei flaen, ond sbeciais drwy'r drws a gweld y byrdew o'r cei yn diflannu i'r cysgodion.

Soniodd Morus 'run gair amdano. Soniais innau ddim chwaith. Roedd Morus yn aros amdana i yn y man agored lle cwrddon ni â William de Valence y diwrnod cynt. Es i sefyll yn ei ymyl a syllu dros waliau'r dref ar fryniau Cymru ar y gorwel.

Yn nes aton ni roedd rhes o geffylau'n nesáu at y

Ffrŵm, a chadwynau'r marchogion yn wincian yn yr haul.

'Yr Iarll,' snwffiodd Morus.

'Yr Iarll!' ebychais innau.

'Iarll Caerhirfryn ac Arglwydd Buellt.' Llusgodd Morus yr enwau drwy'i ddannedd. 'Llywelyn ap Gruffudd oedd Arglwydd Buellt. Does gan hwn ddim hawl.' Poerodd ar y llawr. 'Dere. Fe awn ni i gael cip ar y castell cyn iddo gyrraedd.'

Trois fy nghefn ar yr Iarll, a brysio wrth ochr Morus ar hyd stryd oedd yn arwain tua'r dwyrain. Roedd y stryd yn llawn o bobl yn gwau drwy'i gilydd, ac ymhell cyn i ni gyrraedd y castell, dechreuodd y llawr grynu dan garnau ceffylau. Ciliodd pawb ar ras i gysgod y tai, a chydiodd Morus yn fy mhenelin a'm tynnu drwy ddrws gweithdy lle'r oedd dynion yn lliwio gwlân.

Swatiais wrth y drws, a gwylio'r ceffylau'n dod ar ras. Ro'n i eisiau syllu ar wyneb yr Iarll, ond chwythodd gwynt i fy llygaid a llwch ac anadl boeth. Chwipiodd clogyn yn erbyn fy moch, a gwichiais a chamu'n ôl. Erbyn i fi ailedrych doedd dim i'w weld ond baw yn tasgu, cynffonnau'n chwifio, a baner goch â thri llew yn cyhwfan. O ben draw'r stryd daeth sŵn pren yn malu, a gweiddi croch.

Doedd y dynion yn y gweithdy ddim wedi talu sylw

i'r Iarll o gwbl. Roedden nhw wrthi'n stwnsian brethyn mewn casgen fawr. Llifai ffrwd fain o liw coch dros y llawr, heibio'n traed ac allan i'r stryd.

'Wel?' meddai Morus wrth i ni gamu dros y ffrwd. 'Welaist ti e? Welaist ti Edmwnd Grwca, brawd y brenin.'

'Pwy?'

'Yr Iarll.'

'Yr Iarll yw brawd y brenin?' Edrychais arno'n syn.

'Wrth gwrs,' meddai Morus. 'Wyddet ti ddim?'

'Na!'

'Oes ots ei fod yn frawd i'r brenin?'

'Na.' Codais fy ysgwyddau. Doedd dim ots o gwbl.

'Rhywun arall i ti wasgu dan droed,' meddai Morus yn galonnog.

Chwarddais, a'i ddilyn tuag at y castell.

Ar gornel y stryd roedd pysgod wedi dianc o weddillion casgen a dyn yn rhedeg yn llawn ffwdan ar eu holau. Cerddais yn ofalus heibio iddo, hanner cau fy llygaid a sbecian ar y tŵr mawr o fy mlaen. Doedd neb ar y tŵr, neb ond yr haul. Yr haul, yn bêl fawr gron, yn gwasgu a gwasgu ar waliau Castell Bryste nes troi'r cyfan yn ddŵr melyn. Roedd yr Iarll newydd groesi'r ffos islaw a diflannodd i'r niwl melyn a'i ddynion ar ei ôl.

Y tu ôl i ni roedd twrw mawr. Roedd dyn y pysgod yn ysgwyd ei ddyrnau ac yn rhegu'r Iarll i'r cymylau, a'r dyrfa o'i gwmpas yn gweiddi hefyd. Yn rhedeg tuag atyn nhw â chleddyfau yn eu dwylo, roedd criw o farchogion.

'Dere,' meddai Morus, a rhoi plwc i fy llawes. 'Awn ni lawr i'r eglwys draw fan'na, nes i bethau dawelu.'

Wrth i fi ei ddilyn i lawr y stryd serth gyferbyn, slwtsiodd pysgodyn dan fy nhroed. Herciais yn fy mlaen, a darnau o bysgod yn sownd wrth fy esgid, a phan gyrhaeddon ni'r eglwys, rhwbiais fy nhroed ar y glaswellt y tu allan. Rhwbiais yn galed nes bod y Brenin Edward yn gwichian. Do'n i ddim eisiau i'r eglwys ddrewi o fy achos i. Ond, pan es i i mewn, roedd yr eglwys yn drewi'n barod. Roedd hi'n arogli o'r ffos. Crychais fy nhrwyn nes cael proc yn fy mraich gan benelin Morus.

Yng nghefn yr eglwys roedd pobl ar eu gliniau'n gweddïo a'u lleisiau'n crynu fel haid o adenydd. Pwyntiodd Morus at fainc yn agos i'r drws. 'Aros fan hyn,' sibrydodd, a gadael ei sach wrth fy nhraed.

'Ble wyt ti'n mynd?' sibrydais innau.

'I gyffesu.'

'Cyffesu? Pam?'

Atebodd e ddim. Gwrandewais ar sŵn ei draed yn symud oddi wrtha i. Roedd cyffesu'n golygu dweud wrth offeiriad y pethau drwg oedd yn eich calon er mwyn i Dduw faddau i chi. Oedd Morus yn mynd i ddweud wrth Dduw ei fod am achub Tywysog Cymru? Doedd honno ddim yn weithred ddrwg! Gweithred dda oedd hi. Y Brenin Edward ddylai fod yn cyffesu.

Gwasgais wyneb y brenin yn erbyn y llawr, ac wedyn gweddïais. Gweddïais dros Llywelyn ac Owain ei frawd, dros Gymru, dros Mam, dros Ronw ac Enid. A Morus. A'r dyn pysgod. 'A helpwch Jacob,' dwedais yn uchel. 'A Taran a Nudd.'

Ar hynny, gallwn i dyngu 'mod wedi clywed ceffyl yn gweryru yn yr eglwys. Edrychais o 'nghwmpas yn syn. Doedd dim sôn am geffyl, dim ond pobl yn sibrwd yn ddwys, a'u hwynebau ar goll o dan eu cycyllau. Cododd un ei ben, a theimlais bâr o lygaid yn fy mrathu.

Plygais fy mhen eto, ac yn fuan wedyn daeth Morus ata i. Safodd yn fy ymyl heb ddweud gair, dim ond pwyntio at y sach. Estynnais y sach iddo, codi ar fy nhraed a'i ddilyn allan o'r eglwys, i olau'r haul.

Cyn gynted ag y camais i'r awyr agored, anadlais yn ddwfn, ddwfn gan feddwl cael llond ceg o awyr iach. Ond roedd yr awyr yn llawn o arogl y ffos, a Morus yn sgubo baw oddi ar ei lawes.

23.

Ar ein ffordd yn ôl drwy'r dref, daeth gwynt gwell o lawer i oglais fy nhrwyn. Gwynt cig rhost brasterog, blasus i'w ryfeddu. Ro'n i'n dychmygu cnoi ar asgwrn yn diferu o saim, rhywbeth mwy o lawer na'r wiwer fyddai Mam yn ei choginio, ac yn llyfu fy ngwefusau, pan ddaethon ni i olwg ein llety.

Stopiodd y llyfu ar unwaith. Roedd clwstwr o bobl o flaen y dafarn a Meg yn eu canol, ei hwyneb yn gochach nag erioed a'i gwallt ar chwâl. Cyn gynted ag y gwelodd hi ni, rhuthrodd at Morus, cydio yn ei fraich a pharablu'n wyllt. Clywais enw Jacob sawl gwaith.

'Be sy?' sibrydais.

'Roedd yr Iarll wedi cyrraedd yn gynt na'r disgwyl ac mae Luc a Toma eisiau i ni a Jacob fynd i'r castell nawr,' atebodd Morus dan ei wynt.

Ar y gair daeth pennau'r ddau Norman i'r golwg yn nrws y dafarn. Yn y cysgodion y tu ôl iddyn nhw, swatiai Jacob, yn welw fel ysbryd, a Samson a'i fraich am ei ysgwydd.

Pan welodd e Morus, gwaeddodd Toma'n llon,

pwyntio at Jacob a gwneud siâp â'i ddwylo, un llaw ar gefn y llall, a dau fys yn ymestyn. Chwarddodd Morus, a rhythodd Meg arno â golwg dorcalonnus ar ei hwyneb. Es ati a chyffwrdd â'i law. Ro'n i eisiau dweud wrthi mai dewin oedd Morus. Gwaith dewin yw twyllo. Doedd e ddim yn chwerthin go iawn. Dim ond esgus bod yn ffrindiau â'r Normaniaid oedd e. Ond gollyngodd Meg ei gafael ar Morus a throi oddi wrtha i.

Roedd Samson newydd swagro at ddrws y dafarn. Gan wincian ar bawb, torchodd ei lewys, dangos ei gyhyrau a chipio'r gasgen win o'r llawr. Daliodd hi'n uchel. Yna, 'Jacob!' gwichiodd mewn llais bach main, gan grynu a simsanu ac esgus gollwng y gasgen ar lawr. Roedd e'n gwneud ei orau glas i berswadio'r Normaniaid y byddai Jacob yn siŵr o wneud llanast, ac mai fe, Samson, ddylai gario'r gwin i'r castell.

Roedd y bobl o 'nghwmpas i'n chwerthin ac yn nodio'u pennau.

Ond 'Jacob!' chwyrnodd Luc, gan gydio yn Jacob, a'i lusgo at y drws. Pwyntiodd at y gasgen, a gorchymyn Samson i'w rhoi ar gefn y bachgen.

Crensiodd Samson ei ddannedd a phlygu dros y gasgen â'i gefn tuag aton ni. Am foment meddyliais ei fod am wrthod ei chodi, ond sythodd yn sydyn â'r gwin yn ei freichiau.

Roedd llygaid pawb ar gorff bregus Jacob. Safai fel oen bach rhwng y ddau Norman a'i lygaid ar y llawr. Safodd yn gadarn, nes i Samson ollwng y gasgen ar ei ysgwyddau. Yna suddodd yn ara' dan ei phwysau, a'i ben yn ymestyn.

Nawr deallais y siâp roedd Toma yn ei wneud â'i ddwylo.

Malwen.

Roedd Jacob yn edrych fel malwen â chragen y gasgen yn ei wthio tua'r llawr.

Cymerodd Jacob un cam sigledig at y drws. Estynnais fy llaw i'w helpu ac estynnodd Meg ei llaw ar yr un pryd. Tynnodd Morus fi'n ôl ond rhoddodd Meg ei braich dan y gasgen a chynnal ei phwysau, nes i Luc weiddi arni.

Gwegiodd coesau Jacob ac am foment daliodd pawb eu gwynt gan ddisgwyl ei weld yn suddo i'r llawr. Ond wedyn tynnodd anadl fain, a chan gyrlio bysedd ei draed yn ei esgidiau, cymerodd anadl ddyfnach, a chripian yn ei flaen.

Chwarddodd Luc a siarad yn fyrlymus â Morus. Atebodd Morus â gwên ar ei wyneb. Yna gwthiodd ei sach i fy llaw, a'm hysio i fyny'r stryd. Ffrwydrodd twrw y tu ôl i fi. Meg oedd yn cael ei hel yn ôl i'r dafarn gan Toma i sŵn chwerthin mawr. Roedd y Normaniaid yn chwerthin. Roedd Morus yn chwerthin, ac roedd y bobl ar y stryd yn chwerthin. Bob tro roedd Luc neu Toma'n troi i edrych arnyn nhw, roedden nhw'n chwerthin yn llon.

Plygais fy mhen cyn i fi gael fy ngorfodi i chwerthin hefyd. Es i sefyll wrth ysgwydd Jacob. Gwibiodd ei lygaid tuag ata i a gwenais arno. Ond be dda oedd hynny? Doedd gwenu ddim help, pan oedd eich esgyrn yn malu. Roedd pawb yn cilio o'n ffordd, rhai yn ein gwylio'n ofidus, rhai – ag un llygad ar y Normaniaid – yn chwerthin a phryfocio. Gwaeddodd rhyw labwst yn wyneb Jacob a rhoi proc iddo. Codais innau fy nwrn, a bydden ni wedi ymladd yn y fan a'r lle, oni bai i wraig ifanc roi clusten i'r llabwst ar fy rhan. Chwarddais wrth weld yr olwg ar ei wyneb.

Roedd Jacob yn symud yn boenus o araf, ond erbyn i ni gyrraedd cornel y stryd roedden ni wedi gadael Morus a'r ddau Norman ymhell ar ôl. Roedd Morus yn dweud storïau, ac yn clochdar yn llawn cyffro. Clywais y gair 'Aragon' a dychmygais e'n neidio'n ôl ac ymlaen i ddangos sut oedd e wedi ymladd dros frenin Ffrainc. Tynnu sylw oddi ar Jacob oedd e, er mwyn i fi allu'i helpu.

Fe wnes i hynny. Cyn gynted ag i ni droi'r gornel, lapiais fy mraich am gefn y bachgen, o dan y gasgen. Ond tynnais hi'n ôl yn syth. Roedd rhywbeth gwlyb ar fy llawes. Roedd Jacob yn gwaedu! Roedd ei esgyrn wedi malu go iawn. Roedd y cochni'n llifo dros ei diwnig.

Gollyngais sach Morus ar unwaith a gafael yn y gasgen. Daeth Brawd Llwyd draw i helpu. Cydiodd e yn un pen a chydiais i yn y pen arall. Wrth i ni ei chodi, llifodd ffrwd fach goch dros fy nhraed. Gwaeddais yn falch. Gwin oedd e! A gwin oedd yn diferu dros Jacob, nid gwaed. Troion ni'n gasgen wyneb i waered. Roedd hollt fach gul ynddi, fel petai rhywun wedi gwthio cyllell rhwng yr estyll. Samson, falle! Dyna'i ffordd o ysgafnhau baich Jacob neu sbeitio'r Normaniaid, neu'r ddau.

Chwarddais. Ond roedd Jacob wedi dychryn yn dwll, ac yn syllu dros fy ysgwydd a'i ên yn crynu. Pan neidiodd fel cwningen, ro'n i'n gwybod bod Luc a Toma newydd ddod heibio'r tro. Trawodd yn erbyn y gasgen a thasgodd diferyn o win i'w lygad dde a rhedeg yn goch i lawr ei foch.

O'n cwmpas ffrwydrodd ocheneidiau o fraw a lleisiau cras. Roedd golwg druenus ar Jacob, ac roedd y bobl ar y stryd wedi'u twyllo, fel y twyllwyd fi'n gynharach. Roedd Jacob yn gwaedu ac roedden nhw'n rhoi'r bai arna i! Cododd sawl dwrn, ond siaradodd y Brawd yn gyflym, yn dawel, gan amneidio i gyfeiriad Morus a'r ddau Norman. Roedd Morus yn dal i wau'i storïau a'r Normaniaid yn gwrando'n astud. Doedd yr un ohonyn nhw wedi sylwi arnon ni. Caeodd y dorf o'n cwmpas a gwylio wrth i fi a'r Brawd Llwyd osod y gasgen yn dyner ar gefn Jacob a rholio ei gwcwll oddi tani i warchod ei esgyrn.

Symudodd Jacob yn ei flaen a'r Brawd Llwyd wrth ei ochr yn ei helpu. Dilynais innau, y sach yn fy llaw a fy llygaid wedi'u hoelio ar y diferion o win oedd yn dal i fyrlymu o'r gasgen, a disgleirio yn yr haul. Byddai'r Normaniaid yn sylwi'n syth. Edrychais am rywbeth y gallwn i wthio i'r hollt. Doedd yna ddim byd ond baw ar y llawr. Meddyliais am rwygo'r diwnig oedd amdana i, ond nid fy nhiwnig i oedd hi.

Nid fi oedd piau'r sach, chwaith, ond datodais y cwlwm am ei gwddw a gwthio fy llaw i mewn. Cydiais mewn bwndel o frethyn a'i dynnu i geg y sach. Yn y bwndel roedd dau ddilledyn. Dilledyn dierth, du fel y frân, oedd un, ond ro'n i'n nabod y llall yn iawn. Fy hen diwnig oedd hi! Gwenais yn falch, ei chodi at fy ngheg a bachu un o bwythau Mam rhwng fy nannedd. Rhwygais e'n rhydd, ei rolio'n bêl, ac estyn am y gasgen.

Gwichiodd Jacob, pan deimlodd bwysau fy mysedd. Ond nodiodd y Brawd Llwyd a dal Jacob yn dynn. Gwasgais innau'r gwlân i'r hollt. Roedd y gwin ar y gasgen yn dal i ddisgleirio, felly rhwygais ddarn o'r diwnig yn ymyl y pwythau, a sychu'r gasgen â'r clwt.

Gwthiais y clwt i fy ngwregys a thaflu'r sach yn ôl dros fy ysgwydd. Dyna hwyl fyddai dweud y stori hon wrth bobl ein pentref ni. Stori pwythau Mam yn achub casgen win. Byddai pawb yn chwerthin ei hochr hi. A byddai Iago Hen yn ailadrodd y stori, gan ychwanegu cawr neu ddau neu wrach neu frenhines.

Doedd dim angen ychwanegu dewin. Edrychais dros fy ysgwydd. Roedd dewin yn y stori yn barod.

Roedden ni yng nghysgod y castell erbyn hyn, ac wrth i ni gyrraedd y bont oedd yn croesi'r ffos, gollyngodd y Brawd Llwyd ei afael ar Jacob. Mwmianodd eiriau caredig, calonnog, gwneud arwydd y groes a mynd yn ôl tua'r dref. Trodd Jacob ei ben i'w wylio'n mynd, ac ochneidiodd wrth i bwysau'r gasgen ei wasgu tua'r llawr.

Fentrwn i mo'i helpu. Roedd Luc a Toma'n nesáu yn llawn cyffro, a Morus wrth eu hochr. Closiais at Jacob rhag ofn iddyn nhw weld y staen gwin ar ei diwnig. Ond roedd y ddau Norman ifanc yn dal i freuddwydio am ymladd yr Aragoniaid. O'i gymharu â hynny, chwarae plant oedd dial ar Jacob, a brasgamon nhw at y porth heb edrych arnon ni, gan siarad yn bwysig, fel petai eu cegau'n llawn o gerrig y nant.

Fel 'na'n union mae Ronw'n siarad â fi, pan mae'n esgus bod yn glyfrach na'i frawd bach. Ond fyddai Ronw

ddim wedi brasgamu dros y bont mor hy â'r ddau
Norman. Byddai calon fy mrawd wedi sboncio'n gyflym,
ei groen wedi crychu o gwmpas ei lygaid a'i wefusau
wedi crynu dipyn bach, yn union fel fy rhai i.

Ro'n i'n gwylio'r porth yn agor fel ceg fawr farus.
Glynais wrth Jacob, a phan graffodd y porthor arnon ni,
a phan drodd Luc a Toma a chyfarth arnon ni, a phan
edrychodd Morus i lawr ei drwyn arna i heb ddweud gair,
cerddais i a Jacob i dir y castell, ochr yn ochr fel petai
rhaff yn ein clymu.

O'n blaenau, yn codi uwch ein pennau, roedd adeilad
mawr sgwâr, yn llawn llygaid main. Caeais fy llygaid fy
hun a theimlo Jacob yn symud oddi wrtha i. Daeth sŵn
cyfarth o rywle.

Roedd Dad wedi dweud mai ffau bleiddiaid oedd
Castell Strigoil. Y bleiddiaid oedd y Normaniaid oedd yn
llyncu'n bwyd, yn chwyddo fel cewri, ac yn rhuthro allan
i lyncu'n gwlad. Ond, pan agorais fy llygaid, welais i
ddim bleiddiaid, dim ond pobl yn brysur wrth eu gwaith.
Roedd dyn yn cario sach ar ei gefn a'i diwnig yn wyn gan
flawd. Roedd un arall yn cario bwyell ar ei ysgwydd.
Roedd pentref cyfan o gwmpas y castell. Ar y glaswellt
roedd plant yn chwarae â chi bach, ac yn dod tuag aton
ni roedd tair gwraig osgeiddig a'r haul yn disgleirio ar eu
dillad lliwgar ac ar y brodwaith a'r tlysau am eu gyddfau.

Cyfarchodd Luc a Toma'r gwragedd, a phlygu eu pennau, nes bod eu trwynau bron â chyffwrdd â'r llawr. Yn eu hymyl edrychai Morus mor urddasol â'r Brenin Arthur. Cydiodd yn llaw dde pob un o'r tair a'i chusanu. Roedd y gwragedd wrth eu bodd.

Doedd Luc ddim yn hoffi hynny, a dechreuodd neidio fel sioncyn y gwair gan chwifio'i fraich yn yr awyr ac esgus ymladd byddin gyfan o Aragoniaid. Curodd y gwragedd eu dwylo, a chwerthin nes bod y tlysau am eu gyddfau'n dawnsio.

Ro'n i'n eu gwylio ac yn gwenu fy hunan, pan faglodd Jacob yn fy erbyn. Roedd e wedi blino'n lân. Cydiais yn y gasgen, ond gwaeddodd Toma arna i. Gollyngais fy ngafael ar unwaith a phlygodd coesau Jacob. Llefodd y gwragedd mewn braw a galwodd gwraig mewn gwisg las ar Toma i helpu'r bachgen. Ond atebodd Toma hi'n swta, gan dynnu'i law dros ei diwnig i ddangos sut oedd Jacob wedi taflu diod drosto'r diwrnod cynt.

Roedd y wraig yn dal i syllu'n ofidus ar Jacob, felly safodd Toma o'i flaen i'w guddio o'i golwg. Ar yr un pryd gwnaeth arwydd i Morus, a throdd Morus ac amneidio arna i.

Roedd e'n gofyn am ei sach. Roedd y sach ar y llawr wrth fy nhraed. Ers i fi ei hagor yn gynharach, do'n i ddim wedi'i hailglymu. Sylwodd Morus ar unwaith, a phan estynnais hi iddo, cipiodd hi o'm llaw. Plymiodd ei fraich i waelod y sach, ac yna tynnu'r crwth allan. Roedd fy nhiwnig yn sownd wrtho. Tynnodd Morus hi'n rhydd, a syllu arna i â'i lygaid fel drain.

Roedd e'n flin wrtha i! Ro'n i wedi agor ei sach heb hawl. Ond roedd gen i reswm da. Ro'n i'n mynd i ruthro ato i egluro beth oedd y rheswm hwnnw pan sgubodd lliain main yn erbyn fy wyneb a llyncais lond ceg o arogl pêr.

Tra oedd Toma'n gwylio Morus yn tynnu'r crwth o'r sach, roedd y wraig yn y diwnig las wedi brysio at Jacob. Roedd hi'n plygu drosto, yn mwytho'i wallt, a Jacob yn troi'i ben i edrych arni, pan symudodd y gasgen. Gyda gwich o fraw collodd Jacob ei afael arni a disgynnodd â chlec wrth ei draed.

Rhuodd Toma, a phwyntio at y gwin oedd yn tasgu o'i hochr. Rhuodd eto, a'i wyneb fel brest robin goch. Roedd ei anrheg i'r Iarll wedi'i difetha, ac roedd e'n beio Jacob am dorri'r gasgen. Siaradodd y wraig yn gyflym, gyflym gan ddweud mai arni hi oedd y bai. Ond wnâi Toma ddim gwrando. Roedd e o'i go'n lân. Anelodd gic at y gasgen, a byddai wedi anelu cic at Jacob hefyd oni bai i Luc ei lusgo'n ôl.

Yng nghanol y dwrdio a'r dychryn, dechreuodd Morus chwarae'i grwth. Ar y dechrau doedd neb yn gwrando, ond o dipyn i beth sleifiodd y nodau i'r bylchau rhwng y geiriau blin, nes o'r diwedd eu gwthio o'r ffordd yn llwyr. Ochneidiodd y wraig yn y diwnig las, a lledodd gwên fach freuddwydiol dros ei hwyneb. Anadlodd y ddwy wraig arall yn ddwfn, fel petaen nhw'n llyncu'r miwsig yn grwn.

A dechreuodd Morus ganu. Ro'n i'n nabod y dôn. Yn y pentref bydden ni'n canu cân hwyliog, gyffrous am dywysog yn mynd i hela, ond canai Morus y geiriau'n dyner, dyner, ac nid yn Gymraeg. Roedd ei dymer ddrwg wedi diflannu.

Mentrais edrych arno. Roedd e'n gwenu. Gwenai'r gwragedd hefyd, ac wrth i'r gân fynd yn ei blaen, siriolodd Luc a Toma. Llifodd y miwsig dros iard y castell. Trodd y porthor ei ben, a'r dyn oedd yn arwain dau gi hela, hen wraig oedd yn cripian ar fraich ei morwyn, plant, gweithwyr, gwylwyr, pobl bwysig. Ac o dan y wal bella, cynhyrfodd carcharor, oedd yn cerdded rhwng tri cheidwad, a throi'i wyneb gwyn tuag aton ni.

Dyn ifanc oedd y carcharor, ei wallt yn gochlyd, fel fy un i, a'i diwnig yn wyrdd.

Am foment safodd fy nghalon yn stond. Yna heb aros i feddwl, agorais fy ngheg a dechrau canu. Hedfanodd y nodau dros bennau'r tair gwraig, dros bennau Luc a Toma a phob gwyliwr a gweithiwr a phlentyn nes cyrraedd y dyn ifanc. 'La, le li, lw, la,' canais fel eos. 'La, lew, li, lyw, la', geiriau oedd yn golygu dim byd ac yn golygu popeth.

Curodd y gwragedd eu dwylo. Gwasgodd un ei llaw dros ei chalon. Roedd yn well ganddyn nhw fy nghanu i na chanu Morus, hyd yn oed. Ro'n i'n ifanc. Ro'n i'n daer. Cyffyrddodd yr un â'r diwnig las â fy moch. Chwythodd lliain ei gwimpl dros fy wyneb, ac erbyn iddi gamu'n ôl eto, roedd y carcharor wedi diflannu.

Cipedrychais ar Morus â 'nghalon ar ras.

Llywelyn oedd e. Pwy arall? Llywelyn!

Ond doedd Morus ddim yn edrych i gyfeiriad y dyn ifanc. Â'i fysedd yn dal i oglais y crwth, roedd e'n gwylio dyn mewn tiwnig ddu yn dod dros yr iard, dyn gwydn yr olwg, ei wallt yn frith, ei groen yn rhychau dwfn a'i wefusau ar dro fel petai'n blasu rhywbeth sur. Cerddai'n frysiog a diamynedd, ei ddyrnau'n dynn ac allweddi'n tincian wrth ei wregys.

Roedd Luc a Toma wedi sylwi arno hefyd. Cododd y ddau eu trwynau fel petaen nhw am eu herio. Ond pan safodd y dyn yn ein hymyl a gofyn cwestiwn, atebodd Luc yn ddigon gwylaidd, a chlywais enw William de Valence.

'William de Valence?' Edrychodd y dyn dros ei ysgwydd, fel petai'n disgwyl gweld y gŵr hwnnw yn dod tuag aton ni. Yna, gwgodd, a chyfarth llif o eiriau yn wyneb Morus gan bwyntio at y crwth ac at y castell. Deallais ei fod yn ceryddu Morus am ganu yn yr awyr agored, yn lle canu i'r gwesteion o fewn y waliau. Do'n i erioed wedi clywed neb yn siarad fel 'na â Morus o'r blaen. Crimpiais fysedd fy nhroed dde a gwasgu'r Brenin Edward yn galed i'r llawr, gan esgus mai'r dyn oedd e.

Pan o'n i ar ganol gwasgu, trodd y dyn a 'ngweld. Hoeliodd ei lygaid ar y clwt wrth fy ngwregys, yna cododd ei ben fel pen neidr, ac anelu rhes o eiriau tuag ata i.

Do'n i ddim yn deall gair. Morus atebodd ar fy rhan. Atebodd yn ysgafn, ond ymbilgar, fel pe bai'n gwneud esgusodion. Chymerodd y dyn ddim tamaid o sylw, dim ond nodio'n chwyrn arna i, pwyntio at y castell, yna troi ar ei sawdl a'n gadael.

Am foment yr unig sŵn yn fy nghlustiau oedd tincian yr allweddi. Wedyn dechreuodd y gwragedd a Luc a Toma siarad ar draws ei gilydd. Siaradai Luc a Toma â Morus, ond siaradai'r gwragedd â fi. Do'n i ddim callach. Yr unig beth wyddwn i oedd fod pawb yn syllu arna i mewn cyffro.

Yna, pwyntiodd Toma at y clwt wrth fy ngwregys, a deallais.

Roedd y dyn wedi clywed am y tric â'r ddiod.

24.

'Peter de la Mare, cwnstabl y castell, oedd hwnna,' eglurodd Morus. 'Mae e'n clywed ac yn gweld popeth.'

Roedd e'n siarad drwy'i ddannedd ac yn edrych fel petai'n gwenu, ond doedd e ddim. Na finnau chwaith. Roedd y gwragedd wedi'n gadael erbyn hyn, a Luc a Toma'n brysio am y cynta at y castell.

'Mae e'n mynnu dy fod ti'n dangos dy dric i'r gwesteion,' meddai Morus. 'Dwedais i dy fod ti heb gael cyfle i baratoi, ond wnaeth e ddim gwrando.'

Crynodd y gwynt drwy 'ngwefusau. Ro'n i wedi deall hynny hefyd, a nawr ro'n i'r eisiau i'r llawr agor a fy llyncu'n grwn. Ro'n i wedi agor sach heb ganiatâd, wedi torri tiwnig, hongian clwt wrth fy ngwregys, wedi drysu'n cynlluniau.

'Roedd twll yng nghasgen Jacob,' mwmialais. 'Roedd e'n diferu gwin yr holl ffordd i'r castell. Dyna pam dorrais i'r diwnig.'

Chwythodd Morus yn ddiamynedd.

'Be wnawn ni nawr?' sibrydais.

'Be wnawn ni nawr?' rhygnodd. 'Achub tywysog. Beth arall? Pam? Wyt ti wedi newid dy feddwl?'

'Na!' Ysgydwais fy mhen. 'Na! Ond beth am y tric? Fydda i'n gallu dy helpu di os ydw i'n gorfod dangos y tric?'

'Byddi.' Snwffiodd Morus. 'Byddi, byddi.' Meddalodd yn sydyn. 'Wnaiff hwnnw ddim gwahaniaeth o gwbl,' meddai. 'Byddwn ni'n canu, byddi di'n gwneud dy dric, a byddwn ni'n achub tywysog.' Disgynnodd ei law ar fy ysgwydd a'i gwasgu. 'Mae Peter de la Mare yn meddwl ei fod e'n gallu'n trin ni fel cŵn bach, Ifor. Ond gyda ni mae'r triciau. Gyda ni mae'r triciau! Fe ddysgwn ni wers i'r hen Satan.'

'Gwnawn!'

Gwenodd arna i.

Mentrais innau wenu o'r diwedd.

'Gwelais i Llywelyn,' sibrydais.

'Do?' Cododd Morus ei aeliau.

'Do,' dwedais yn falch. 'Ro'n i'n ei nabod ar unwaith. Roedd e'n edrych fel Cymro. Roedd e'n edrych fel fi, bron iawn.'

Caledodd wyneb Morus unwaith eto, a chofiais fod Llywelyn yn dywysog a finnau'n ddim ond pentrefwr.

'Roedd e'n edrych fel tywysog hefyd,' dwedais yn frysiog. 'Ac roedd gyda fe dri cheidwad.' Llygadais

Morus. 'Sut ydyn ni'n mynd i'w gipio o ddwylo'r ceidwaid?'

'Twyll.'

'Twyll?'

Syllais arno'n eiddgar, ond ddwedodd Morus ddim mwy.

Dyw dewin ddim yn datgelu cyfrinachau. Ro'n i'n deall hynny. Wedi'r cyfan, ro'n i'n ddewin hefyd, yn doeddwn?

Oeddwn i? Byseddais y clwt wrth fy ngwregys. Roedd e bron yn sych grimp! Cipedrychais ar frys dros fy ysgwydd. Roedd y gasgen win yn dal i orwedd ar lawr, a Jacob yn ei gwarchod, ei gefn tuag ata i a'i lygaid wedi'u hoelio ar yr iard y tu ôl i'r castell. Tynnais y clwt o 'ngwregys ac anelu am bwll bach o win ar y glaswellt. Wrth i fi ei gyrraedd, cydiodd Jacob yn fy llawes, a phwyntio at y drws yn wal gefn yr iard, gan wneud sŵn ceffyl.

'Be?' sibrydais yn syn. 'Taran a Nudd?' Oedd Taran a Nudd y tu ôl i'r wal?

'No!' Ysgydwodd Jacob ei ben gan chwerthin, a gollwng ei afael arna i.

Plygais innau'n gyflym, trochi'r clwt yn y gwin oedd wedi diferu o'r gasgen, a'i wthio i dop fy llodrau. Wedyn brysiais yn ôl at Morus, ac estyn fy llaw at y sach ar ei gefn.

'Bydd raid i fi dorri rhagor o'r diwnig,' dwedais.

'I be?' meddai Morus, a thynnu'r sach i'w freichiau.

'I gael clytiau sych, rhag ofn bydd un o'r Normaniaid eisiau rhoi cynnig ar y tric.'

'Torra ddarnau o'r sach yn lle.'

'Na,' mynnais. 'Bydd y brethyn yn edrych yn wahanol, a byddan nhw'n amau twyll. Dim ots am y diwnig, ta beth. Mae Llywelyn yn bwysicach na thiwnig.'

'Mae Llywelyn yn bwysicach na dim, yn dyw e, Ifor?' meddai Morus.

'Ydy,' atebais. 'Wrth gwrs ei fod e.'

'Wrth gwrs.' Lledodd gwên falch dros wyneb Morus. 'Ifor,' sibrydodd. 'Roedd y Normaniaid yn arfer bathu arian yma yng Nghastell Bryste. Yn y castell hwn fe wnaethon nhw gannoedd o ddarnau o arian â phen y Brenin Edward arnyn nhw. Mae'r darnau hynny i gyd wedi mynd erbyn hyn. Maen nhw'n crwydro'r wlad fel y brenin ei hun. Ond rwyt ti wedi taro'n ôl. Rwyt ti'n gwasgu'r brenin dan dy droed yn ei gastell ei hun. Bydd Cymru'n cofio am hyn, Ifor ab Einion.'

Nodiais yn gwta a chipio'r sach o'i law. Os na chawn i gyfle i baratoi fy nhric, byddai'r Normaniaid yn cofio amdana i fel ffŵl.

Ro'n i newydd ddatod cwlwm y sach pan sbonciodd Jacob mewn cyffro. Roedd drws wedi agor yn wal yr iard gefn a thri dyn ifanc yn marchogaeth tuag aton ni ar geffylau llwydwyn, sionc. Roedd gan y cyntaf diwnig 'run lliw â'r môr ar ddydd o haf, a mwstás melyngoch yn chwifio dan ei drwyn. Roedd y ddau arall yr un mor grand. Wrth fynd tuag at y porth mawr, plygon nhw'u pennau i gyfarch William de Valence oedd newydd gamu drwy ddrws y castell.

Cododd y Norman ei law a dechrau hercian tuag aton ni.

'Mae e'n dod i'n nôl,' meddai Morus.

'Cer i gwrdd ag e,' erfyniais yn daer. 'Cer i siarad ag e am funud. Mae'n rhaid i fi gael amser i dorri'r clytiau.'

Arhosais i Morus gymryd cam neu ddau, wedyn disgynnais ar y llawr y tu ôl i Jacob a phlygu yn fy nghwrcwd dros y sach. Tynnais y diwnig allan a neidiodd Jacob wrth i gwdyn bach ei daro yn ei gefn. Roedd y cwdyn wedi bachu yn y diwnig. Taflais e'n ôl i'r sach, gwthio fy llaw i'r rhwyg dan bwythau Mam, a thynnu.

Er bod y brethyn yn hen, roedd e'n wydn. Swatiais fel ci, a dal y brethyn rhwng fy nannedd. Roedd Jacob yn edrych arna i'n syn. Ta waeth am hynny, rhwygais ddau glwt a'u rhoi yn fy ngwregys.

Roedd blew yn fy ngheg ac yn fy nhrwyn. Tisiais yn uchel, tisian eto a phoeri. Wedyn codais yn sionc, cipio'r sach o'r llawr, a wincian ar Jacob i ddangos fy mod i'n iawn.

Ond roedd Jacob yn syllu ar y llawr.

Ar y llawr, lle bu'r sach yn gorwedd, roedd pen y Brenin Edward.

Rhuodd y gwaed yn fy nghlustiau.

Roedd Morus yn galw arna i. Roedd William de Valence yn rhythu arna i. Roedd Luc a Toma yn ymlwybro tuag at Morus, ac yn fy ymyl roedd llaw Jacob yn gwibio.

'Na!' gwaeddais a symud o'r diwedd.

Cipiais y geiniog o dan ei law a'i gollwng ar frys i'r sach. Edrychodd Jacob o'i gwmpas. Roedd e'n edrych am ragor o geiniogau. Ond waeth iddo heb. Dim ond un geiniog oedd yng Nghastell Bryste. Yn doedd Morus wedi dweud?

Camais tuag at Morus a theimlo ceg y Brenin Edward yn brathu pont fy nhroed.

25.

Yn ara' bach gwasgais fy nhroed yn erbyn y llawr. Roedd Morus yn craffu arna i, a William de Valence yn crechwenu. Roedd y Norman wedi sylwi ar fy wyneb coch ac yn meddwl bod arna i ei ofn.

Ofn? Fi? Doedd arna i, Ifor ab Einion, ddim ofn neb. Ro'n i'n ddewin go iawn! Ro'n i wedi taflu ceiniog i sach a rywsut roedd hi wedi neidio'n ôl i fy esgid. Ro'n i'n gallu'i theimlo dan fy nhroed. Gwasgais hi unwaith eto, yna sythu fy nghefn a gwenu'n hy ar William de Valence, ac ar Luc a Toma. Roedd y ddau Norman ifanc wedi twtio'u gwallt, a golchi'u hwynebau. Mae'r Normaniaid yn hoff iawn o'u hwynebau ac yn crafu eu barfau i ffwrdd er mwyn i bawb gael gweld lliw eu croen.

Teimlais gosi yn y blew mân ar fy ngên a rhwbiais nhw yn erbyn fy ysgwydd. Gallwn i fod yn Norman, bron. Gallwn i fod yn unrhyw beth. Chwyddais fy mrest a chlywed rhu isel, fel tonnau'r môr. Stopiais anadlu, ond aeth y sŵn yn ei flaen. Roedd e'n dod o'r tu allan i furiau Castell Bryste.

Chwyddodd y sŵn, chwalu'n ddarnau mân, a distewi.

Rhedodd gwylwyr ar hyd y muriau. Safodd pawb arall yn stond. Ac yna chwarddodd rhywun, a dechreuodd pawb siarad unwaith eto. Chwythodd William de Valence ei fochau, nodio ar Morus a dechrau ymlwybro at y castell, gan lusgo'i goes boenus.

'Barod i'w twyllo nhw, ddewin?' sibrydodd Morus wrtha i.

'Ydw,' atebais yn bendant.

Cododd Morus ei wyneb a gwenu yn llygad yr haul. Wedyn cymerodd y sach o fy llaw a'i thaflu dros ei ysgwydd.

O'r sach daeth tincian ysgafn. Gallwn i dyngu bod y Brenin Edward yn swatio ynddi ac yn chwerthin am fy mhen.

Ond roedd hynny'n amhosib.

Roedd y Brenin Edward yn saff dan fy nhroed.

Dilynon ni William de Valence i mewn i gastell o gerrig, lle'r oedd y waliau'n chwysu, lle'r oedd pentyrrau o stafelloedd ar ben ei gilydd, lle'r oedd cysgodion a chilfachau, a'r llawr yn galed dan draed. Lle'r oedd lleisiau'n atseinio, cŵn yn chwyrnu, ac oglau cig rhost yn nofio yn yr awyr.

Edrychais yn ôl a sugno llond ceg o awyr iach cyn i'r llain o laswellt o flaen y castell ddiflannu o 'ngolwg yn llwyr. O dan fy nhroed roedd y Brenin Edward yn brathu. Roedd wedi gwthio'i hun rhwng fy mys troed mawr a'r bys nesa ato, ac wedi'i ddal yn sownd. Dychmygais ei lais bach yn gwichian drwy ei geg fawr, yn erfyn am help i ddianc o'r esgid, a neb yn gwrando.

Ac yna clywais lais ifanc yn gweiddi'n groch. Roedden ni newydd gyrraedd iard yng nghanol yr adeilad, ac yn anelu am ddrws agored, pan chwythodd y floedd i'n hwynebau.

'Cymru...!'

Cleciodd fy nghalon a neidiodd y sach ar gefn Morus. Rywsut dalion ni ati i symud.

'Cymru i'r Cymry!'

Daeth ton o chwerthin drwy'r drws o'n blaenau, a lleisiau'n gwawdio ac yn crawcian fel haid o frain.

'Cym ...!'

Tagodd y llais. Trawais yn erbyn Morus, a bron iawn iddo yntau daro'n erbyn William de Valence.

'Lwelyn!' snwffiodd y Norman, wrth i Dywysog Cymru gael ei hel drwy'r drws, gydag un ceidwad yn ei bwnio yn ei gefn, un arall â'i law'n dynn dros ei geg, a'r trydydd yn craffu o'i gwmpas fel ci. Stranciodd y tywysog yn rhydd. 'Cymru!' gwaeddodd yn groch, cyn i'r ceidwad gau'i geg drachefn. Berwodd fy ngwaed a chaeais fy nyrnau. Ro'n i'n barod i'w rwygo o afael ei elynion, ond pan edrychais ar Morus, roedd tro sur yn ei wefus a dirmyg yn ei lygaid. Edrychai'n union fel William de Valence.

Ar ôl i'r tywysog fynd o'n golwg, cododd Morus ei sach yn uwch ar ei gefn, a thinciodd chwerthin o'r sach. Chwerthin am ben y Normaniaid oedd hi.

Edrychais innau i lawr ar fy esgid dde a gwasgu'r Brenin Edward mor galed ag y gallwn i rhwng bysedd fy nhraed.

Ro'n i'n dal i wasgu pan gerddon ni i mewn i neuadd fawr. Uwch ein pennau gwibiai llafnau o haul. Roedd y nenfwd o'r golwg yn y niwl melyn.

'Gwena,' sibrydodd Morus wrtha i. 'Gwena!'

Sut gallwn i? Roedd Peter de la Mare yn brysio tuag aton ni mor sur ag erioed. Cydiodd ym mhenelin William de Valence, a'i arwain at fwrdd hir. Bob ochr i'r bwrdd, yn lolian a chrechwenu, eisteddai'r marchogion oedd wedi gwneud hwyl am ben Llywelyn.

Cymru! Cymru am byth! Ro'n i am weiddi'r geiriau yn eu hwynebau. Ond brathais fy nhafod. Roedd 'na well ffordd i'w herio. Roedd Morus a fi'n mynd i achub Llywelyn. Pwy fyddai'n chwerthin wedyn?

Gwenais o'r diwedd – gwên finiog fel saeth – a'i hanelu at y dyn crand oedd yn eistedd ym mhen draw'r bwrdd. Edmwnd Grwca oedd e, Iarll Caerhirfryn. Pwy arall? Er gwaetha'i lysenw, doedd ei gefn ddim yn gam. Roedd mor syth â 'nghefn i. Roedd ei drwyn yn syth hefyd. Edrychai i lawr ei drwyn syth arna i, llestr diod yn ei law a saim ar ei fochau. Roedd wynebau'r Normaniaid i gyd yn morio o saim cig.

Daeth dau was drwy ddrws ym mhen draw'r neuadd, yn cario llestr mawr. Ar y llestr, ar wely o gerrig sgleiniog, gorweddai cawr o bysgodyn, ei geg agored yn llawn o ddannedd miniog, a thro yn ei gorff fel petai newydd neidio o'r afon. Rhedodd si flysiog drwy'r stafell, a gwasgodd Morus fy mraich. Roedd Peter de la Mare yn sefyll wrth ysgwydd yr Iarll ac yn amneidio arnon ni.

'Barod?' sibrydodd Morus.

Plygais yn gyflym, tynnu'r clwt gwlyb o fy llodrau, a'i fachu yn fy ngwregys o dan fy mraich chwith. 'Ydw!' dwedais yn gadarn.

Roedd pen y pysgodyn wedi syrthio i'r naill ochr a'i lygaid marw'n syllu arna i'n drist. Meddyliais am Dafydd ap Gruffudd. Meddyliais am y gelyn yn malu'i gorff. 'Tegwch i fab Dafydd!' sibrydais drwy fy nannedd. Roedd y Normaniaid yn rhy brysur yn llowcio. Doedd neb yn gwrando arna i, ond pan edrychais ar yr Iarll roedd ei lygaid cwflog yn fy ngwylio. Gwenodd yn wawdlyd a mynd ati i sugno blas y pysgodyn oddi ar ei fysedd. Es innau i sefyll yn ymyl Morus a throi i wynebu'r bwrdd.

Roedd y gwesteion yn dal i sugno a chnoi a chodi gwynt. Tynnodd Morus ei grwth o'r sach.

'Barod i ganu?' mwmianodd.

'Ydw,' sibrydais.

Ond chanon ni ddim.

Wrth i Morus godi'i fwa, disgynnodd bwrlwm o gysgodion ar bennau'r Normaniaid a sgubo tuag aton ni fel llif yr afon. Roedd haid o adar yn gwibio heibio'r ffenestri, a'u crawcian yn llenwi'r neuadd.

Rhuthrodd Luc a Toma i mewn o'r iard, a swatio yn erbyn y wal gefn. Glaniodd gwylan fawr y tu ôl iddyn nhw ac estyn ei hadenydd ar led. Anelodd y cwnstabl tuag ati ar ras, ac wrth iddo'i hel i'r iard, cododd yr Iarll ei ên ac edrych o'i gwmpas, a'i lygaid yn fain.

Pan edrychodd ar Morus, tynnodd Morus anadl, ond ysgydwodd yr Iarll ei ben. Uwchben y castell roedd yr adar yn distewi, a'r cysgodion yn lleihau. Pan ddiflannodd y cysgod olaf un, cododd yr Iarll ei lestr diod at ei geg a chymryd llwnc. Yna'n ddirybudd, trawodd y bwrdd â'i ddwrn, amneidio ar Morus i symud o'r ffordd a chynnig y llestr hanner llawn i fi.

Sychodd y gwesteion eu cegau a throi i edrych arna i. Ar unwaith cipiais y clwt gwlyb o fy ngwregys, a'i dynnu'n dynn dros geg y llestr.

'Afod-y-ddrai!' gwaeddais yn groch a throi'r llestr â'i ben i lawr.

Yna rhois e'n ôl ar y bwrdd, a chipio'r clwt i ffwrdd.

Am foment syllodd pawb yn gegagored. Wedyn dechreuodd un neu ddau grechwenu, a chyn hir roedd pawb yn chwerthin. Cododd un dyn cringoch ei fys a'i ysgwyd. Doedd e ddim yn credu bod diod yn y llestr. Doedd neb yn credu.

Codais y llestr eto, a heb edrych ar Edmwnd Grwca, na gofyn ei ganiatâd, arllwysais ei gynnwys i lestr y Norman nesa ata i. Tasgodd y gwin o'r llestr a gorlifo dros y bwrdd. Yna amneidiais ar was i lenwi fy llestr eto.

Wnaeth hwnnw ddim aros am ganiatâd chwaith. Brysiodd ata i, codi'i siwg yn uchel a gadael i ffrwd hir o win ddisgyn i'r llestr.

'Afod-y-ddrai!' Taflais y clwt dros y llestr a'i droi ben i lawr.

Snwffiodd y cringoch a gwgu arna i.

'Gilbert!' gwaeddodd ei ffrindiau'n bryfoclyd.

Cododd Gilbert ar ei draed. Ar ôl plygu'i ben i'r Iarll ac i bawb o'i gwmpas, chwyddodd ei frest, cydio yn ei ddiod, a galw arna i i ddod â chlwt iddo. Tynnais glwt sych o 'ngwregys.

Gwnaeth y cringoch sioe fawr o ddangos i bawb fod diod yn y llestr. Yna dododd y clwt yn ei le, ei dynnu'n dynn, a phwyso tuag ata i â'i law wrth ei glust.

'Afod-y-ddrai,' dwedais, gan wneud fy ngorau i beidio â chwerthin. Petai'r Norman ond yn gwybod mai Cymraeg oedd y geiriau swyn.

'Affod-y-thrai,' ailadroddodd, a phan nodiais innau, gwaeddodd y gair yn uchel a throi'r llestr â'i ben i lawr.

Tasgodd diod ym mhobman a ffrwydrodd chwerthin drwy'r stafell.

Yng nghanol y chwerthin, rhuthrodd dyn i mewn i'r neuadd. Pan welodd Edmwnd Grwca e, neidiodd ar ei draed.

'Henri!' gwaeddodd, a distewodd y chwerthin ar amrantiad.

Roedd y dyn yn faw o'i ben i'w draed a rhwyg yn ei diwnig liw glas y môr. Hwn oedd un o'r tri Norman farchogodd heibio i ni'n gynharach, ac er gwaetha'r baw, roedd ei osgo mor ffyrnig a balch ag erioed a'i fwstás melyngoch yn chwifio mewn tymer. Poerodd eiriau rhwng ei ddannedd, a phan redodd y cwnstabl i mewn i'r neuadd, estynnodd ei fraich i'w atal rhag torri ar draws ei stori.

Ond allai e ddim tawelu'r adar. Roedden nhw wedi dod yn eu holau, gan fewian a chrawcian yn uwch nag erioed. Roedd y dref i gyd yn mewian gyda nhw, nes bod ton o sŵn yn ysgwyd Castell Bryste. Erbyn hyn roedd

Edmwnd Grwca'n brasgamu at y drws a'r Normaniaid eraill yn ei ddilyn. Crynodd y bwrdd, disgynnodd llestri a llifodd diod i'r llawr. Sgubodd yr Iarll y cwnstabl o'i ffordd, a thaflodd Peter de la Mare edrychiad chwyrn arna i a Morus oedd yn dal heb symud cam. Siaradodd yn gwta cyn troi ar ei sawdl.

Doedd neb ar ôl yn y neuadd ond ni a'r gweision. Gollyngodd Morus y crwth ar fainc ac estyn am ddarn o bysgodyn. Gwthiodd e i'w geg ac amneidio arna i wneud yr un fath, gan chwerthin.

Wnes i ddim. Roedd llygaid y pysgodyn arna i.

'Be ddwedodd Peter de la Mare wrthot ti?' gofynnais.

'Am beidio â gadael y castell.'

'Pam?'

'Helynt yn y dref.' Tynnodd anadl hir, hir, ac fe wyddwn, wrth hynny, ei fod yn gwybod beth oedd ar ddigwydd.

Ei fod yn ddewin.

26.

Roedd gwreichion yn llygaid y dewin. Disgynnodd llaw ar fy ysgwydd. Sleifiodd tafod o lawes. Teimlais dân yn fy llosgi.

'Ifor ab Einion,' meddai Morus.

Dim mwy. Roedd hynny'n ddigon.

Roedden ni'n mynd i achub tywysog.

Brysion ni at y drws. Roedd yr adar wedi hedfan, ond roedd muriau'r castell yn crynu. Roedd bloeddiadau a sŵn carnau ceffylau yn atseinio drwy'r cerrig, a sŵn arall yn codi o gyfeiriad y dref ac yn chwyddo a chwyddo fel corwynt.

Dilynais Morus ar draws yr iard fewnol. Hongiai'r sach yn llipa ar ei ysgwydd. Doedd dim crwth ynddi, dim bwa, dim ond brethyn, a chwdyn. Pan stopiodd Morus yn sydyn, baglais yn erbyn y sach a chlywed llais main yn chwerthin.

Roedd plant yn rhedeg tuag aton ni a gwragedd y tu ôl iddyn nhw yn eu hysio i ddiogelwch. Safodd Morus ar odre tiwnig un o'r gwragedd. Rhwygodd y diwnig, ond daliodd y wraig ati i redeg. Rhedon ninnau hefyd, tua'r awyr agored. Chwythai rhu fel anadl cannoedd o ddreigiau i'n hwynebau. Gwaeddodd lleisiau cras Normanaidd y tu ôl i fi, a thrawodd metel yn erbyn fy nghlun wrth i ddau farchog ymwthio heibio. Luc a Toma oedden nhw, â'u dwylo ar garnau'u cleddyfau. Pan welson nhw Morus, chwarddon nhw mewn cyffro, codi'u breichiau ac esgus ymladd, cyn diflannu drwy'r drws.

Roedd yr haul wedi sleifio fymryn tuag at y gorllewin. Llifai drwy'r porth agored. Drwy'r porth roedd rhes o geffylau'n dylifo, a'u myngau'n sgleinio, a gwarchodwyr yn eu gwylio o ben y waliau â bwâu yn eu dwylo. Yn eu gwylio hefyd ar y llain o borfa o flaen y castell, roedd Peter de la Mare.

Cododd fflam o dân o gyfeiriad y dref. Disgynnodd i ganol y ceffylau'r ochr draw i'r porth a rhwygwyd yr awyr gan sgrech anifail. Yna bloeddiadau, clecian carnau a sŵn corff trwm yn disgyn i'r dŵr.

Gwaeddodd Peter de la Mare. Gwaeddodd y Normaniaid y tu mewn i'r waliau a rhedeg tuag at yr allanfa. Tasgodd saethau o ben y waliau. Baglodd un marchog yn ôl drwy'r porth â mwg yn codi o'i ddillad. Disgynnodd ar lawr a rholio ar y glaswellt. Rhedodd rhagor o warchodwyr ar hyd y muriau. Hedfanodd fflam arall uwch eu pennau.

Dychrynodd y ceffylau oedd yn aros eu tro i fynd

drwy'r porth, a symud yn anniddig. Gwibiodd corff main tuag atyn nhw.

'Jacob!' ebychais.

Roedd Jacob yn rhedeg at y porth. Cydiodd y cwnstabl yn ei diwnig a'i hyrddio tuag yn ôl. Disgynnodd ar ei gefn o flaen y ceffylau. Rhusiodd y ceffyl blaen. Fflachiodd ei garnau uwchben Jacob.

'Jacob!'

'Paid!' Cydiodd Morus yn fy mraich cyn i fi ruthro i'w helpu. 'Paid,' meddai wedyn yn dawelach.

Roedd Jacob wedi rholio i ddiogelwch. Cododd ar ei bedwar a chripian rhwng traed y Normaniaid. Baglodd un o'r Normaniaid drosto wrth i bawb ruthro i gysgod y waliau. Roedd y Norman yn dal ar ei gefn pan laniodd saeth danllyd ar y glaswellt. Neidiodd ar ei draed a gweiddi mewn braw, er mai dim ond fflam fach oedd hi. Roedd hi wedi diffodd mewn eiliad.

Gwibiodd rhes o saethau o ben y waliau i gyfeiriad y dref.

'No!' gwaeddodd y cwnstabl, wrth i weiddi croch atseinio o'r tu draw i'r porth.

'Maen nhw saethu ar eu dynion eu hunain,' snwffiodd Morus.

'Jacob!' ebychais.

Roedd Jacob yn rhedeg unwaith eto at y porth.

Sleifiodd drwyddo â cheffylau'r Normaniaid yn dynn wrth ei sodlau. Gwrandewais am sgrech, a chlywed dim byd ond carnau'n clecian. Yna caeodd y porth.

Gwaeddodd y cwnstabl yn gwta ar y gwarchodwyr ar y waliau a throi tuag aton ni. Tynnodd Morus fi o'r golwg yn gyflym.

'Un ciaidd yw Peter de la Mare,' sibrydodd. 'Dwi ddim eisiau iddo ddial arnon ni cyn i ni achub Llywelyn.'

'Dial?'

'Rwyt ti'n ddewin,' meddai Morus. 'Rwyt ti'n wahanol. Ac os yw Peter de la Mare am roi'r bai ar rywun am yr helynt yn y dref, mae'n siŵr o roi'r bai ar rywun fel ti. Sh!'

Swation ni'n dau yn y cysgodion a gwylio'r cwnstabl yn prysuro heibio'r drws. Y tu ôl i ni roedd grisiau tywyll yn arwain i berfeddion y castell. Yn y dyfnder islaw roedd rhywun ifanc yn chwerthin yn llon. Sbonciodd y chwerthin i fyny'r grisiau a thincial i'r awyr agored. Yna llais yn gweiddi, 'Cymru!'

Daeth bloedd o geg Peter de la Mare. Rhoddodd Morus hwb i fi a rhedon ni fel llygod yn ôl i'r iard ger y neuadd fawr. Taranodd y cwnstabl drwy'r drws ac i lawr y grisiau tywyll. Llifodd y chwerthin i'w gwrdd a gorffen mewn cri o boen. Gwasgais fy nyrnau a pharatoi i redeg at y grisiau.

'Paid!' rhybuddiodd Morus.

'Mae'r cwnstabl yn cwffio Llywelyn!'

'Ydy...'

'Pam na wnawn ni ei achub nawr, pan mae pawb arall yn brysur?'

'Achos...' chwyrnodd Morus, a chrymu'i gefn.

Roedd wedi clywed sŵn y tu ôl iddo. Ro'n innau hefyd. Yn nrws y neuadd fawr safai Edmwnd Grwca â gwên wybodus ar ei wyneb. Oedd e wedi'n clywed ni'n siarad? Oedd e'n deall?

Plygodd Morus ei ben tua'r llawr. Wnes i ddim. Ro'n i wedi gweld braich dde'r Iarll yn symud a metel yn fflachio. Neidiais i'r naill ochr gan feddwl bod cleddyf yn gwibio tuag ata i.

Ond dim ond llestr llawn diod oedd gan yr Iarll. Â'r wên yn dal ar ei wefus, taenodd glwt dros y llestr, ei dynnu'n dynn, a throi'r llestr ben i waered, heb golli diferyn. Yna, heb ddweud gair, trodd y llestr â'i ben i fyny, symud y clwt a chymryd llwnc o'r ddiod. Sugnodd ei wefusau'n swnllyd, a fflician y clwt tuag aton ni.

Tasgodd diferion o win i'n hwynebau, a chwarddodd Edmwnd Grwca.

'Syr!' Daeth Peter de la Mare ar ras i'r iard.

Rhuthrodd aton ni â'i gleddyf yn ei law, ond gwaeddodd Edmwnd Grwca arno i sefyll. Yna, o flaen llygaid syn y cwnstabl, taflodd y clwt yn ôl dros y llestr, ei dynnu'n dynn a throi'r cyfan ben i waered, fel o'r blaen. Â'r wên foddhaus ar ei wyneb, trodd yr Iarll y llestr yn ôl ben i fyny, symud y clwt, a chan chwerthin, estynnodd y ddiod i'r cwnstabl a'i orchymyn i'w yfed.

Cododd Peter de la Mare y llestr at ei geg. Roedd pob asgwrn yn ei ben fel cyllell fain a'i ddannedd wedi'u gwasgu'n dynn. Doedd bosib ei fod wedi yfed diferyn, ond gwnaeth sŵn llyncu, gwthio gwên ar ei wyneb, a sychu'i geg â chefn ei law. Plygodd ei ben a mwmian ei ganmoliaeth. Roedd y geiriau'n estron, ond deallais yn iawn. Roedd yr Iarll yn glyfar, yn rhy glyfar i gael ei dwyllo gan ffŵl bach diniwed fel fi.

Crechwenodd y ddau ar Morus a fi. Gwenai'r Iarll yn goeglyd, ond roedd gwên y cwnstabl yn fain ac yn ffyrnig. Estynnodd y llestr yn ôl i'r Iarll, ond chwarddodd hwnnw a phwyntio ata i. Gwthiodd Peter de la Mare y llestr i fy llaw â'i wên yn fwy ffyrnig fyth. Hedfanodd y clwt gwlyb o law'r Iarll a disgyn wrth fy nhraed.

Feiddiwn i mo'i godi. Roedd Morus yn canmol yr Iarll, a hwnnw'n fy llygadu ac yn chwerthin. Roedd yr Iarll ar ben ei ddigon. Ro'n i'n gwybod bod Edmwnd Grwca wedi ennill brwydrau, ond pwy feddyliai'i fod am ennill brwydr yn erbyn un dewin bach? Tra oedd ei farchogion yn dychryn pobl y dref, roedd wedi dod yn ôl i mewn i'r adeilad i brofi'i fod yn glyfrach nag Ifor ab Einion.

Syllais i geg y llestr i osgoi edrych ar gwnstabl y castell oedd yn crensian ei ddannedd yn ara' bach bach. Un ciaidd oedd e, meddai Morus. Fel ci. Yn cnoi Llywelyn oedd heb weiddi na chwerthin ers i'r cwnstabl fynd i lawr y grisiau. Crynodd y ddiod goch yn fy llaw. Llithrodd cysgodion dros ei hwyneb. Roedd yr adar yn eu hôl, yn gwibio dros y castell. Ond os oedden nhw'n crawcian, roedd yn amhosib eu clywed erbyn hyn, gan fod sgrechiadau arteithiol yn codi o'r dref ac yn disgyn fel marwor poeth ar ein clustiau. Cynhyrfodd y cwnstabl, a thawodd yr Iarll. Yna heb air wrth neb, brasgamodd Edmwnd Grwca tuag at yr allanfa gan sathru'r clwt.

Brysiodd y cwnstabl ar ei ôl a gweiddi dros ei ysgwydd ar Morus.

'Mae am i ni aros fan hyn,' sibrydodd Morus.

Ond arhoson ni ddim. Sleifion ni at yr allanfa, heibio'r grisiau oedd yn arwain at Llywelyn. Roedd yr iard o flaen y castell yn ferw gwyllt, a dynion yn rhedeg i amddiffyn y porth â phastynau yn eu dwylo.

Roedd y porth ynghau. Trawodd carreg yn ei erbyn. Y tu allan roedd lleisiau'n gweiddi'n daer. Trodd y porthor at Peter de la Mare.

'No!' gwaeddodd hwnnw. 'No!'

Roedd y dref yn rhuo fel y môr ar noson stormus. Bloeddiodd swyddog ar y gwarchodwyr ar y muriau, a gwibiodd cawod o saethau o'u dwylo. Rhuodd y dref fel petai am chwythu'r saethau tuag yn ôl. Dychwelodd un a tharo gwarchodwr. Plygodd y dyn ei ben a throi'n araf bach yn ei unfan cyn disgyn o'r golwg yr ochr draw i'r wal. Trawodd carreg arall y porth.

Roedd cryndod yn codi o'r llawr ac yn gwibio drwy fy esgyrn. Edrychais ar Morus i weld a oedd e wedi'i deimlo hefyd. Ond safai Morus mor llonydd â chraig. Roedd ei geg yn hanner agored, a dyfnder y môr yn ei lygaid. Mor dal oedd e. Mor dawel. Fel petai'n sugno holl sŵn tuag ato. Beth bynnag oedd yn digwydd yn y dref, roedd e'n gwybod amdano. Fe oedd y dewin, a fi oedd ei was, a wna'r Iarll fyth ddyfalu'i driciau. Allwn i mo'u dyfalu chwaith.

Daeth pedwar ceffyl ar frys ar hyd y llwybr oedd yn arwain at y porth. Ar ben y ceffyl cyntaf roedd Edmwnd Grwca, Iarll Caerhirfryn, yn ei wisg-curo'r-Cymry, ei arfbais, ei helm. Safai'r gweision â'r pastynau o'i flaen yn eu dillad bob dydd. Gwaeddodd yr Iarll ar Peter de la Mare.

Yn lle gorchymyn i'r dynion symud o'r ffordd, brysiodd y cwnstabl at yr Iarll a rhoi'i law ar war y ceffyl. Roedd y ceffyl yn un hardd, llwydwyn a gwisgi, yn ysgwyd ei fwng, yn ysu am fynd ar garlam drwy'r dref. Ond wrth i'r cwnstabl ei gyffwrdd, sgrechiodd ceffyl arall yn rhywle, a dychrynodd yr anifail. Symudodd ei ben a tharo llaw'r cwnstabl i ffwrdd.

Cydiodd Peter de la Mare ym mraich yr Iarll. Roedd e eisiau i Edmwnd Grwca aros o fewn muriau'r castell. Ond chwyrnodd yr Iarll yn ddiamynedd, a gweiddi ar y gweision. Cyn gynted ag iddyn nhw symud o'i ffordd, plyciodd awenau'i geffyl. Symudodd y ceffyl un cam a sefyll yn ei unfan a'i ffroenau ar led. Yna, ar ôl cael cic yn ei ystlys, neidiodd ymlaen. Gwaeddodd Edmwnd Grwca ar y porthor. Taflodd hwnnw edrychiad gofidus i gyfeiriad Peter de la Mare cyn ildio ac agor y porth.

Hyrddiwyd y porthor tuag yn ôl yn syth. Drwy'r porth, gan hercian, daeth y Normaniaid oedd wedi marchogaeth mor hyderus i'r dref ychydig funudau'n gynt, rhai â gwaed ar eu hwynebau a'u dillad wedi'u rhwygo. Pan welson nhw'r Iarll, gwaeddon nhw ar draws ei gilydd.

Rhuodd yr Iarll, ac wrth i warchodwr ar y mur droi i edrych arno, trawyd e gan saeth a disgynnodd wysg ei gefn i ganol y dynion â'r pastynau islaw. Daeth sŵn gweryru gwyllt ac, er gwaetha'u briwiau, rhedodd y Normaniaid am eu bywydau wrth i geffyl garlamu'r drwy'r porth â gwaed yn llifo dros ei gefn.

Carlamodd yn syth at yr Iarll. Sbardunodd hwnnw'i geffyl a dianc o'i ffordd. Trawodd y ceffyl y marchogion y tu ôl iddo. Llithrodd un o'r cyfrwy a disgyn yn drwm ar lawr a'i droed dde yn dal yn y warthol. Rhusiodd y ceffylau o'i gwmpas. Griddfanodd y marchog a cheisio dianc, ond roedd e'n fawr ac yn lletchwith. Ciciwyd e ar ochr ei ben a gwelais lygaid pŵl yn syllu arna i. Llygaid William de Valence.

Wrth i'r cwnstabl redeg i'w ryddhau o'r warthol, rhuthrodd torf o ddynion esgyrnog drwy'r porth, rhai â chleddyfau, rhai â chyllyll, rhai â morthwylion a bwyeill a phastynau. Dylifon nhw fel afon fawr lwyd dros y llain o flaen y castell, lle'r oedd y ceffyl difarchog yn dal i redeg yn wyllt, a'r ceffylau eraill yn cilio mewn dychryn. Gadawodd y cwnstabl William de Valence yn y fan a'r lle. Tynnodd yr Iarll ei gleddyf o'r wain.

Gollyngodd y gwarchodwyr gawod o saethau o ben y mur.

'Dilyn fi!' siarsiodd Morus.

'Be?' Meddyliais ein bod am achub William de Valence oedd yn llusgo ar ei fol tuag aton ni, y gwaed yn rhedeg dros ei dalcen a'i lygaid wedi'u hoelio ar y llestr diod yn fy llaw. Er mai Norman oedd e, roedd e wedi ein helpu.

Dechreuais estyn y ddiod iddo, ond 'Dilyn fi!' hisiodd Morus a rhedeg am y grisiau. 'Dilyn!'

Y Norman neu Dywysog Cymru?

Doedd gen i ddim dewis. Lapiais fy mraich am y llestr a'i guddio rhag William de Valence.

'Lwelyn!' sibrydais.

Chlywodd y Norman ddim. Roedd e'n rhy bell i ffwrdd. Ond petai e wedi clywed, byddai wedi deall. Roedd yntau'n ffyddlon i'w bobl.

Rhedais ar ôl Morus. Roedd e hanner ffordd i lawr y grisiau, ac yn gweiddi yn iaith y Saeson a'i ddwylo'n gylch am ei geg. Llamodd yn ôl a fy ngwthio tuag at yr iard fewnol.

Cyn pen dim roedd dau ddyn yn rhuthro i fyny'r grisiau ag arfau yn eu dwylo. Rhedon nhw'n syth drwy'r drws ac i ganol y ffrae heb edrych arnon ni.

'Ceidwaid Llywelyn!' dwedais â fy llygaid yn disgleirio.

'Dau allan o dri,' sibrydodd Llywelyn. 'Un ar ôl.'

'Dim ond un!' Chwarddais a dilyn Morus ar ras yn ôl at y grisiau.

Disgynnon ni i'r tywyllwch a'r sŵn yn dal i chwythu ar ein holau. Ar waelod y grisiau, roedd twnnel hir a golau gwan yn treiddio drwy fylchau uwch ein pennau.

Ar ôl cam neu ddau, trodd Morus tuag ata i a'r sach yn tincian yn ei law. 'Ifor,' sibrydodd. 'Aros fan hyn am funud, wnei di, rhag ofn i rywun ddod i lawr y grisiau. A' i 'mlaen i chwilio am Llywelyn.'

'Ond beth am y ceidwad?'

'Gad hwnnw i fi.' Trawodd ei wregys i ddangos bod arf ganddo.

Doedd gen i ddim arf o gwbl, heblaw llestr diod. Cydiais yn dynn yn hwnnw a gwylio Morus yn diflannu i'r cysgodion. Gwyliais am hir, a dal fy ngwynt, gan ddisgwyl clywed clec, bloedd, a dau bâr o draed yn rhedeg yn ôl tuag ata i.

Roedd fy nghalon yn curo mor drwm, chlywais i mo'r sŵn arall, tan oedd e bron wrth fy nghefn. Roedd rhywbeth ar y grisiau. Yn llusgo. Yn chwythu. Gwasgais fy hun yn erbyn y wal a gwrando arno'n dod yn nes, â 'ngwallt yn codi ar fy mhen. Ro'n i wedi clywed storïau am fwystfilod gan Iago Hen, bwystfilod oedd yn llarpio ac yn rhwygo. Os oedd hwn yn mynd i larpio Llywelyn, byddai'n rhaid iddo fy llarpio i'n gyntaf.

Crynodd y golau gwan, a chripiodd cysgod du dros y llawr gan chwyrnu ac ochain. Welwn i mo'i lygaid. Oedd llygaid ganddo? Safodd a sniffian. Roedd wedi fy arogli. Neidiais tuag ato â'r llestr yn fy llaw.

Wrth i fi anelu'r llestr, cododd ei ben.

Ebychais.

Ro'n i'n syllu i wyneb William de Valence, a'r gwin o'r llestr yn llifo dros ei fochau. Estynnodd y Norman ei fraich tuag ata i, a mwmian yn ddryslyd.

Edrychais dros fy ysgwydd. Ble oedd Morus?

Ochneidiodd y Norman a chleciodd ei ên yn erbyn y llawr. Gadewais e, a rhedeg i lawr y twnnel. Trawais yn erbyn wal, troi'r gornel a gweld ceidwad Llywelyn yn dod amdana i. Anelais y llestr ato, ond plygodd ei ben a chydio yndda i.

Ciciais e'n chwyrn a dianc nerth fy nhraed. Ar y llawr o 'mlaen roedd sgwaryn gwelw o olau haul a dau gysgod du'n ymestyn ar ei draws.

'Morus!'

Camodd Morus o ddrws cell, a'r Tywysog Llywelyn yn ei ymyl. Trawais yn ei erbyn.

'Rhed...' Chwythodd y gwynt o fy ysgyfaint wrth i law'r ceidwad fy nharo yn fy nghefn. Cydiodd Morus yn fy mreichiau.

'Ifor ab Einion,' meddai'n fwyn.

'Morus!' Gwingais a thrio strancio o ffordd y ceidwad.

'Byddai dy dad mor falch ohonot ti heddiw, Ifor ab Einion.'

'Gad i fi fynd!' gwaeddais, ac edrych dros fy ysgwydd. Roedd y ceidwad wedi camu'n ôl. 'Rhed!'

'Yn falch dy fod ti'n achub Cymru.'

'Morus!' llefais.

Pam oedd e'n sefyll mor stond? Pam doedd e ddim

yn ymosod ar y ceidwad? Pam doedd e ddim yn achub ei dywysog?

A pham oedd y tywysog yn syllu arna i â gwên mor ffyrnig ar ei wyneb?

'Ti ydy'r dewin?' cyfarthodd Llywelyn.

'Be?' Llithrodd fy llygaid dros wallt cochlyd, dros diwnig rhacslyd, nes glanio ar bwythau du. Roedd Llywelyn yn gwisgo fy nhiwnig i!

Rhedodd ias o fraw drwydda i, a gwenodd y tywysog yn fwy ffyrnig fyth.

'Rwyt ti'n mynd i gymryd fy lle yn y gell, er mwyn i fi gael cyfle i ddianc yn bell o fan'ma,' meddai. 'Wyddet ti hynny, ddewin? Neu wyt ti'n ddewin sy'n deall dim?'

'Shhh!' suodd Morus, a chydio yndda i'n dynnach. 'Mae Ifor yn deall yn iawn.'

Agorais fy ngheg i ddweud 'Na!' ac yna'i gau'n glep. Roedd fy nghalon yn pwnio fel llond gwlad o forthwylion. Ro'n i *yn* deall! Yn deall pam mai dim ond dau geffyl oedd ganddon ni. Pam o'n i'n gwisgo'r diwnig werdd.

'Mae Ifor yn fwy na dewin,' meddai Morus, a hoelio'i lygaid arna i. 'Mae'n arwr. Mae'n gwneud hyn er mwyn Cymru. Yn dwyt ti, Ifor?'

Llithrodd ei ddwylo i lawr fy mreichiau.

'Yn dwyt ti?'

Roedd wedi fy ngollwng i'n rhydd. Fi oedd piau'r dewis, fel y diwrnod hwnnw wrth y pwll. Fi!

Ond pa ddewis oedd gen i? Yn doeddwn i wedi addo achub tywysog? Camodd Morus i un ochr ac, fel petawn i mewn breuddwyd, teimlais fy nghoesau'n symud tuag at ddrws agored y gell.

Yna: 'Ifor!' Daeth chwyrniad sydyn o wddw'r tywysog a hyrddiodd ei hun heibio i fi. Taflodd ei hun at Morus a'i wthio i'r gell. Llwyddodd Morus i gydio yn y drws a sadio'i hun, a rhochiodd y ceidwad o'r tu ôl i ni a gafael ym mraich Llywelyn.

'Ifor! Ifor! Ifor!' gwaeddodd Llywelyn, gan wingo a chicio. 'Helpa fi!'

'Ifor!' gwaeddodd Morus, a'i fysedd yn crafu fy llawes.

'Ifor!' gwaeddodd Llywelyn yn uwch.

Deffrais o'r diwedd. Roedd fy nhywysog yn galw. Anelais y llestr diod yn galed i fol y ceidwad. Plygodd y creadur yn ei ddyblau a ffrwydrodd cwdyn o arian o'i wregys. Wrth i Morus roi naid ata i, llithrodd ei draed ar bennau'r Brenin Edward, trawodd yn erbyn y ceidwad a disgynnodd y ddau ar lawr.

Neidiodd Llywelyn drostyn nhw. Neidiais innau a dilyn fy nhywysog.

Rhedon ni ar ras heibio i gorff llonydd William de Valence, a dianc i fyny'r grisiau.

27.

Ar y llain o flaen y castell, roedd cyrff yn gorwedd ar lawr, a thorf o bobl wedi'u corlannu gan filwyr. Roedd Edmwnd Grwca yn swagro o'u blaenau ac yn taranu. Crymais fy nghefn a dianc y ffordd arall, i lawr y coridor. O fy mlaen rhedai Llywelyn ap Dafydd, Tywysog Cymru. A'r tu ôl i ni? Feiddiwn i ddim edrych. Roedd fy nghalon yn drymio, fy mhen yn llawn niwl, a'r byd wedi troi wyneb i waered.

Do'n i ddim yn ddewin. Do'n i erioed wedi bod yn ddewin. A do'n i ddim yn arwr. Do'n i'n ddim byd ond anifail gwyllt yn rhedeg yn ddisynnwyr, heb wybod ble i fynd. Yn rhedeg oddi wrth Morus.

Roedden ni wedi cyrraedd yr iard fewnol ac yn anelu am ddrws y neuadd fawr, Llywelyn â'i gwcwll am ei ben a'i drwyn tua'r llawr. Welodd y tywysog mo'r cysgodion bob ochr i'r drws. Welodd e mo'r breichiau'n codi'n fygythiol, ond mi welais i.

'A!' Rywsut, llwyddais i roi naid at Lywelyn a'i wthio o'r ffordd. Cleciodd cadwyn dew heibio'n trwynau. Rhuthrais innau at yr ymosodwr a chwifio'r llestr diod.

Ciliodd yr ymosodwr ar unwaith. Gwas oedd e. Yn ei ymyl safai gwas arall â llwy fawr yn ei law. Syllon nhw mewn braw arna i, yr esgus dewin, a symud o'n ffordd gan fwmian esgusodion. Gwaeddodd Llywelyn rywbeth yn eu hwynebau, cyn brysio ar fy ôl ar hyd y neuadd.

'Beth ddwedaist ti?' gofynnais dros fy ysgwydd.

'Dim ond dweud wrthyn nhw am wylio rhag y dyn gwyllt sy wedi ymosod ar William de Valence.'

'Morus?' ebychais.

'Os daw o ar ein holau, mi gaiff o'r llwy ar ei ben, neu'r gadwyn.'

Petrusais. Roedd y ddau was yn sefyll yn y drws, eu coesau ar led a'r arfau yn eu dwylo, yn barod i ymosod ar Morus. Ond be wedyn? Sut oedden ni'n mynd i ddianc o Gastell Bryste hebddo?

'Llywelyn...'

Bron i fi ddisgyn mewn braw. Roedd crwth wedi canu yn fy nghlust. Meddyliais fod Morus wedi hedfan o rywle fel bwgan, ond Llywelyn oedd wrthi. Roedd e wedi codi'r offeryn o'r fainc ger y bwrdd. Lapiodd ei fraich amdano fel bod y darn ucha'n pwyso ar ei ên ac yn cuddio hanner ei wyneb. Yna prociodd fi â'r bwa a phwyntio at y drws o ble daeth y pysgodyn yn gynharach.

Roedd rhywrai'n sbecian drwy'r drws. Diflannon nhw o'n blaenau a dilynais Llywelyn ar hyd coridor chwyslyd yn llawn oglau bwyd. Yn ei ben draw roedd cegin pum gwaith maint cegin y dafarn. Er ei bod hi'n llawn pobl, doedd dim smic o sŵn heblaw am dân yn poeri. Ar blât ar ganol bwrdd eisteddai alarch, ei lygaid du llonydd yn fy ngwylio, a'r plu ar ei ben yn chwythu yn y gwynt o'r tân. Y tu ôl iddo safai cogyddion a gweision a morynion yr un mor llonydd, a llygaid pob un wedi'u hoelio ar Ifor ab Einion.

O dan ei gwcwll, siaradai Llywelyn yn dawel a phendant, ond arna i roedd pawb yn edrych, fi â'r llestr yn fy llaw. Hanner caeais fy llygaid a cheisio edrych fel dewin go iawn, fel Morus, wrth i ni gamu rhwng y byrddau llawn bwydydd, rhwng y llysiau a'r crochanau tuag at ddrws oedd yn arwain i'r tu allan.

Byddai Llywelyn wedi camu drwy'r drws ar ei union oni bai i fi gydio yn ei benelin.

'Gad i fi sbecian gynta,' sibrydais.

'Pam?' snwffiodd. 'Does dim ofn arna i. Dwi newydd dy achub di rhag Morus, yn tydw i?'

'Wel,' atebais, 'dwi am dy achub di nawr.'

Chwyrnodd yn anfodlon, ond gadawodd i fi wthio fy mhen allan. Gyferbyn roedd rhes o dai, a gwragedd yn sbecian rownd y drysau. Roedden nhw i gyd yn edrych i gyfeiriad y porth mawr. Allwn i ddim gweld y porth, ond roedd llais Edmwnd Grwca i'w glywed yn glir, a chyfarth cras y cwnstabl, a griddfannau.

O rywle'n nes daeth gwichian olwynion. Roedd cert yn powlio drwy'r drws o ble daeth y tri marchog yn gynharach. Roedd y drws yn llydan agored, a'r tu draw iddo roedd iard arall a wal uchel yn ei hamgylchynu. Yn y wal roedd porth bron mor fawr â'r un o flaen y castell.

'Ydy'r porth yn arwain i'r tu allan?' sibrydais wrth Llywelyn.

'Wrth gwrs,' atebodd.

'Awn ni allan drwyddo. Mae'r crwth gen ti a'r llestr gen i. Bydd pawb yn meddwl mai Morus wyt ti.'

Arhosais i'r gert fynd heibio. Dyn mawr swrth oedd y gyrrwr, mor llipa â sach, er bod ei freichiau fel boncyffion ac yn drwch o flew du. Edrychodd e ddim arnon ni, ac yn syth ar ôl iddo fynd heibio, rhois blwc i fraich Llywelyn.

'Dere. Cerdda'n gyflym ond paid â rhedeg fel petai ofn arnat ti.'

'Does dim ofn arna i!'

'Paid â thynnu sylw.'

Mentrais allan. Cipedrychodd gwraig arna i o ddrws y tŷ gyferbyn. Gwenais arni, ond doedd ganddi ddim diddordeb yndda i. Roedd hi'n gwylio'r gert.

'Dere,' sibrydais, a dechrau brasgamu'n gefnsyth tuag at y porth, gan geisio edrych fel dewin oedd wedi gwneud diwrnod da o waith ac ar ei ffordd adre.

Ond, wrth gwrs, do'n i ddim yn ddewin o gwbl! Pan edrychais dros fy ysgwydd, ro'n i wedi colli Llywelyn. Yn lle dilyn wrth fy sodlau, roedd e'n dianc tuag at ddrws yn wal gefn y castell.

Ro'n i wedi rhybuddio Llywelyn i beidio â rhedeg, ond fe redais i fel y gwynt. Diflannodd Llywelyn drwy'r drws. Sgrialais innau ar ei ôl a bron â tharo'n erbyn piler o garreg. Ro'n i mewn ogof fawr dywyll yn llawn o bileri.

'Llywelyn!' sibrydais.

Neidiodd fy llais o biler i biler a rhuo yn fy nghlustiau.

'Llywelyn!'

Cripiais gam neu ddau.

'Llywelyn. Ble...?'

Gwichiais. Roedd rhywbeth wedi gwibio o'r tu ôl i biler a tharo fy mrest. Gwasgais fy llaw dros y briw.

'Cau dy ben, y ffŵl!' hisiodd Llywelyn, gan neidio i'r golwg a chwifio bwa'r crwth dan fy nhrwyn. 'A dos i ffwrdd.'

Symudais i ddim. Petai Ronw'n sefyll o 'mlaen, byddwn i wedi'i ddyrnu, ond tywysog oedd hwn.

'Dos!' meddai a chwifio'i fwa. 'Dos o'm ffordd i.'

Gwasgais fy nyrnau.

'Dos!' meddai eto. 'Dos adre i Gymru.'

'Ac rwyt ti'n mynd i aros fan hyn?' chwyrnais.

'Na!'

'Rwyt ti'n mynd i fod yn gi bach i'r Normaniaid.'

'Normaniaid!' Poerodd ar y llawr.

'Felly pam dwyt ti ddim yn dianc?'

Fflachiodd ei lygaid a chamais yn ôl rhag ofn iddo fy nharo i eto. Ond atebodd y tywysog yn dawel. 'Pam?' meddai. 'Achos dwi'n mynd i achub fy mrawd.'

'Dy frawd?' ebychais.

'Mae fy mrawd Owain yn garcharor yma hefyd,' meddai'r tywysog. 'Wnaeth Morus ddim dweud wrthot ti? Naddo!' Crychodd ei wefus. '"Fe ddown ni'n ôl!" meddai Morus wrtha i. "Fe gei di arwain byddin fawr i achub dy frawd." Ond dwi am achub Owain heddiw!'

'Llywelyn...'

'Dos!' Gwthiodd y bwa i fy mrest, a dianc.

Dilynais. Sut gallwn i ei adael? Fe oedd y ffŵl, ond roedd e'n ffŵl dewr. Sut oedd hi'n bosib achub ei frawd gyda chrwth a llestr diod? Roedd Morus wedi cynnig llond cwdyn o arian i geidwad Llywelyn – ro'n i'n deall hynny nawr – ond doedd gyda ni ddim arian i'w gynnig i neb, heblaw'r un darn pitw o dan fy nhroed.

Cyn i fi allu'i ddal, diflannodd Llywelyn i'r wal o fy mlaen. Baglais ar ris garreg a disgyn ar fy ngliniau. Roedd grisiau eraill yn troelli uwch fy mhen. Cripiais i fyny ar ras nes teimlo esgidiau Llywelyn yn erbyn fy nhrwyn.

'Llywelyn! Aros – gad i ni siarad.'

Chwipiodd fy llais fel gwynt rhwng y waliau ond arafodd Llywelyn ddim. Neidiais a chydio yn ei figwrn. Syrthiodd y bwa o'i law a llithro yn erbyn fy mraich.

'Llywelyn...'

Ciciodd y tywysog. Tynnais yn galetach, a'i lusgo. Hyrddiodd y crwth tuag ata i a tharo fy ysgwydd. Llusgais e eto.

'Llywelyn.' Gwasgais e i'r llawr. 'Pa gynllun sy gen ti?'

'Dwi'n mynd i achub fy mrawd!'

'Ond sut? Gwranda. Mae Morus yn iawn. Os dihangi di nawr, galli di ddod yn ôl ac achub Owain. Os na ddihangi di, byddwch chi'ch dau yma am byth.'

Gwingodd Llywelyn yn ffyrnig. Gwasgais â'm holl bwysau.

'Gwranda...'

'Ifor!' chwyrnodd ar fy nhraws. 'Oes gen ti frawd?'

'Brawd?'

'Ha!' Teimlodd fi'n llacio fy ngafael a thaflodd fi i ffwrdd. 'Oes! Mae gen ti frawd. Ac mae gen i frawd. A dwi'n mynd i achub fy mrawd i! Rŵan, dos!'

Cipiodd y crwth a'r bwa o dan fy nhrwyn a chodi ar ei draed. Dringodd yn ei flaen. Gallwn i fod wedi'i dynnu'n ôl yn hawdd, ond wnes i ddim.

'Rwyt ti yma o hyd?' meddai, ar ôl gris neu ddau.

'Ydw.'

Cyffyrddodd y bwa'n dyner â fy ysgwydd. 'Mae Owain yn ein carchar,' meddai. 'Yn y stafell lle rydyn ni wedi byw ers dod i Gastell Bryste. Roedd Peter de la Mare wedi fy ngharcharu yn y dwnjwn heddiw. Mi wnes i'n siŵr o hynny drwy weiddi yn wyneb yr Iarll. Ond fan'ma mae'n carchar arferol, yn agos i'r to. Bydd dawel rŵan. Rydyn ni bron â chyrraedd y llawr islaw.'

Uwch ein pennau roedd bwlch yn y wal. Gwasgodd Llywelyn ei fys ar ei wefus a chripion ni heibio'r bwlch. Yn rhywle'n agos roedd lleisiau'n parablu, plant yn rhedeg, a gwraig yn llefain yn uchel a main a diddiwedd. Roedd Mam wedi llefain felly unwaith. Roedd y sŵn yn dal yn fy nghlustiau wrth i ni esgyn rhes arall o risiau, rhai culach a thywyllach.

Safodd Llywelyn yn sydyn, a thrawais yn ei erbyn.

'Sh!' meddai'r tywysog. Roedd mymryn o olau yn crynu uwch ein pennau. 'I fyny fan'na mae Owain.'

'Faint o geidwaid?'

'Dau o leia.'

Gwasgais y llestr. 'Gad i fi fynd gynta.'

'Na.'

'Byddan nhw'n dy nabod.'

'Mi guddia i fy wyneb.'

A beth wedyn? Wnes i ddim gofyn. Oedd gyda fe

ateb? Falle. Falle'i fod e fel Morus – yn gwybod popeth ond yn gwrthod rhannu dim.

'Sh!' meddai Llywelyn eto.

Dringodd ddau ris ac aros i glustfeinio. Gwrandewais innau, a chlywed dim byd ond y gwaed yn fy nghlustiau. Dringon ni ddau ris arall, aros a gwrando. Roedd hi'n dal yr un mor dawel.

Cyrhaeddon ni'r grisiau uchaf. Gwasgodd Llywelyn ei hun yn erbyn y wal a gwneud lle i fi sefyll yn ei ymyl. O'n blaenau roedd cilfach dywyll a dau ddrws, a'r ddau ynghau.

Dangosodd Llywelyn y drws ar y dde. 'Owain.'

Ro'n i wedi deall. Roedd allwedd yn y clo. 'A'r llall?'

'Ceidwaid.'

'Maen nhw'n dawel.'

Snwffiodd. 'Maen nhw'n cysgu'n aml.'

Ond nid ar ddiwrnod fel heddiw, pan oedd cymaint o gyffro y tu allan i'r castell. Ac roedd y drws ynghau. Fyddai ceidwaid ddim yn cau drws.

'Rhy dawel,' sibrydais.

'Ella'u bod nhw'n helpu i amddiffyn y castell,' meddai Llywelyn. 'Os felly, mi ddihangwn ni'n hawdd.'

Gwenodd arna i mewn cyffro a chamu'n frysiog a diofal o'n cuddfan. Trawodd y crwth yn erbyn y wal a chanu fel cloch. Crebachodd y tywysog a neidio'n ôl i gysgod y grisiau. Swation ni yno â'n calonnau curo fel morthwylion.

O garchar Owain, daeth y smic lleiaf o sŵn. Gwasgodd Llywelyn fy mraich. Hoeliais innau fy llygaid ar y drws arall.

'Does 'na ddim ceidwaid,' sibrydodd Llywelyn. 'Bydden nhw wedi dod allan erbyn hyn. Ond os wyt ti'n poeni, aros o flaen y drws. Mi a' i i nôl Owain.'

Cripiodd allan. Cripiais innau. Gwibiodd cysgod heibio i fi. Aderyn yn hedfan yn rhydd heibio'r ffenest gyferbyn. Gwasgais fy nghlust yn erbyn drws y ceidwaid, a chlywed dim byd. Daliais fy ngwynt a gwrando eto. Dim. Falle bod Llywelyn yn gywir. Falle bod y ceidwaid yn helpu'r Normaniaid islaw. Roedd y tywysog yn fy ngwylio. Codais fy llaw i ddangos bod popeth yn iawn.

Dododd Llywelyn y crwth a'r bwa yn ofalus ar lawr a chydio yn yr allwedd. Doedd neb yn defnyddio allweddi yn ein pentref ni. Gwyliais e'n troi'r allwedd yn ara' bach i'r chwith. Symudodd hi ddim. Gwylltiodd a'i throi'n rhy sydyn i'r dde. Cleciodd yr allwedd, a neidiodd Llywelyn fel pe bai neidr wedi'i frathu.

'Be sy?'

'Roedd y drws ar agor!' sibrydodd Llywelyn.

'Y?' Roedd y drws ar gau. Roedd e wedi bod ar gau drwy'r amser.

'Doedd o ddim wedi'i gloi.'

Syllais ar y drws ac ar yr allwedd fawr haearn.

'Doedd yr agoriad ddim wedi troi yn y clo,' eglurodd Llywelyn.

'Felly...?'

'Mae Owain wedi mynd. Mae rhywun wedi mynd ag o. Mae ...' Tagodd Llywelyn ac agorodd ei lygaid led y pen. Roedd rhywun yn curo'n dawel bach ar ochr arall y drws.

Symudon ni ddim.

Daeth y curo'n uwch.

Lledodd gwên fawr dros wyneb Llywelyn. 'Owain!' sibrydodd.

'Aros!' Roedd e'n mynd i estyn am yr allwedd. 'Aros!' dwedais wrtho. 'Dwedaist ti fod y drws heb ei gloi.'

'Doedd o ddim.'

'Felly pam na ddihangodd dy frawd?'

Cododd Llywelyn ei ên.

'Paid â meddwl bod ofn arno,' meddai'n ffroenuchel. 'Mwy na thebyg doedd o ddim wedi sylweddoli bod y drws heb ei gloi. Dydy'r ceidwaid ddim fel arfer yn ddiofal. Ella'u bod nhw ar ormod o frys i amddiffyn y castell.'

Falle. Roedd gormod o falle. Cydiais yn dynnach yn fy llestr a gwylio'r allwedd yn troi dan law Llywelyn. Â'r wên yn dal ar ei wyneb, rhoddodd y tywysog blwc i'r drws.

Ar unwaith hyrddiwyd e'r ffordd. Baglais innau dros y crwth a disgyn ar lawr.

Uwch fy mhen safai mynach mewn clogyn du.

'Morus!'

28.

Codais y bwa a neidio ar fy nhraed.

Rhuodd Llywelyn fel anifail gwyllt a thaflu'i hun at Morus.

'Ble mae Owain?' gwaeddodd.

Trawodd Morus un llaw dros geg y tywysog. Â'i law arall daliodd e'n dynn.

'Pam na fyddet ti wedi dianc pan gallet ti?' chwyrnodd. 'Pam na fyddech chi'ch dau wedi dianc?'

Camais yn ôl at y grisiau, gan chwifio'r bwa yn un llaw a'r llestr yn y llaw arall. Ond wnâi'r llestr ddim twyllo Morus. Do'n i ddim yn ddewin, ac roedd e'n gwybod hynny.

'Achos Owain,' atebais.

Ar y gair, gwingodd y tywysog yn ffyrnig a gwthio'i benelin i fol Morus. Ebychodd Morus, a'i ddal yn dynnach fyth.

'Mae achub un tywysog yn wyrth. Mae achub dau yn amhosib,' meddai'n gras.

'Ond ble mae Owain?' gofynnais.

'Mae'r gwarchodwyr wedi'i symud o achos yr helynt

... A!' Rhochiodd wrth i Llywelyn ei gicio yn ei ben-glin a gwasgodd ben y tywysog yn erbyn ei ysgwydd. Ond roedd Llywelyn o'i go' ac yn strancio fel pysgodyn ar fachyn. 'Gwranda!' meddai Morus yn ei glust. 'Fe adawa i di'n rhydd y funud hon. Fe gei di redeg at dy frawd. Fe gei di ymuno ag e yn ei gell, ac fe gewch chi'ch dau aros fan'ny am weddill eich oes.'

Gwingodd Llywelyn a cheisio brathu'i law.

'Ac fe gei di dy gosbi am geisio dianc. A ti'n gwybod beth fydd dy gosb? Cael dy gloi mewn cawell. Mae'r Normaniaid yn cosbi carcharorion sy'n eu herio. Byddan nhw'n dy gloi mewn cawell fel anifail gwyllt.'

Roedd llygaid Llywelyn yn gwibio tuag ata i. Roedd e'n ymbil am help. Wyddwn i ddim ble i edrych. Achos roedd Morus yn iawn. Roedd e wastad yn iawn. Roedd e'n gwybod y bydden ni'n dod i chwilio am Owain. Roedd e'n gwybod am yr helynt tu allan cyn iddo ddigwydd.

Ond all hyd yn oed dewin ddim rhagweld popeth. Doedd e ddim wedi rhagweld y byddai Llywelyn, gyda help y Brenin Edward, yn fy achub o'r gell.

Roedd Llywelyn yn llipa yn ei freichiau erbyn hyn. Cadwais innau'n ddigon pell, rhag ofn i Morus fy ngwthio drwy'r drws y tu ôl iddo a throi'r allwedd yn y clo.

'Cwyd y crwth o'r llawr,' meddai Morus wrtha i. 'Cwyd e!'

Neidiais ymlaen a'i gipio fel ci'n dwyn asgwrn. Neidiais yn ôl â fy llygaid ar y drws.

'Wna i ddim dy garcharu,' snwffiodd Morus.

'Chaiff o ddim dy garcharu.' Roedd Llywelyn wedi ysgwyd ei ben yn rhydd. 'Chei di ddim ei garcharu,' meddai'n gwta wrth Morus. 'Chei di ddim!'

'A tithe, dywysog?' meddai Morus 'run mor dawel. 'Wyt ti am fynd yn ôl i dy garchar?'

Gollyngodd ei afael ar y tywysog.

Simsanodd Llywelyn tuag at y drws agored. Gafaelodd yn ei ffrâm.

Sbeciais dros ei ysgwydd ar stafell fechan. Ar ei llawr roedd dau wely, pentwr o ddillad, a mân lestri. Roedd hi'n fwy cysurus na'r gell yn y dwnjwn. Roedd hi'n fwy cysurus na'n tŷ ni gartre. Ond cell oedd hi, 'run fath, ac roedd ein tywysog yn oedi yn ei drws â'i gefn yn grwm.

Cyffyrddais â'i fraich. Chymerodd e ddim sylw. Roedd e'n syllu ar bib fach oedd yn gorwedd ar ben y pentwr dillad. Un amrwd oedd hi gyda thri thwll. Roedd gan Iago Hen un felly. Byddai'n chwythu drwyddi weithiau pan oedd e'n dweud stori. Canai fel aderyn.

'Dy bib di?' gofynnais.

'Owain,' atebodd. 'Owain ydy'r un sy'n canu.'

Cyffyrddais â braich y tywysog eto, ac estyn y bwa a'r crwth. 'Cymer rhain,' dwedais, 'a gad nhw fan hyn i Owain. Wedyn bydd e'n gwybod dy fod ti'n meddwl amdano ac y dôi di'n ôl i'w achub ryw ddiwrnod.'

Yn fy ymyl tynnodd Morus anadl fel petai e am ddweud 'Na!' Ond llyncodd y gair. Roedd Llywelyn yn cymryd yr offeryn o fy llaw. Rhwygodd y llinynnau o'r bwa, a gwthio'r goes i wellt un o'r gwelyau.

'Mae bwa'n arf,' mwmianodd.

Yna lapiodd y crwth a'r llinynnau yn un o'r dillad oedd ar lawr, a gosod y bwndel ar y gwely, a'r bib ar ei ben.

Arhosodd am foment uwchben gwely ei frawd, cyn troi a cherdded yn dalsyth tuag aton ni.

'Mi awn ni felly,' meddai, a chau drws y gell ar ei ôl.

Hedfanon ni i lawr y grisiau, Morus yn arwain fel ystlum mawr du, Llywelyn yn y canol a finnau wrth ei sodlau. Roedd y wraig ar y llawr nesa'n dal i grio yn fain a digysur, y lleisiau'n dal i barablu a'r plant yn chwarae. Sleifion ni heibio i'r agoriad yn y wal heb weld neb, ac roedden ni hanner ffordd i lawr yr ail res o risiau, pan waeddodd llais Normanaidd uwch ein pennau'n llawn cyffro.

Trawais yn erbyn Llywelyn. Clecıodd fy llestr yn

erbyn y wal. Ond chlywodd neb. Uwch ein pennau roedd griddfan a dychryn mawr ac enw un dyn yn atseinio o wefus i wefus.

William de Valence!

Os oedd y Normaniaid wedi darganfod corff William de Valence, roedden nhw hefyd wedi gweld y gell wag, ac yn chwilio am Llywelyn.

Cythron ni i lawr i waelod y grisiau, a gwthiodd Morus ni i gysgod piler.

'Arhoswch fan hyn,' meddai a rhedeg at y drws.

'Mi ddo i'n ôl i achub Owain,' meddai Llywelyn yn ddwys.

'Gwnei,' atebais.

Ond do'n i ddim yn siŵr a fyddai'n gadael yn y lle cynta. Roedd gweiddi uwch ein pennau, a'r tu allan roedd gweiddi ac ochain, a sŵn rhywun yn llafarganu. Roedd Llywelyn yn anesmwytho ac yn barod i ddianc rhag y sŵn, pan redodd Morus yn ôl aton ni.

'Paid â dychryn,' meddai wrth y tywysog, a'i godi o'r llawr, cyn iddo gael cyfle i brotestio. 'Paid â dychryn,' siarsiodd Morus eto, a'i daflu dros ei ysgwydd. 'Dwi'n mynd i dy roi di mewn cert ar ben pentwr o gyrff marw. Paid â dychryn. Dim ond gorwedd yn llonydd. Gorwedd yn llonydd. Wyt ti'n deall?'

Dechreuodd anelu am y drws. Roedd pen Llywelyn

yn hongian tuag i lawr a'i wyneb yn taro cefn Morus. Triodd godi'i ben. Estynnais innau fy llaw er mwyn iddo gael pwyso'i ên arni. 'Ond aros di fan hyn!' meddai Morus wrtha i.

Wnes i ddim. Rhedais ar ei ôl at y drws ac aros fan'ny. Roedd y gert welson ni'n gynharach yn llusgo'n ara' bach tuag yr iard bella, a'i llond o gyrff y trueiniaid fu'n herio'r Normaniaid.

Ar ysgwydd Morus roedd Llywelyn wedi rhoi'r gorau i stryffaglu. Hongiai'n swrth, ei freichiau'n llipa, ei gwcwll dros ei dalcen â'i lygaid wedi'u cau'n dynn. Y tu ôl i'r gert cerddai un o'r Brodyr Llwyd yn llafarganu'n llyfn a thrwynol. Crynodd ei lais pan ruthrodd Morus ato. Ond dim ond am eiliad. Gwnaeth arwydd y groes a chanu'n uwch wrth i gorff arall ddisgyn wyneb i waered i'r gert. Cerddodd Morus yn ei ymyl, a chanu gydag e.

Roedd fy stumog yn glymau i gyd. Syllais ar Llywelyn ac erfyn arno i beidio â symud. Pan neidiodd y gert dros garreg, llithrodd braich y tywysog dros yr ymyl. Edrychodd y certiwr dros ei ysgwydd a daliais fy ngwynt gan ddisgwyl clywed bloedd. Ond roedd y gert yn hercian a'i llwyth i gyd yn symud. Doedd Llywelyn ddim gwahanol i neb arall, heblaw ei fod yn fyw.

Gafaelodd y certiwr yn dynnach yn yr awenau a llywio'i gerbyd yn ofalus drwy ddrws yr iard. Wrth y porth pella roedd dyrnaid o Normaniaid yn aros amdano. Gwasgais fy nyrnau ac erfyn ar i'r porth agor, ar i'r gert fynd drwyddo ac i Llywelyn ddianc o Gastell Bryste. Ond roedd y porthor yn sefyllian, a'r Normaniaid o'i gwmpas yn pwyso dros y gert ac yn gwneud hwyl am ben ei llwyth truenus.

Allai Llywelyn ddal ei anadl? Allai e?

Cilagorodd y porth o'r diwedd.

Ac yna:

'Lwelyn!'

Rhuodd y sŵn tuag ata i. Rhuodd y gwynt o 'ngwddw.

'Lwelyn!'

Rhuodd y sŵn o'r tu mewn i'r castell. Rhuodd o'r llain y tu allan. Rhuodd o'r iard bellaf. Roedd y porth wedi cau eto, ond doedd y Normaniaid ddim yn llusgo Llywelyn o'r gert. Roedden nhw'n gweiddi ac yn pwyntio ata i.

'Lwelyn!'

'Lwelyn!' Ffrwydrodd y floedd i lawr y grisiau y tu ôl i fi, yn gymysg â chlecian arfau, a rhywun yn llithro. Daeth wyneb coch i'r golwg rhwng y pileri.

'Lwelyn!' rhuodd a dod amdana i.

Rhedais nerth fy nhraed. Roedden nhw'n meddwl mai fi oedd Llywelyn. Os gallwn i ddal i'w twyllo am funud fach, falle câi'r tywysog go iawn gyfle i ddianc.

Rhedais heibio i gefn y castell a throi am y porth mawr.

'Lwelyn!'

Chwythodd y floedd yn fy wyneb. Roedd dynion y tu cefn i mi, dynion o 'mlaen. Rhedais i'r chwith a baglu bron yn syth. Disgynnais yn glec ar ben casgen Jacob oedd yn dal ar y glaswellt. Poerodd win i fy llygaid a chyn i fi gael amser i'w sychu i ffwrdd, roedd llaw yn fy llusgo ar fy nhraed.

'Lwelyn!' gwaeddodd llwdn o ddyn â'i anadl yn drewi.

'Lwelyn!' gwaeddodd ei ffrindiau'n orfoleddus, a'u dannedd yn disgleirio yn yr haul.

Gwnes innau sŵn bach yn fy ngwddw, a phlygu fy mhen tua'r llawr. Roedd pobl yn dod allan o'r tai i edrych arna i, ac i edrych ar y ffrwd o win coch oedd yn llifo heibio fy nhraed.

Ciciodd un o'r dynion y gasgen yn ôl ar ei chefn i atal y llif. Ciciodd un arall fy nghoes, a dweud enw William de Valence. Chwarddodd y Normaniaid yn groch. Roedd hi'n ddiwrnod braf. Roedd arogl gwaed yn eu ffroenau. Roedd y gelyn ar chwâl. O gil fy llygad gwelais borth llydan agored a chert yn mynd drwyddo. Roedd yn ddiwrnod da i Gymru hefyd.

Gwaeddodd llais cras. Roedd Peter de la Mare yn brasgamu tuag aton ni. Symudais i ddim, dim ond swatio dan fy nghwcwll. Bob ochr i fi roedd y dynion yn snwffian yn falch. Roedden nhw fel cŵn sy'n disgwyl cael eu canmol. Pe bai ganddyn nhw gynffonnau, bydden nhw wedi'u hysgwyd.

Ond roedd llais Peter de la Mare mor finiog â chleddyf.

'Lwelyn?' brathodd.

'Lwelyn!' meddai'r dyn oedd yn cydio yn fy mraich dde, a rhoi proc i fi â'i benelin.

Gwrthodais godi fy mhen, felly gwthiodd ei law dan fy ngên a'm tynnu ar fy nhraed. Syrthiodd fy nghwcwll tuag yn ôl a syllais i lygaid Peter de la Mare.

Roedd llygaid y cwnstabl fel pren yn poeri mewn tân. Roedd wedi fy nabod ar unwaith.

'Lwelyn!' wfftiodd drwy'i ddannedd blaidd.

'Lwelyn,' meddai'r dyn yn grynedig.

Bytheiriodd y cwnstabl yn ei wyneb, a gollyngodd y dyn ei afael arna i, fel petawn i'n llosgi'i groen. Roedd cleddyf yn llaw'r cwnstabl. Cododd e'n sydyn a chodais y llestr diod i'm hamddiffyn. Ond bygwth y dyn oedd e, nid fy mygwth i.

Symudais o'i ffordd, ond y tu ôl iddo roedd rhywun peryclach a mwy bygythiol fyth. Tan hynny do'n i ddim wedi gweld Edmwnd Grwca. Safai'r Iarll yn dawel, â hanner gwên ar ei wyneb, ond roedd ei lygaid yn graff a meddylgar, ac yn edrych arna i.

Cyn i fi gael fy ngwynt ata i, siaradodd.

Yn Gymraeg.

'Lwelyn. Tywysog Cymru,' meddai.

Trio fy mhrofi i oedd e. Trio gweld a o'n i'n Gymro. A byddwn i wedi fy mradychu fy hun. Byddai wedi gweld y syndod yn fy llygaid, ond y foment honno, trawodd un o'r dynion yn fy erbyn yn ei frys i ddianc rhag dwrn y cwnstabl. Safodd ar fy nhroed dde a brathodd y Brenin Edward fy sawdl â'i holl nerth. Erbyn i'r boen gilio, ro'n i wedi dod ataf fy hun. Syllais yn dwp ar Edmwnd Grwca ac estyn y llestr diod iddo. Ei lestr e oedd e, wedi'r cyfan.

Chymerodd e mo'r llestr, dim ond syllu arno â'i lygaid cwflog.

Yna: 'Maurice?' meddai'n sydyn.

'Maurice,' atebais a nodio.

Ond 'Maurice?' meddai eto, a chodi'i aeliau arna i. Roedd e'n gofyn ble oedd Morus.

Edrychais o 'nghwmpas yn ddidaro, fel petawn i'n disgwyl i Morus ymddangos.

Yn fy ymyl roedd y dynion yn gwasgaru ar frys, a'r cwnstabl yn gweiddi ar eu holau. Roedd o'i go'n lân. Ei gyfrifoldeb e oedd gofalu am y carcharorion a'r castell, ac roedd wedi methu o flaen brawd y brenin. Ond daeth yn ôl at yr Iarll yn ddigon hyderus. Siaradodd yn gwta, gan ddweud 'Lwelyn' fwy nag unwaith. Roedd e'n sicrhau'r Iarll na allai Llywelyn ddim dianc.

Atebodd yr Iarll yn dawel, a chlywais enw Morus.

'Maurice?' Cydiodd y cwnstabl yn fy nhiwnig a'm tynnu tuag ato.

Crynais. Ro'n i'n crynu go iawn, ond pan roiodd e ysgytwad i fi, camais yn ôl a baglu'n fwriadol dros y gasgen. Ro'n i wedi gobeithio tynnu Peter de la Mare i'r llawr. Ond gollyngodd y cwnstabl ei afael ar y funud ola. Disgynnais innau wrth ei draed a rholio i ffwrdd cyn iddo anelu cic ata i.

'Maurice?' gwaeddodd arna i.

'Maurice?' gwichiais innau'n druenus.

Sgyrnygodd y cwnstabl a gweiddi ar griw o farchogion. Daethon nhw ato ar ras.

'Maurice,' meddai wrthyn nhw. Ac yna 'Lwelyn.' Chwalodd y dynion ar eu hunion, a brysiodd y cwnstabl ei hun tuag at y porth mawr, gan fy ngadael yn swatio wrth draed yr Iarll.

Safai'r Iarll yn llonydd, llonydd.

Swatiais innau yr un mor llonydd gan ddychmygu'i lygaid arna i. Yna trawodd yr Iarll ei ddwrn ar gledr ei law, a phan godais fy mhen, aeth ias oer drwydda i. Doedd yr Iarll ddim yn edrych arna i o gwbl. Roedd e'n syllu tuag at yr iard bellaf â gwên ffyrnig, ddeallus ar ei wyneb. Roedd e'n gwylio'r gert wag yn dod yn ôl drwy'r porth ag un mynach llwyd yn ei dilyn.

Neidiais ar fy nhraed, gan feddwl tynnu'i sylw. Ond, â bloedd, sgubodd yr Iarll heibio i fi gan alw'i farchogion, ac anelodd am y porth.

Safodd pawb yn yr iard bella'n stond. Safodd y gert yn stond. Roedd llygaid pob dyn ar yr Iarll, a'r Iarll a'i lygaid ar y gert. Welodd neb y ceffyl du yn carlamu at y porth nes oedd hi bron yn rhy hwyr.

Ffrwydrodd y ceffyl mawr du i'r iard a bachgen yn rhedeg nerth ei draed ar ei ôl. Dihangodd pawb am eu bywydau, ond yr Iarll. Trawodd y ceffyl yn erbyn y gert, a herciodd y gert, gan daro'r Iarll yn ei ystlys. Oni bai i farchog ei ddal, byddai wedi disgyn i'r llawr.

Rhedais innau nerth fy nhraed at yr iard. Jacob oedd y bachgen oedd yn dilyn y ceffyl, ac roedd dynion yn ei fygwth â'u cleddyfau. Ond feiddien nhw ddim mynd yn rhy agos. Roedd y ceffyl du mewn panig llwyr. Roedd e'n neidio a rhusio, a Jacob yn gwneud ei orau i gipio'r awenau. Roedd e a'r ceffyl yn wlyb sopen a'r dŵr yn tasgu.

'Nero!' Rhedodd gwas bochgoch o'r stablau ym mhen draw'r iard a sefyll yn ymyl Jacob. 'Nero! Nero! Nero!' galwodd yn fwyn. 'Nero! Nero! Nero!' Daliodd ati i alw nes i'r ceffyl dawelu.

Pan oedd yr anifail yn llonydd o'r diwedd, aeth y

gwas ato a'i fwytho. Yna trodd at y Normaniaid yn wên o glust i glust. Deallais oddi wrth ei ystumiau fod Nero wedi disgyn i'r ffos a bod Jacob wedi'i achub.

Roedd y gwas mor hapus ac mor falch i weld y ceffyl, dechreuodd pawb wenu – pawb ond Edmwnd Grwca. Rhythai'r Iarll drwy'r porth agored ar y llain hir o laswellt islaw'r castell. Yn y pellter roedd pentwr o gyrff a mynach mewn clogyn du yn plygu drostyn nhw.

Heb dynnu'i lygaid oddi ar y cyrff, dechreuodd yr Iarll hyrddio cwestiynau at yrrwr y gert. Ro'n i'n deall popeth, heb ddeall un gair. Pwy oedd wedi llwytho'r gert? Y gweision, meddai'r certiwr. A neb arall? Wel... roedd mynach du wedi dod ag un corff. Mynach du? Pwy oedd e? Anelodd yr Iarll ei gwestiwn at y Brawd Llwyd oedd yn sefyll yn dawel y tu ôl i'r gert a'i wyneb o'r golwg dan ei gwcwll. Mwmianodd y mynach ei ateb a gwneud arwydd y groes.

Gwaeddodd yr Iarll ar was y stablau. Byddwn innau wedi gweiddi nerth fy ngheg, pe gallwn i. Rhed, Morus! Rhed, Llywelyn! Pam doedd Morus ddim yn dianc o olwg y castell? Pam oedd e'n dal i sefyll uwchben y cyrff ym mhen draw'r cae? Brysiodd y gwas at y stablau gan adael Nero yng ngofal Jacob. Brysiodd y marchogion ar ei ôl.

Safai'r Iarll yn ddiamynedd o flaen y porth. Arweiniodd y marchogion eu ceffylau o'r stablau, a chyn gynted ag i'r gwas ddod â'i geffyl e, neidiodd yr Iarll i'r cyfrwy. Hysiodd yr anifail ymlaen. Dilynodd ei farchogion yn un haid, gan ddychryn y ceffyl du. Gyda gwich o banig, stranciodd Nero a rhoi naid ar eu holau.

'Nero!' Syrthiodd Jacob fel sach ar y llawr a chael ei lusgo drwy'r porth.

'Jacob!' Rhedais ar ei ôl. Rhedais drwy'r porth gan weiddi, 'Gollwng! Gollwng! Gollwng yr awenau!'

A dyna sut y dihangais o Gastell Bryste, gan weiddi yn Gymraeg, heb i neb ddeall na rhuthro i fy nal.

29.

'Gollwng!' gwaeddais ar Jacob.

Ond roedd pawb arall yn gweiddi'n uwch. Gwaeddai'r Iarll a'i ddynion wrth ruthro yn un haid dros y cae. Gwaeddai gwylwyr mewn cyffro o ben y waliau.

Roedd y ceffyl du wedi dychryn yn llwyr. Plymiodd ar ei ben i lwyn a rhedais i afael yn ei ffrwyn.

'Jacob!' Gorweddai Jacob yn ymyl y carnau aflonydd, yn anadlu'n drafferthus, ei lygaid ar gau a'i law'n dal i gydio yn yr awenau. 'Jacob!'

Agorodd ei lygaid.

'Wyt ti'n iawn?' gofynnais, er doedd e ddim yn deall gair o Gymraeg.

Atebodd e ddim chwaith, ond cododd ei ben, a chan gydio mewn brigyn, llusgodd ei hun i fyny ar ei eistedd. Wedyn ystwythodd ei ysgwyddau yn ara' bach, a chodi ar ei draed. Sibrydodd yng nghlust Nero. Roedd Nero'n dal i stablan a'i lygaid wedi'u hoelio ar y Normaniaid ym mhen draw'r cae.

Roedd y Normaniaid yn chwalu drwy'r cyrff ar lawr, yn eu procio â'u cleddyfau, yn eu cicio. Cydiodd rhyw labwst ym mraich un o'r cyrff, rhoi plwc iddo, a'i drywanu â'i gleddyf. Disgynnodd y corff yn ôl ar lawr.

Llywelyn? Ro'n i'n crynu. Dododd Jacob ei law ar fy mraich, a sibrydodd eiriau wrtha i, fel roedd e'n sibrwd wrth Nero. Ond thawelais i ddim. Ro'n i'n deall mwy na'r ceffyl. Ro'n i'n deall bod Tywysog Cymru wedi marw go iawn nawr, a bod Edmwnd Grwca'n bygwth Morus. Fflachiai cleddyf yr Iarll dan ên y mynach du, oedd yn sefyll yn llipa a difywyd, ei gefn yn grwm, a'i wyneb ar goll dan ei gwcwll. Gyda bloedd, camodd marchog tuag ato a rhwygo'r cwcwll oddi ar ei ben.

Disgleiriodd yr haul ar ben moel, ac am foment safodd y Normaniaid yn stond, a finnau gyda nhw. Pob un ohonon ni'n syllu ar y cylch o wallt coch am ben y Brawd Du.

'Morus?' sibrydais. Sut oedd ei wallt wedi newid lliw?

'Morus,' chwarddodd Jacob yn fy ymyl.

Islaw roedd yr Iarll yn cynhyrfu ac yn gweiddi yn wyneb y mynach.

'Morus!' meddai Jacob eto, a rhoi proc i fi. Ysgydwais e i ffwrdd, ond cydiodd yn fy mraich a mynnu fy mod i'n edrych arno. Wedyn, gwasgodd ei ddwylo at ei gilydd, plygu'i ben ac amneidio at y castell.

Codais fy ysgwyddau.

'Morus!' chwyrnodd yn ddiamynedd, gan blygu pen a

mwmian yn union fel y mynach llwyd oedd wedi dilyn y gert yn ôl drwy'r porth.

'Morus!' Chwarddais yn syn. Morus oedd y mynach llwyd! Ar Iago Hen mae'r bai am ddrysu fy mhen â'i storïau am ddewiniaid sy'n gallu newid eu lliw a'u llun. Doedd Morus ddim wedi newid lliw ei wallt. Roedd e wedi gwneud rhywbeth clyfar ond llawer symlach. Roedd wedi newid ei wisg.

'Ond wyt ti'n siŵr?' gofynnais i Jacob. 'Os yw Morus yn y castell, ble mae Llywelyn? Llywelyn?'

Ysgydwodd Jacob ei ben. Doedd e ddim yn gwybod, neu ddim yn deall.

Ond ro'n i'n gwybod un peth. Os oedd Morus wedi dianc, bosib iawn bod Llywelyn wedi dianc hefyd. Rywsut, rywfodd. Cododd fy nghalon a rhois bwniad bach llon i Jacob. Ond roedd Jacob yn cipedrych yn ofidus i gyfeiriad Edmwnd Grwca. Sbeciais innau o gil fy llygad. Roedd yr Iarll yn pwyntio'i fys ata i. Roedd Morus wedi dianc o'i afael. Nawr roedd e'n mynd i ddod ar fy ôl i.

Rhoiodd Jacob blwc sydyn i awenau Nero, fflician y ceffyl â'i fys a chwibanu yn ei glust. Stranciodd Nero mewn siom, tynnu'n rhydd a rhedeg oddi wrthon ni ar hyd y llwybr dan wal y castell. I ffwrdd â ninnau ar ei ôl gan weiddi'i enw nes boddi llais yr Iarll. Mwyaf i gyd oedden ni'n gweiddi, cyflymaf i gyd oedd y ceffyl yn rhedeg. Roedd ffos o'i flaen, ac wrth i ni nesáu at y bont gul oedd yn croesi'r ffos, dychrynodd a sgrialu i'r naill ochr. Byddai wedi troi'n ôl, oni bai bod yr haul wedi tasgu oddi ar y llestr diod oedd yn dal yn fy llaw ac wedi'i ddallu.

Gweryrodd Nero mewn braw. Rhoddodd Jacob naid a dihangodd y ceffyl dros y bont. Nawr roedd y tri ohonon ni'n rhedeg ar hyd llain gul o dir rhwng ffos ac afon. Roedden ni wedi mynd o olwg y Normaniaid, ond yn dod tuag aton ni roedd rhes o Frodyr Llwyd. Dychrynodd Nero wrth eu gweld, ac arafodd, a'i lygaid yn rholio yn ei ben. Cipiodd Jacob yr awenau. Cydiais innau ynddyn nhw ag un llaw a dalion ni'n dynn nes i'r Brodyr Llwyd fynd heibio. Ond erbyn hyn roedd y llawr yn crynu dan garnau ceffylau'r Normaniaid. Cyn hir bydden nhw'n dod heibio i gornel y castell. Cyn hir bydden nhw ar ein gwarthaf.

Edrychais ar Jacob, a heb ddweud gair o'i ben, daeth Jacob ata i ac anelu'i ddwrn at fy mol. Gwaeddais mewn siom, colli fy ngafael ar yr awenau, ac ar y llestr yn fy llaw dde. Ro'n i'n dal yn fy nyblau pan gipiodd Jacob y llestr o'r llawr, ei hyrddio dros y ffos, a rhoi hwb chwyrn i fi. Wrth i fy nhraed lithro oddi tana i, clywais glec y llestr yn disgyn ar y llwybr dan wal y castell. Yna ro'n i'n powlio'n bendramwnwgl i lawr y llethr tuag at yr afon, ac yn disgyn dros y dibyn i'r dŵr oer.

Rholiais ar fy ochr mewn dychryn llwyr, a gwasgu fy nghefn i'r mwd dan y dorlan. Roedd Jacob wedi fy nhaflu i'r afon! Roedd e'n mynd i fy mradychu i'r Normaniaid. Roedd yr Iarll yn cyfarth, ceffylau'n pystylad a Jacob yn siarad yn gynhyrfus a gwichlyd.

Yna aeth pobman yn dawel, heblaw am garnau'r ceffylau'n symud yn araf a gofalus tuag ata i. Crynodd y brwyn ar ymyl y dorlan a rholiodd carreg fach i lawr y bencyn a disgyn o flaen fy nhrwyn.

Gwasgais yn bêl, gan ddisgwyl gweld traed yn ei dilyn ac wynebau milain yn crechwenu arna i. Ond bloeddiodd un o'r Normaniaid, ac yn dilyn y floedd, trodd y ceffylau yn eu holau. Tuthion nhw'n ôl tuag at y bont, cyn troi a charlamu ar hyd y llwybr dan waliau'r castell. Ar y llwybr rholiodd rhywbeth yn swnllyd dan eu carnau. Y llestr diod? Oedd Jacob wedi taflu'r llestr diod dros y ffos er mwyn eu twyllo i fynd y ffordd honno? Os felly, roedd e'n ddewin, wedi'r cyfan!

Er gwaetha'r dŵr oer, llifodd ton gynnes drwydda i, ac er gwaetha'r mwd, lledodd gwên dros fy wyneb. Ro'n i'n disgwyl clywed Jacob yn mwmian 'Ifo! Ifo!' ac yn dweud wrtha i am ddod allan. Ond disgwyliais a disgwyliais, a phan sibrydais 'Jacob' o'r diwedd, atebodd neb. Rhaid bod Nero wedi carlamu ar ôl y Normaniaid a mynd â Jacob gydag e. Ro'n i ar fy mhen fy hun, mewn twll ar lan yr afon Ffrŵm.

Codais ar fy mhedwar yn sydyn a'r gwaed yn poethi yn fy ngwythiennau. Roedd Llywelyn yn rhydd. Doedd dim raid i fi aros ym Mryste funud yn hwy. Ro'n i eisiau mynd adre. Roedd yr afon yn llawn ffrwcs a mân brennau ar ôl glaw'r dyddiau cynt, ac yn hwylio drwy'u canol roedd cangen fawr ddeiliog a darnau o frethyn yn sownd wrthi. Roedd hi'n edrych fel llong â'i hwyl wedi rhwygo. Plymiais o dan y dŵr, a nofio fel llysywen nes cydio yn ei boncyff a chodi rhwng ei brigau.

Pan agorais fy llygaid, roedd hen wraig yn gwenu arna i o ochr draw'r afon. Hwyliais heibio iddi, fy mraich wedi'i lapio am fôn y gangen, fy ngên ar frigyn a darn o frethyn yn cuddio hanner fy mhen. Ar waliau'r castell doedd neb yn symud. A neb ar y llwybr islaw chwaith. Tynnais anadl ddofn, ac un arall, nes teimlo fy mreichiau'n llacio, fy nghalon yn arafu, a'r dŵr yn lapio amdana i.

Ro'n i ar yr afon fach. Roedd yr afon fach yn llifo i'r afon fawr, yr afon fawr yn llifo i'r môr, a'r môr yn llifo i lannau Cymru. Dim ond i fi ddal ati, cyn hir byddwn i'n yn rhedeg i fyny'r nant, Mam yn dod allan o'r tŷ yn wên i gyd, Ronw'n esgus edrych yn surbwch, a phawb yn y pentref yn gweiddi.

Ond newydd fynd heibio pen draw'r castell o'n i, pan ddechreuodd fy nghangen droi yn ei hunfan. Sbeciais rhwng y brigau a gweld cwch o fy mlaen yn atal y llif. Ar y cwch roedd dau ddyn yn llusgo rhywbeth o'r afon, a chriw bach o Normaniaid yn eu gwylio o'r lan. Yn eu plith, ei diwnig yn flêr a'i wyneb yn goch, roedd Luc.

'No!' gwaeddodd Luc. 'No!'

Bues innau bron â gweiddi. Roedd corff wedi codi o'r dŵr, ac er bod ei wyneb ar dro a'i ên wedi'i hollti'n ddau, ro'n i'n ei nabod. Y byrdew o'r cei oedd e.

'No!' gwaeddodd Luc, gan droi ar ei sawdl. 'No!'

Taflodd y cychwyr y byrdew yn ôl i'r dŵr, a gafael yn eu rhwyfau. Trodd y cwch tua'r gorllewin a dilyn y Normaniaid i lawr yr afon. Pan neidiodd fy nghangen yn sionc ar eu holau, gollyngais fy ngafael arni. Plymiais dan y dŵr, gan feddwl nofio i'r lan bella a dianc, ond bachodd brigyn yn fy nhiwnig. Gwingais a thynnu. Stranciodd y gangen, a fy ngwthio'n is. Rholiodd drosta i a gafael yndda i'n dynnach. Roedd fy nhrwyn yn ei herbyn. Allwn i ddim anadlu. Ciciais...

Roedd dŵr yn byrlymu o fy ngheg, a rhywun yn fy nghwffio.

'A!' Cwffiais yn ôl.

Chwyrnodd fy ngelyn, a chwerthin yn falch. Triais ei gwffio eto, ond cydiodd yn fy mraich. Nid gelyn oedd yn plygu drosta i, ond Jacob.

'Ja...!' Chwythais ddŵr yn ei wyneb. Ro'n i'n gorwedd ar dir caled a waliau tref Bryste yn codi uwch fy mhen. Yn bell, bell i ffwrdd roedd awyr las.

Pesychais. Roedd afon gyfan yn corddi y tu mewn i fi. Byddwn i wedi pesychu, pesychu a phesychu, oni bai i ddyn fy nghipio o'r llawr a 'nhaflu dros ei ysgwydd. Taflodd Jacob glogyn cynnes dros fy mhen a gwasgu fy nghefn. '*God speed*,' sibrydodd.

Ddwedais i'r un gair. Teimlwn yn swp sâl. Roedd y llawr yn symud. Roedd fy nhrwyn yn taro'n erbyn brethyn garw. Roedd dŵr yn diferu drosta i a phâr o draed yn slwtsian islaw. Pan safodd y dyn yn sydyn, bron iawn i fi daflu i fyny. Roedd fy ngheg yn llawn surni. Tagais, a llyncu, a'r gwres yn codi drwy 'nghroen ac yn bygwth fy mogi.

Chwyrnodd y dyn i fy rhybuddio i fod yn llonydd. Llyncais yn galed, a chlywed lleisiau'n llafarganu'n drist. Roedd gorymdaith angladdol yn mynd heibio, a'r bobl ar y strydoedd yn tawelu.

Ond wedyn daeth bloedd, ac mewn chwinciad roedd y tawelwch yn rhacs, a lleisiau Normanaidd yn codi i'r awyr gan watwar a chwerthin.

'Lwelyn! Lwelyn! Lwelyn!'

Ar eu traws daeth un floedd dorcalonnus. 'Llywelyn! Llywelyn druan!'

Griddfanais. Llywelyn oedd wedi marw! Llywelyn, fy nhywysog! Doedd e ddim wedi dianc, wedi'r cyfan. Codais fy mhen a cheisio taflu'r clogyn i ffwrdd. Ro'n i am ddilyn ei orymdaith. Ro'n i am alaru drosto, ond cydiodd y dyn yn dynnach yndda i, a symud ar frys.

Gorweddais innau'n swrth ar ei ysgwydd, a chân y meirw'n atseinio yn fy nghlustiau. Llywelyn druan! 'Run man eu bod yn canu amdana i. Gwasgais fy llygaid ar gau a theimlo oerfel yn cydio yndda i, fel petai'r haul ei hun wedi'i lyncu gan gwmwl.

Ac yna'n sydyn gollyngodd fy achubwr ei afael arna i. Wrth i 'nhraed daro'r llawr, gwelais gip o wyneb Samson. Heb ddweud gair o'i ben, gwthiodd fi i rywle tywyll a chau'r drws ar fy ôl.

30.

Taflais i fyny.

Chwydais i'r tywyllwch a thros fy nhiwnig.

Simsanais yn erbyn wal gerrig, gan grio ac ochneidio.

Snwffiodd rhywun.

'Oedd rhaid i ti?' meddai llais.

Chwydais eto.

'Oedd rhaid i ti daflu i fyny fan'ma?'

Tynnais fy llaw dros fy ngheg. Ro'n i'n crynu. Ro'n i'n chwys. Ro'n i'n drysu.

'Rŵan mae'r lle'n drewi.'

Gwasgais fy hun yn erbyn y wal. Roedd mymryn o olau'n dod o dan y drws, a chysgod gwelw, hirgul, yn ysgwyd o fy mlaen.

'Pwy sy 'na?' sibrydais.

'Y Brenin Arthur,' meddai'r cysgod.

Sbonciodd fy nghalon. 'Pwy?'

'Y Brenin Arthur.'

'Llywelyn!' Dihangodd yr enw i'r tywyllwch. 'Llywelyn, ti sy 'na!'

'Mae Llywelyn wedi marw,' meddai llais lleddf, trwm.

Doedd e ddim! Cymerais gam tuag ato.

'Llyw...!'

'Paid!' Doedd y llais ddim mor drwm nawr. 'Cadw draw!' gwichiodd Llywelyn. 'Rwyt ti'n drewi.'

'Llywelyn...'

'A phaid â dweud Llywelyn drwy'r amser. Mae Llywelyn wedi marw. Mae'r mynachod yn gweddïo drosto'r foment hon.'

Clustfeiniais. Roedd rhywrai'n canu yn y pellter.

'Ydyn ni mewn abaty?'

'*Requiem aeternam dona eo, Domine*,' canodd Llywelyn yn ysgafn. 'Ydyn, rydyn ni o dan abaty'r Brodyr Duon.'

Cripiais yn nes ato ac estyn fy llaw drwy'r tywyllwch. Er 'mod i'n gwybod mai Llywelyn oedd yno, roedd raid i fi gyffwrdd ag e er mwyn gwneud yn siŵr. Gafaelais mewn llawes o frethyn trwchus, a gwasgu nes teimlo'r cnawd. Roedd y fraich yn gynnes. Roedd hi'n ifanc. Roedd hi'n symud. Tynnodd hi o 'ngafael i.

'Dos i ffwrdd!'

Cleciodd rhywbeth am ei wddw. Gleiniau pren? Symudais i ddim.

'Wyt ti wedi gwisgo fel mynach?'

'Ydw,' snwffiodd. 'Sut wyt ti'n meddwl y dihangais i o'r cae? Roedd gan Morus wisg mynach arall o dan ei wisg o. Ac roedd pawb yn y castell mor brysur yn gwylio'r Normaniaid yn dy hel di, sylwon nhw ddim arna i.'

Craffais yn frysiog i'r tywyllwch. 'Ble mae Morus?'

'Yn y castell. Yn dathlu marwolaeth Llywelyn, mwy na thebyg.'

'Dathlu? Be wyt ti'n feddwl?'

Ochneidiodd Llywelyn, fel petawn i'n dwp. Ac ro'n i yn dwp, ond dim ond am eiliad.

'Morus wnaeth dwyllo'r Normaniaid dy fod ti wedi marw?' ebychais.

'Ie.' Ochneidiodd eto. 'Ac roedd hi'n dasg ddigon hawdd, fel dwi'n deall. Roedd yn well gan y Normaniaid gredu fy mod i wedi marw, na chyfaddef fy mod i wedi dianc.'

'Ac mae rhywun yn cael ei gladdu yn dy le di?'

'Oes,' meddai'n gwta. 'Rhyw Sais. Un o'r werin bobl. Rhyw druan gafodd ei ladd gan y Normaniaid heddiw. Rhywun fydd ag enw Tywysog Cymru ar ei fedd. Meddylia! Sais yn cael ei alw'n Dywysog Cymru.' Gwingodd, nes bod y gleiniau am ei wddw'n canu eto. 'Beth wyt ti'n wneud yma, beth bynnag?'

Beth? Wyddwn i ddim. Cripiodd teimlad annifyr dros fy nghorff. Roedd y mynachod yn dal i ganu. Oedden nhw'n claddu Sais, neu a oedden nhw'n chwilio am Gymro i orwedd ym medd Llywelyn?

Fflachiodd llygedyn o olau drwy'r tywyllwch. Roedd y drws y tu ôl i fi wedi agor, a mynach yn sleifio drwyddo â bwndel gwyn yn ei freichiau. Rhois naid at y golau, ond cyn i fi allu dianc, caeodd y drws yn glep a chydiodd y mynach yn fy mraich.

'A!' meddai yn llais Alys. Yn Gymraeg! 'Rwyt ti'n drewi. Tyn dy ddillad a rho hwn amdanat. Brysia.'

Gwthiodd y swp gwyn i fy mreichiau. Ciliais gam yn ôl.

'Brysia! Gwisga!' meddai Alys. 'Be sy'n bod arnat ti?'

Daeth pwff o chwerthin o geg Llywelyn. 'Wn i! Mae o'n meddwl dy fod ti'n mynd i'w gladdu ym medd Tywysog Cymru mewn lliain gwyn!'

Roedd e'n iawn! Cochais at fy nghlustiau. Drwy lwc doedd neb yn gallu gweld.

'Ifor!' arthiodd Alys. 'Dillad un o'r Brodyr Duon ydyn nhw. Tiwnig wen a chlogyn du. Gwisga nhw, nawr, er mwyn dy dywysog.'

'Yn ôl yr hurtyn sy'n chwerthin draw fan'na, mae fy nhywysog wedi marw,' atebais yn swta. 'Felly, pam ddylwn i wrando arnat ti?'

'Er mwyn i ti gael mynd adre i Gymru,' meddai Alys, yn fwy swta fyth.

'Sut?' poerais.

Ochneidiodd Alys, yna meddai ar un gwynt, 'Mae'r

Brodyr Duon yn mynd o gwmpas yn helpu pobl sy wedi cael niwed yn yr helynt, ac os gwisgi di'r dillad, galli di a Llywelyn eu dilyn drwy borth y dref. Gyferbyn â'r porth, y tu draw i'r afon, mae bryn bach crwm â choed yn tyfu drosto. O dan y coed mae 'na geffylau ar eich cyfer a ffrindiau fydd yn eich arwain adre i Gymru. Iawn?'

Atebais i ddim.

'Ifor.' Dododd ei llaw ar fy mraich. 'Dwi'n gwybod ei bod hi'n anodd i ti drystio neb. Dyna pam na wnes i ddim siarad â ti cyn hyn. Roedd cywilydd arna i fod Morus yn dy dwyllo. Ond dwi eisiau dy helpu di nawr, Ifor. Mae'r Normaniaid yn chwilio amdanat ti, ac os wyt ti eisiau dianc o Fryste, mae'n rhaid i ti wisgo'r dillad. Wnei di eu gwisgo nhw?'

Ddwedais i'r un gair, ond fe gipiais i'r dillad o'i breichiau a'u gwisgo. Wnes i ddim tynnu'r dillad gwlyb, chwaith. Dim ots eu bod nhw'n ddrewllyd. Fy nillad i oedden nhw. Tynnais y diwnig wen dros fy mhen, a helpodd Alys fi i roi'r clogyn du am fy ysgwydd.

'Nawr dilynwch fi,' meddai. 'Dwi'n mynd i ddangos y ffordd i'r fynwent. Wedyn bydda i'n eich gadael. Mae drws yr abaty ei hun ym mhen draw'r fynwent. Ewch drwyddo'n hyderus, ond cofiwch fod y brenin yn ffrind i'r Brodyr Duon. Felly cuddiwch eich wynebau rhag y mynachod.'

Am y tro doedd dim angen cuddio'n hwynebau. Roedd hi mor dywyll, allwn i ddim gweld Alys, dim ond clywed sisial ei thraed. Roedden ni'n dilyn ale dywyll rhwng muriau carreg. Tynnais fy llaw ar hyd y wal ar y chwith. Roedd silffoedd fan hyn a draw, a rhyw bethau llyfn, caled yn gorwedd arnyn nhw.

Ro'n i'n deall beth oedden nhw, ond doedd Llywelyn ddim. Pan welodd ddannedd mawr melyn yn wincian o'n blaenau, sugnodd ei wynt.

'Dim ond penglog yw hi,' dwedais. 'Mae'r mynachod yn hoffi cadw esgyrn pobl bwysig.'

Yn ymyl y benglog safai Alys, â'i hwyneb yn wynnach na'r esgyrn. Roedd bwlch yn y wal ar y dde a golau gwanllyd yn llifo drosti. Pan gyrhaeddon ni ati, cydiodd Alys yn ein breichiau.

'Mae'r drws draw fan'na'n arwain i'r fynwent,' sibrydodd. 'Dwi'n eich gadael chi nawr. Duw fo gyda chi. Duw fo gyda chi.' Gwasgodd ein breichiau'n dynn. Eiliad yn ddiweddarach, pan edrychais dros fy ysgwydd, doedd dim sôn amdani.

Cripiais i a Llywelyn at y drws. Sythodd Llywelyn ei gefn, a chyn i fi allu dweud wrtho am guddio'i wyneb, agorodd y drws a chamu drwyddo. Cuddiais fy wyneb fy hun, a dilyn wrth ei sodlau.

Roedden ni mewn mynwent werdd. Yn ei phen pella

roedd rhes o fynachod yn diflannu drwy ddrws yr abaty, ac yn nes o lawer, â'i gefn tuag aton ni, roedd dyn yn rhofio pridd i fedd.

Wrth i'r pridd ddisgyn yn drwm ar y bwndel truenus oedd yn gorwedd yn y bedd, gwingodd Llywelyn.

'Tywysog Cymru,' sibrydodd.

'Nage!' Gwasgais ei fraich. 'Ti yw Tywysog Cymru. Ti! Rwyt ti'n fyw ac iach ac yn mynd i achub Cymru. Nawr cuddia dy wyneb a symud. Symud!'

Gwthiais e heibio'r rhofiwr. Chododd y dyn mo'i ben. Edrychodd neb arall arnon ni chwaith, wrth i ni frysio drwy ddrws yr abaty ac i mewn i neuadd oedd yn llawn o fynachod.

Roedd y mynachod i gyd yn anelu yn un rhes tuag at hen fynach oedd yn sefyll wrth y drws pella. Er bod tiwnig yr hen fynach yn drwch o faw a gwaed, roedd ei lais yn glir fel cloch. Bendithiai bob un o'r Brodyr Duon. Bendithiodd fi a Llywelyn hefyd wrth i ni ddilyn y mynachod i iard o flaen yr abaty, lle roedd dau o'r Brodyr yn rhannu clytiau gwlyb. Gwthiwyd un i law pob un ohonon ni, a chroeson ni'r iard a mynd allan i'r stryd.

Cyn gynted ag i ni gyrraedd y stryd, cydiodd Llywelyn yn fy mraich. Roedd criw o Normaniaid yn swagro i lawr y rhiw, a phobl y dre'n cripian heibio â'u cefnau'n grwm. Syllai wynebau llwyd drwy ddrysau agored. Heblaw am glochdar y Normaniaid, roedd y dref yn rhyfeddol o dawel, a'r mynachod yn gwasgaru fel cysgodion o'n blaenau.

'Llywelyn,' sibrydais. 'Be sy'n bod nawr?'

Gwasgodd ei fysedd i fy llawes.

'Llywelyn?'

Roedd ei lygaid yn neidio i bobman. Roedd e wedi drysu. Doedd e ddim wedi cerdded yn rhydd ers pedair blynedd.

'Dere,' sibrydais, a'i dynnu i wyneb yr haul. 'Mae'r haul yn mynd tuag at Gymru. Dere. Fe ddilynwn ni'r haul.'

Nodiodd yn gwta, a gollwng ei afael, ond cadwodd yn dynn wrth fy ochr. Aethon ni i lawr y stryd lle ro'n i a Morus wedi cysgodi rhag yr Iarll y diwrnod cynt. Roedd pyllau o waed wedi cronni ar y pridd caled, a chert newydd wichian drwyddyn nhw, gan adael rhigolau coch. Yng nghefn y gert roedd ceffyl gwinau. Pwysai'r ceffyl ei ben i un ochr fel petai wedi gorwedd i gysgu, ond roedd un goes yn yr awyr ac roedd e'n hollol farw.

O flaen y gert, yng nghanol y stryd, roedd hen wraig yn griddfan a'i phen yn ei dwylo. Gwaeddodd y certiwr. Taflodd hithau'i breichiau i'r awyr, heb symud cam. Brysiodd dau o'r mynachod ati a'i chodi'n grwn o'r llawr. Carion nhw hi i'r naill ochr, a mwmian eu gweddïau drosti.

Yn fy ymyl dechreuodd Llywelyn fwmian hefyd. Doedd gen i ddim amser i fwmian. Roedd fy llygaid ar y gert oedd yn anelu am borth y dref. Ro'n i am ei dilyn at y porth a sleifio allan yn ei chysgod, heibio'r porthor oedd yn sefyll yno â'i goesau ar led, a heibio'r gwylwyr bob ochr iddo oedd yn syllu ar dri Sais llwm yn nesáu. Ond arafodd y gert ymhell cyn cyrraedd y porth, a disgynnodd y certiwr o flaen adeilad oedd yn arogli o gnawd llosg.

Arafais innau a rhoi plwc o rybudd i lawes Llywelyn. Islaw roedd un o'r gwylwyr wedi codi'i ddwrn a tharo un o'r Saeson i'r llawr. Gwaeddodd ar i'r ddau arall ddisgyn ar eu traed a'u dwylo, cyn agor y porth a chicio'r tri drwyddo.

Rhegodd rhywun y tu ôl i fi. Cipedrychais, a gweld Osmer a'i ffrind led braich i ffwrdd. Trois fy nghefn arnyn nhw'n syth, ond rhy hwyr. Roedd Osmer wedi fy nabod. Disgynnodd ei law ar fy ysgwydd a'm gorfodi i edrych arno eto. Yna, â gwên fygythiol, amneidiodd at y porth. Roedd e am i fi ei hebrwng allan o'r dref. Dyna'i bris am beidio â 'mradychu i'r Normaniaid. Gyda mynach yn gwmni, wnâi'r gwylwyr ddim meiddio'i gam-drin e na'r ffrind oedd yn pwyso ar ei fraich. Roedd golwg ofnadwy ar y ffrind, ei goesau'n simsan a'i foch dde'n gors o waed.

Doedd Llywelyn ddim wedi sylwi ar Osmer a'i ffrind. Roedd e'n syllu ar y tai a'r gweithdai o'n cwmpas, â'i geg yn hanner agored. Pan binsiais ei fraich, edrychodd arna i'n syn. Canais innau'n isel drwy fy nhrwyn fel mynach, 'Rydyn ni'n mynd allan drwy'r porth gyda'r dynion hyn.'

'O!' Gwgodd Llywelyn ar Osmer. Ond pan welodd y claf, aeth ato ac estyn ei glwt gwlyb. Gwasgodd y dyn y clwt ar ei foch ac ochneidio'n hir. Cydiodd Llywelyn yn ei fraich chwith. Cydiodd Osmer yn fy mraich i a dechreuon ni'n pedwar gripian yn un rhes tuag at y porth.

Wrth i ni fynd i lawr y rhiw, brysiodd dau ddyn heibio yn cario corff marw, a dau fynach yn eu dilyn ar ras. Cyffrôdd Osmer ar unwaith.

'*Haste! Haste!*' meddai.

Roedd e am i ni ddilyn y corff a'r mynachod drwy'r porth.

'*Haste! Haste!*'

Ond allai ei ffrind ddim brysio. Dododd Llywelyn ac Osmer eu breichiau amdano. Es innau i sefyll y tu ôl iddo, gan feddwl ei godi a'i gario. Ond cyn i fi gydio ynddo go iawn, daeth gwaedd dorcalonnus o'r tu draw i'r porth.

Agorodd y porth a chripiodd cert drwyddo. Yn ei dilyn roedd y criw o Normaniaid welais i ar lan yr afon, a

Luc yn eu harwain. Roedd wyneb Luc yn goch fel yr haul, ac roedd e'n gwingo fel anifail mewn trap. Pan welodd y ddau Sais wrth y porth, rhuthrodd tuag atyn nhw a'u bygwth â'i gleddyf. Neidion nhw o'i ffordd, a cholli'u gafael ar y corff. Disgynnodd hwnnw ar ei wyneb ar lawr.

Cydiodd dau o'r Normaniaid ym mreichiau Luc a'i lusgo'n ôl.

'Toma!' llefodd Luc, gan godi'i drwyn ac udo fel blaidd.

Toma?

Ble oedd Toma?

Ro'n i'n edrych amdano, pan gripiodd y gert yn nes. Yn gorwedd yn y cefn roedd rhywun mewn tiwnig las. Âi Toma byth i ymladd yr Aragoniaid. Roedd ei ddillad yn diferu, a llysiau o'r afon yn glynu wrth ei wallt du. Roedd wedi boddi.

Gwaeddodd Luc yn wynebau'r mynachod wrth y porth, a phwyntio at y gert. Cydiodd yn ysgwydd y mynach nesaf ato a rhoi hwb iddo. Ildiodd hwnnw'n anfodlon, a dilyn y gert i fyny'r rhiw. Gyrrwyd y llall ar ei ôl â blaen cleddyf wrth ei gefn.

Dechreuodd y ddau fynach lafarganu gweddïau. Tynnais i a Llywelyn ein cycyllau dros ein llygaid, a sefyll i'r naill ochr gan blygu ein pennau. Ond doedd dau fynach ddim yn ddigon i Luc. Roedd e am i bob mynach o fewn cyrraedd weddïo dros ei ffrind. Gwaeddodd arnon ni, a phan symudon ni ddim, cydiodd ym mraich Llywelyn a'i lusgo.

Roedd Llywelyn yn dal i afael yn y claf. Simsanodd hwnnw yn ei erbyn a syrthiodd y ddau'n bendramwnwgl.

Trodd Luc ata i, cydio yn fy nhiwnig a'm tynnu tuag ato. Yna sgyrnygodd yn fy wyneb, a gyda bloedd hyll, hyrddiodd fi i'r llawr.

31.

Disgynnais ar fy mol a chau fy llygaid yn dynn. Sut deimlad oedd marw ar flaen cleddyf? Pwy ddwedai wrth Mam? Gweddïais, a Luc yn gweiddi uwch fy mhen. Yna aeth pobman yn dawel, a daeth plwc ar fy mraich. Ro'n i'n dal yn fyw a Llywelyn yn plygu drosta i. Tynnodd fi ar fy nhraed. Roedd Luc yn brysio ar ôl y gert, ac wrth y porth roedd y gwylwyr yn fy ngwylio yn wên o glust o glust.

'Pw!' gwaeddon nhw, a dal eu trwynau.

Edrychais ar Llywelyn yn syn.

'Dwedodd Luc dy fod ti'n drewi,' sibrydodd Llywelyn yn fy nghlust.

'O!' Roedd y gwylwyr yn gwneud sioe fawr o wneud hwyl am fy mhen, gan fflapian eu dwylo i ddangos eu bod am fy sgubo drwy'r porth a chael gwared â'r gwynt drwg. Ond dim ots gen i fod fy nillad yn drewi. Chwarddais gyda nhw. Roedd y porth ar agor. Ro'n i'n mynd i ddianc!

Roedd y ddau ddieithryn eisoes wedi codi'r corff o'r llawr. Gwnaeth Llywelyn arwydd y groes drosto, a phlygodd y dynion eu pennau'n ddwys cyn brysio drwy'r porth. Dynion ifainc oedden nhw, yn cario dyn ifanc. Dilynais i a Llywelyn gydag Osmer a'r claf rhyngddon ni. Cerddon ni o gysgod tref Bryste a thros yr afon fach.

Roedd yr afon fach yn llawn llongau a bwrlwm a lleisiau croch, a'r ochr draw i'n llwybr, gweithiai'r Brodyr Llwyd yn dawel yn eu gardd. Ond roedd llygaid Llywelyn a fi wedi'u hoelio ar y bryn bychan crwm y tu draw i adeiladau'r cei a'r llwybr oedd yn troelli tuag ato.

Sylwodd Osmer ar y cyffro ar ein hwynebau, ac ar ôl i ni groesi'r bont, cydiodd yn ysgwyddau'i ffrind, a dweud wrthon ni am fynd.

Roedd y clwt gwlyb yn dal yn fy llaw. Estynnais e i'r claf. Gwenodd arna i'n wanllyd, dodi'i gornel yn ei geg a'i sugno.

'*God speed*,' dwedais, a chydiodd Osmer yn fy mraich a'i gwasgu'n garedig y tro hwn.

'*God speed*,' galwodd Llywelyn, gan roi sbonc yn ei flaen a dychryn ceffyl oedd yn tynnu cert lwythog tuag aton ni. Gwaeddodd y certiwr, chwarddodd Llywelyn. Cipedrychais innau ar waliau Bryste, lle roedd dau wyliwr yn cadw llygad ar bawb.

Arhosodd Llywelyn i fi groesi'r ffordd, yna i ffwrdd ag e'n sionc ar hyd y llwybr troellog oedd yn arwain tua'r bryn.

'Ara' deg,' rhybuddiais, a brysio ar ei ôl. 'Mynach wyt ti, nid ebol blwydd.'

'A!' meddai heb arafu o gwbl. 'Fedra i ddim aros i fynd adra. Fedra i ddim aros i fynd ar gefn ceffyl. Roedd gen i geffyl o'r enw Madog unwaith. Un 'run lliw â'r cnau. Wyt ti'n meddwl ei fod o'n disgwyl amdana i yng Ngwynedd?'

'Falle,' dwedais, a gwylio Brawd Llwyd yn cerdded yn hamddenol tuag aton ni. Byddwn i wedi hoffi bod yn un o'r Brodyr Llwyd a gwisgo tiwnig ddi-liw. Roedd Llywelyn a fi fel dwy bioden fawr, a phawb yn ein gweld o bell. Roedd Llywelyn mewn hwyliau mor dda, roedd e hyd yn oed yn fflapian fel pioden.

Gwenais ar y Brawd Llwyd. Dechreuodd y Brawd wenu'n ôl. Ond, ar ganol gwenu, crymodd ei gefn a phwyntio i'r awyr â bloedd. Roedd saeth yn gwibio tuag aton ni o gyfeiriad y dref. Chwibanodd yn uchel uwch ein pennau a glanio mewn twmpath o frwyn

Gwgodd y Brawd Llwyd ar y gwylwyr uwchben y porth a mwmian dan ei wynt. Doedd e ddim yn deall pam oedd y gwylwyr wedi saethu, ond ro'n i'n deall. Rhedais at Llywelyn oedd yn sefyll yn stond fel dyn carreg â'i lygaid ar y saeth.

'Llywelyn!' Cydiais yn ei fraich. 'Mae'r gwylwyr wedi'n nabod ni.'

'Na!' sibrydodd Llywelyn. 'Nid y gwylwyr sy am ein lladd ni. Edrych ar y saeth.'

Roedd y saeth yn dal â'i phen i lawr yn y brwyn, a'i phlu'n disgleirio yn yr haul. Yng nghanol y plu llwyd roedd un bluen goch, lachar, siâp tafod draig.

'Morus sy'n trio'n lladd ni,' sibrydodd Llywelyn. 'Dyna'i arwydd o. Rhed! Rhed!' Â gwich dorcalonnus, dihangodd ar hyd y llwybr tua'r bryn.

Rhedais innau ar ei ôl. Dim ots am y Brawd Llwyd. Dim ots am y teithwyr oedd yn syllu arnon ni'n syn. Roedd yn rhaid i ni gyrraedd y bryn. Rhedon ni nerth ein traed. Ond roedd coesau Llywelyn yn wan ar ôl blynyddoedd mewn cell. Cyn pen dim, dechreuodd simsanu a chrafangu am fy mraich. Baglais innau a chwympon ni'n dau i'r llawr.

'Aros!' erfyniodd, pan neidiais i fyny a dechrau'i dynnu ar ei draed. 'Gad lonydd i fi am funud!'

Pwysodd yn swp yn erbyn fy nghoes. Craffais innau i gyfeiriad Bryste a 'mhen rhwng fy ysgwyddau. Roedd y gwylwyr yn sefyll yn llonydd uwchben y porth, ond ymhellach ar hyd y wal, roedd cysgod yn symud y tu ôl i'r murfylchau.

'Morus!' ochneidiodd llais bach Llywelyn wrth fy nhraed. 'Pam fyddai Morus eisiau fy lladd i, Ifor? Pam?'

Brathodd y cwestiwn fel pigiad gwenynen.

'Pam?' gofynnodd Llywelyn eto. 'Pam fyddai Morus eisiau lladd Tywysog Cymru? Morus o bawb!'

Morus o bawb! Pam? Doedd gen i ddim ateb. Gwasgais fy llygaid ar gau a gweld wyneb marw'r byrdew o'r cei yn nofio tuag ata i drwy niwl coch yr haul.

'Llywelyn!' Agorais fy llygaid led y pen. 'Beth os mai gelynion sy'n disgwyl amdanon ni yn y coed?'

Cynhyrfodd y tywysog a chodi ar ras. 'Wyt ti'n meddwl bod Morus wedi'n twyllo?'

'Na! Na!' Ddylwn i erioed fod wedi meddwl y fath beth. Llywelyn oedd wedi drysu fy mhen. Fyddai Morus byth yn lladd ei dywysog. Byth! Byth! 'Na! Mae un o ffrindiau Morus wedi marw,' dwedais. 'Mae e wedi cael ei ladd gan y Normaniaid. Beth os mai hwnnw oedd i fod cwrdd â ni? Beth os yw'r Normaniaid yn gwybod dy fod ti'n fyw ac wedi gosod trap? Beth os mai ceisio'n rhybuddio mae Morus?'

Troion ni'n pennau i edrych ar y bryn. Roedd ffluwch o adar wedi tasgu o'r coed, ac yn cylchu'n aflêr, fel petai rhywbeth neu rywun wedi'u dychryn.

'Rhaid i ni ddianc yn ôl tuag at yr afon felly,' meddai Llywelyn. 'Tyrd!'

'Na.' Tynnais e'n ôl. 'Mae tir agored bob ochr i ni,' dwedais â 'ngwynt yn fy nwrn. 'Os mai gelynion sy yn y coed, fe welan nhw ni'n dianc, a fyddan nhw ddim chwinciad yn dod ar ein holau.'

'Ond fedrwn ddim mynd ymlaen!'

'Medrwn,' atebais. 'Gwranda. Oes gen ti dy ddillad dy hun dan dy glogyn?'

'Oes!' Deallodd y tywysog ar unwaith. 'Rwyt ti am i ni dwyllo'r Normaniaid, fel y gwnaeth Morus? Drwy newid ein dillad?'

'Ydw.'

'Ha!' Chwarddodd Llywelyn a sgyrnygu i gyfeiriad y coed. 'Chaiff y Normaniaid ddim mynd â fi'n ôl i Gastell Bryste! Dim heddiw. Dim byth!'

'Na.' Gwasgais fy nyrnau. Roedd hynny'n wir. Âi'r Normaniaid byth ag e'n ôl i Gastell Bryste. Roedd Tywysog Cymru eisoes wedi'i gladdu ym mynwent y Brodyr Duon. Os câi'r gelyn afael arno, fe ladden nhw e go iawn y tro hwn a'i daflu i ffos.

Allwn i ddim gadael i hynny ddigwydd.

'Dere,' sibrydais wrth Llywelyn a'i dynnu ar hyd y llwybr oedd yn arwain at droed y bryn.

Roedd y llwybr yn troi i'r chwith. Brysion ni ar hyd-ddo â llaw Llywelyn ar wddw'i glogyn, yn barod i'w rwygo i ffwrdd. Ond doedd 'na ddim llwyn i'n cuddio rhag y llygaid ar y bryn na'r gwylwyr ar wal Bryste. Yr unig gysgod oedd adeilad mawr cochliw ym mhen pella'r llwybr. Roedd yr adeilad yn wynebu tref Bryste, a'r tu ôl iddo roedd gardd fawr.

Doedd neb yn symud o gwmpas yr adeilad, dim un gwas, na morwyn na garddwr. Roedd e'n dawel. Yn rhy dawel. Wrth i ni nesáu, ro'n i ar bigau'r drain. Sylwais i ddim ar Llywelyn yn arafu, a phan drawais yn ei erbyn, rhochiais yn groch.

'Ysbryd!' gwichiodd y tywysog yn fy nghlust.

Ar y llawr o dan wal yr ardd, roedd pentwr o garpiau llwyd yn simsanu tuag aton ni fel tas o ddail yn y gwynt.

'Ysbryd heb ben!' Ciliodd Llywelyn o'i ffordd. 'Wyt ti'n meddwl mai ysbryd y Sais sy'n gorwedd yn y bedd ym mynwent y Brodyr Duon, ydy o?' meddai mewn llais main. 'Wyt ti'n meddwl ei fod yn chwilio amdana i?'

'Callia!' Gwthiais fy mhenelin i'w fol. Roedd dwy lygad wedi dod i'r golwg ar ben y pentwr. 'Menyw yw hi,' dwedais.

'Be?'

'Menyw o gig a gwaed, y ffŵl!' Ro'n i wedi bod yn ffŵl hefyd. Ddwedais i mo hynny. Am foment, ro'n i wedi meddwl mai ellyll o'r gors oedd hon. Roedd hi mor llwyd a di-lun, a'i hwyneb bron â diflannu i fwndel o racs yn ei breichiau.

'Tyrd!' meddai Llywelyn yn wichlyd, a rhoi plwc i fy mraich. Ond allwn i ddim symud. Roedd llygaid y wraig yn fy hoelio i'r llawr, llygaid taer, taer, fel llygaid Mam weithiau. A chyn i fi sylweddoli beth oedd yn digwydd, roedd hi'n sefyll o 'mlaen ac yn gollwng ei bwndel o racs i fy mreichiau.

Daeth sŵn main o'r bwndel, fel cyllell yn crafu dros garreg.

'Beth ydy o?' Gwylltiodd Llywelyn.

Babi oedd e, babi rhy wan i grio, mor llwyd â'r rhacs, a'i wyneb fel wyneb hen ŵr. Mwythodd ei fam ei ben a gan ddal i edrych i fyw fy llygaid, pwyntiodd at yr adeilad. Roedd lleisiau i'w clywed o'r iard erbyn hyn, a drysau'n agor a chau.

'Rho'r babi'n ôl iddi!' erfyniodd Llywelyn. 'Rhed cyn i rywun ddod. Rhe—'

Tawodd yn sydyn a'i geg ar agor led y pen. Roedd tair gwraig yn dod tuag aton ni ar hyd llwybr yr ardd, tair gwraig mewn gwisgoedd tebyg iawn i'n rhai ni. Trodd y tywysog tuag ata i, â gwên yn lledu dros ei wyneb.

'Lleianod!' sibrydodd yn falch. 'Lleianod!'

Roedd offer garddio yn nwylo'r lleianod. Gollyngon nhw'r offer cyn gynted ag y gwelson nhw ni, a brysio i'n croesawu. Estynnodd un ei breichiau am y babi. Menyw tua'r un oed â Mam oedd hi, â bochau cochion a llygaid addfwyn. Wnes i ddim rhoi'r babi iddi chwaith. Plygais fy mhen i ddangos fy mod am ei gario fy hun, ac â'r fam a Llywelyn bob ochr i fi, a'r tair lleian yn ein dilyn, cerddais drwy'r ardd, heibio'r adeilad ac i'r iard flaen.

Roedd yr iard yn llawn lleianod yn mynd a dod. Mae lleianod yn gweddïo ac yn gweithio am yn ail, meddai Mam. Maen nhw'n llonydd pan maen nhw'n gweddïo ac yn symud fel morgrug pan maen nhw'n gweithio. Roedden nhw'n symud fel morgrug nawr, yn brysio rhwng y cytiau bob ochr i'r iard, yn cario sachau, basgedi o ddillad, offer, a llysiau.

Cerddais i a Llywelyn drwy eu canol, ac wrth ddrws y lleiandy, dodais y babi yng ngofal y chwaer addfwyn. Craffodd y chwaer i fy llygaid, fel petai'n synhwyro bod rhywbeth o'i le. Ond roedd hi'n poeni mwy am y babi nag amdana i. Cipiodd e i ffwrdd a'r fam yn ei dilyn. Dwedais innau bwt o weddi'n dawel bach ar ran y babi, cyn troi at Llywelyn.

Winciodd y tywysog arna i'n llon, a thynnu'i glogyn yn dynn amdano i guddio'i diwnig wen. Gwnes innau'r un fath, ac fe gerddon ni'n hamddenol ac igam-ogam rhwng y lleianod yn eu gwisgoedd duon, gan blygu'n pennau i hon a'r llall, a newid cyfeiriad, i ddrysu pwy bynnag oedd yn ein gwylio o waliau Bryste neu o'r bryn.

Drwy'r adeg roedden ni'n cadw'n llygaid ar y cytiau. Roedd un â'i ddrws ar agor, a neb i'w weld yn symud y tu mewn.

Edrychais ar Llywelyn, edrychodd Llywelyn arna i, ac anelon ni amdano.

O fewn eiliad o gamu i mewn roedd ein clogynnau ar y llawr, ac ro'n i'n tynnu'r diwnig wen dros fy mhen, pan drawodd rhywbeth fi'n gas ar fy nghlust. Rhochiodd Llywelyn yn fy ymyl, a rhwbio ochr ei ben.

Roedd lleian fach yn sefyll o'n blaenau â llwy fawr yn ei llaw. Hen wraig oedd hi, ond roedd hi'n ffyrnig fel blaidd. Anelodd y llwy ata i eto, a thasgodd rhywbeth melys o'r llwy a diferu ar fy nillad.

'Llywelyn!' hisiais. 'Dwed rywbeth wrthi.'

Parablodd Llywelyn, ond roedd y lleian o'i cho'. Agorodd ei cheg i weiddi, ond cyn iddi ddweud gair, cipiais y dillad mynach o'r llawr a'u gwthio i'w breichiau. Baglodd hithau tuag yn ôl a tharo'n erbyn cawg mawr, yn llawn o'r peth melys. Ar unwaith cydiodd Llywelyn yn fy mraich a'm tynnu at y drws.

'Un ar y tro,' sibrydais wrtho. 'Bydd dau'n tynnu sylw. Cer.'

I ffwrdd â Llywelyn igam-ogam tuag at yr allanfa ym mhen draw'r iard. Cyn i fi allu'i ddilyn, disgynnodd y llwy unwaith eto ar fy nghefn. Ond dim ond clec i 'ngyrru i ffwrdd oedd hi. Wnaeth y lleian ddim gweiddi na rhybuddio neb, a phan edrychais i'n ôl, ar ôl cyrraedd y gât, doedd dim sôn amdani.

32.

Roedd Llywelyn yn disgwyl amdana i ym môn y clawdd.

'Paid â dweud wrtha i am beidio â rhedeg rŵan,' meddai, gan bwnio fy mraich. 'Dwi am redeg a rhedeg a rhedeg yn ôl i Gymru. I Wynedd!'

Dechreuodd loncian ar y gair, ond nid i gyfeiriad Cymru. Roedd raid i ni fynd yn ôl at yr afon Ffrŵm lle roedd adeiladau i'n cysgodi. Am y tro roedd llwyn o goed rhyngddon ni a'r bryn, a'r machlud haul yn tywynnu i lygaid y gwylwyr ar y wal. Felly fe redon ni, ond cyn i ni fynd heibio i diroedd y lleiandy, crynodd y llawr dan ein traed. Doedden ni ddim wedi twyllo'r gelyn am hir. Roedd ceffylau'n carlamu i lawr y bryn.

'Rhed!' meddai Llywelyn. Ond roedd dynion yn gweiddi, a lleianod yn ateb. Ymhen fawr o dro byddai'r lleian â'r llwy yn dod allan o'i chwt ac yn gweiddi 'Ffor'na aethon nhw. Ffordd yna. I lawr at yr afon.' Rhyngddon ni a'r afon roedd darn o dir corsiog agored. Cyn i ni allu cyrraedd lloches, byddai'r marchogion ar ein gwarthaf.

'Dringa!' dwedais wrth Llywelyn a'i wthio i ganol y llwyn coed. 'Dringa!'

Plygais ar un ben-glin a rhoi hwb iddo i fyny boncyff derwen fawr. Neidiais ar ei ôl, a'i wthio. Pan gyrhaeddodd gangen hanner ffordd i fyny'r goeden, lapiodd ei goesau amdani a gorwedd â'i foch ar y rhisgl, wedi blino'n llwyr. Gorweddais innau ar gangen ychydig oddi tano, a'i droed yn cyffwrdd â fy ngwallt.

Crynodd y dail o'n cwmpas wrth i ddau geffyl ddod ar garlam ar hyd yr hewl. Dihangodd sguthan mewn dychryn o'r dderwen. Gwibiodd dros y llwybr. Arafodd y ceffylau. Gwaeddodd rhywun yn groch, ac yna roedd y ceffylau'n carlamu yn eu blaenau eto.

Codais fy mhen a gweld Llywelyn yn syllu arna i. Gafaelodd yn dynnach yn ei gangen a chau'i lygaid.

Gorweddais innau a gwrando ar leisiau Normanaidd yn gweiddi o lan yr afon. Roedd mwy na dau ohonyn nhw, yn gweiddi ac yn bygwth. Druan ag unrhyw ddyn ifanc o'r un oed â Llywelyn a fi.

'Lwcus nad oes trwynau da gan y Normaniaid,' mwmianodd Llywelyn. 'Rwyt ti'n drewi'n waeth, os rhywbeth, ar ôl i'r lleian daflu cynnwys ei llwy atat ti.'

'Mae arogl melys ar hwnnw,' dwedais.

'Medd,' meddai Llywelyn.

'Y?'

'Diod fêl. Dwyt ti erioed wedi'i blasu?'

'Na.' Roedd gwenynen wedi glanio ar fy llawes. Roedd honno'n ei blasu.

'Pan a' i'n ôl i Gymru, mi gei di ddiod fêl gen i,' meddai'r tywysog. 'Mi gei di ...'

'Sh!' Daliais fy ngwynt. Roedd rhywrai'n nesáu ar hyd y ffordd, yn symud yn ofalus, heb ddweud gair. Caeais fy llygaid. Hymiodd y wenynen yn fy nghlust. Cripiodd ei thraed bach dros fy moch. Chwythodd anadl rhwng y coed, ac yna roedd y gwaed yn curo yn fy nghlustiau, a chlywais i ddim mwy, nes i Llywelyn sibrwd, 'Maen nhw wedi mynd.'

'Ti'n siŵr?'

'Ydw.'

Codais yn ofalus a chlustfeinio.

'Llywelyn?'

'Ie?'

'Dwi'n mynd i ddringo heibio i ti. Cydia'n dynn.'

Lapiodd ei ddwylo'n dynnach am y gangen. Dringais innau mor dawel â neidr, nes bron cyrraedd y brig. O fy mlaen roedd y bryn a'i goed yn ddiniwed a llon yn yr haul. Oedd yna Normaniaid yn dal dan y coed? Roedd yr adar yn llonydd rhwng y brigau. Roedd y bryn yn llonydd.

Oddi tana i roedd y gors yn llonydd hefyd, yn ymestyn ac ymestyn fel clogyn mawr hardd, ei phyllau dŵr yn disgleirio a chymylau o wybed yn hongian dros y llwyni. Ar hyd ei glan bellaf, symudai rhes o adenydd melyngoch, fel haid o wyddau yn codi tua'r haul. Syllais arnyn nhw am hir cyn sylweddoli mai hwyliau oedden nhw.

Gwasgais fy moch yn erbyn rhisgl y goeden, nes teimlo'r gwaed yn curo. Roedd fel petai bob llong yn harbwr Bryste yn dianc tua'r môr ar yr un pryd. Oedd hi'n bosib bod y Normaniaid wedi'u cadw yn yr harbwr o achos yr helynt ac wedi gwrthod eu gollwng tan nawr? Curodd fy nghalon yn gyflymach.

'Llywelyn!' Llithrais i lawr y goeden. 'Mae 'na res o longau'n hwylio ar hyd yr afon fawr.'

'Llongau?' Agorodd ei lygaid a syllu arna i'n ddrwgdybus.

'Maen nhw'n hwylio tua Chymru. Des i yma ar long mynachod, ac os brysiwn ni, falle gwelwn ni'r llong yn hwylio'n ôl adre...'

'Mae'n well gen i geffyl,' meddai'r tywysog ar fy nhraws.

'Does gyda ni ddim ceffylau,' atebais yn swta. 'Oes arnat ti ofn llong?'

'Does arna i ofn dim byd!'

'Dere 'te. Os gallwn ni fynd ar long y mynachod, fe fyddwn ni yng Nghymru cyn pen dim. Ac os na allwn ni, fe ddilynwn ni lan yr afon a cherdded adre.'

'I Wynedd.'

'I Went yn gynta,' dwedais. 'Fan'ny dwi'n byw.'

Crychodd Llywelyn ei drwyn, ond cododd ar ei eistedd serch hynny. 'Iawn. Mi awn ni at yr afon,' meddai'n gwta a dechrau disgyn oddi ar y gangen.

'Aros.'

Dringais ar gangen arall a sbecian drwy'r dail i gyfeiriad Bryste. Ar y waliau roedd wynebau'r gwylwyr yn goch fel wyneb y Brenin Edward unwaith. Do'n i ddim wedi meddwl am hwnnw ers tro, ond nawr gwasgais fy sawdl ar ei geg agored. Châi e ddim gweiddi ar ei ffrindiau oedd yn dal i fygwth a tharanu ar y cei. Châi e ddim gweiddi ar neb. Roedd y llwybr oddi tanom yn dawel. Es yn ôl at Llywelyn.

'Bydd raid i ni groesi'r gors,' dwedais. 'Does dim coed mawr i'n cysgodi. Bydd raid i ni gripian. Unwaith y glaniwn ni ar y gors, paid â dangos dy wyneb. Paid â gadael i'r haul ddisgleirio arno.'

'Bydda i fel slywen,' atebodd y tywysog.

'Gofala,' dwedais, gan lithro i lawr y boncyff, rholio dros y llawr a gorwedd ar fy mol.

Cyn i fi gael fy ngwynt ata i'n iawn, roedd Llywelyn wedi disgyn ar fy nghefn.

'Wff!' chwythais.

Chwarddodd y tywysog, rholio i ffwrdd a gorwedd yn fy ymyl.

'Cuddia dy wyneb!' chwyrnais, a sbecian i gyfeiriad y bryn. Roedd yr adar yn dal i glwydo ar y coed mor dawel ag erioed. Llusgais fy hun ar fy mol at glwstwr o frwyn.

'Dwyt ti ddim yn mynd i lithro ar dy fol fel slywen go iawn, wyt ti?' cwynodd Llywelyn. 'Byddi di'n fwd i gyd...'

'A ti.'

'Hm!' Llusgodd Llywelyn yn llafurus ar fy ôl. 'Pan fydda i'n ôl yng Ngwynedd, ac yn Dywysog Cymru, bydda i'n dy orfodi di i fyw mewn twlc mochyn,' chwythodd.

'Fyddi di?'

'Na.' Disgynnodd ei law ar fy nghefn mor sydyn nes i 'nhrwyn ddisgyn i bwll o ddŵr. 'Na. Mi fyddi di'n enwog, Ifor ab Einion. Mi ga i fardd i ganu dy glod di.'

Snwffiais, a'i wthio i ffwrdd.

'Paid â snwffian. Mi wna i. Henffych, Ifor ab Einion. Ifor y Dewin. Ifor y Drewgi.' Chwarddodd yn fy nghlust.

Gadewais iddo chwerthin. Pan oedd e mewn hwyliau da, roedd e'n haws ei drin. Yng nghysgod y brwyn codais ar fy mhedwar fel anifail. Roedd golwg anifeiliaid gwyllt arna i a Llywelyn. Roedd dail yn ein gwallt, lliw rhisgl ar ein bochau, a mwd ar ein dillad. Gyda lwc o bell, bydden ni'n edrych fel dwy ddafad ddi-raen yn cripian dros y gors, neu'r ddau'r ddwrgi mwyaf a welodd neb erioed.

Ond nid anifeiliaid go iawn oedden ni. Roedd y

rheiny'n hisian a gwichian a phrotestio, wrth i ni dresmasu ar eu tir. Roedden nhw hefyd yn gyfarwydd â'r gors, ac yn gallu gwibio dan lwyni a thrwy byllau'n hawdd. Roedd ein llwybr ni'n igam-ogam a thrafferthus, a phob tro ro'n i'n codi fy mhen, roedd yr afon yn dal i edrych yn bell i ffwrdd.

Ochneidiodd y tywysog o'r diwedd a gorwedd yn llonydd.

'Ti wedi blino?' gofynnais.

'Crawc,' atebodd.

'Be?'

'Crawc.' Rholiodd ar ei gefn a syllu i gyfeiriad y dref. 'Wyddost ti, Ifor,' meddai o'r diwedd, 'roedd y Normaniaid yn arfer dweud bod Owain a fi yn swnio fel llyffantod. Pan oedden ni'n siarad Cymraeg, roedden nhw'n crawcian ac yn gwneud hwyl am ein pennau.'

'Fe gân nhw dalu am hynny,' dwedais.

Nodiodd y tywysog, ac am foment doedd dim sŵn i'w glywed ond ei anadl yn chwythu dros y gors. Yna: 'Ifor?' Trodd tuag ata i, ei lygaid yn fawr yn ei wyneb brwnt. 'Beth os ydy Owain yn meddwl 'mod i wedi marw? Beth os ydy o'n torri'i galon?'

'Mae e'n gwybod dy fod ti'n fyw,' atebais yn gysurlon. 'Bydd Morus wedi dweud wrtho.'

'Fydd o?'

'Bydd.'

Syllodd Llywelyn arna i am hir. Yna gwasgodd ei fysedd i 'mraich. 'Ifor,' meddai. 'Pan fydda i'n Dywysog Cymru, dwi am i ti ymladd yn fy ymyl. Ti, Ifor. Nid Morus.'

'Mae Morus yn filwr.'

'Ac yn ddewin,' meddai Llywelyn. 'Dim ond esgus dewin wyt ti. Sgen i ddim tryst mewn dewiniaid. Wyddost ti be wnaeth y dewin Myrddin? Mi yrrodd o'r Brenin Arthur i Ynys Afallon. Be dda oedd hynny? Dydw i ddim eisiau mynd i ffwrdd, Ifor.'

'Be?' Rhythais arno'n syn. 'Dwyt ti ddim eisiau dod adre i Gymru?'

'Ydw, ydw,' atebodd. 'I Gymru. Ond dim unman arall. Unwaith, pan ddaeth Morus i 'ngweld yn y castell yn ei wisg mynach, mi soniodd am fynd dros y môr i gasglu byddin. Ond dwi'n mynd i gasglu fy myddin i yng Nghymru, Ifor. A byddi di'n un ohonyn nhw, yn byddi?'

'Byddaf,' atebais a chodi ar fy eistedd. Gorau po gyntaf y cyrhaedden ni Gymru. Roedd yr haul wedi diflannu dros ael y bryn a chymylau duon yn crynhoi yn y dwyrain. 'Cwyd,' dwedais wrth Llywelyn. 'Fe allwn ni fentro cerdded nawr.'

Ond gafaelodd Llywelyn yn fy mraich eto.

'Ifor,' meddai. 'Wnei di ddod, pan fydda i'n galw?'

'Gwnaf.'

'Wyt ti'n addo?'

'Ydy. Nawr cwyd. Mae'n nosi. Cwyd ar dy draed!'

Ro'n i ar frys i ddianc. 'Os cydiwn ni yn ein gilydd, o bell fe fyddwn ni'n edrych fel un.'

'Fel ysbryd,' meddai Llywelyn. 'Fel y fam a'r babi.'

'Ie, cwyd.'

Gollyngodd fi, a dal ati i orwedd.

'Llywelyn!'

'Iawn! Ffwrdd â ni!' Sbonciodd ar ei draed yn chwim, taflu'i fraich am fy ysgwydd, a chamu yn ei flaen.

Camodd yn syth i bwll o ddŵr, a thra oedd e'n tynnu'i esgid o'r mwd, gwyliais y cymylau'n nesáu.

Cyn hir doedd y llongau ar yr Afon yn ddim ond cysgodion, a lleuad welw yn cwffio'r cymylau.

Roedd Llywelyn yn cerdded â'i lygaid ar yr awyr. Ro'n innau'n gafael yn dynn ynddo ac yn ei lywio drwy'r gors, â fy llygaid ar y pyllau dŵr.

'Ifor,' meddai, ar ôl i ni gerdded am sbel heb ddim sŵn ond slwtsian y tir dan ein traed. 'Rwyt ti wedi clywed am fy ewyrth Llywelyn, yn dwyt?'

'Ydw.' Llywelyn ap Gruffudd, ein Llyw Olaf. Roedd Dad yn mwmian ei enw yn ei gwsg.

'Ychydig cyn iddo gael ei eni, gwibiodd seren drwy'r awyr, y seren fwyaf a disgleiriaf a welodd neb erioed.'

Ro'n i wedi clywed am honno hefyd.

'Mae hi yma heno,' meddai Llywelyn.

'Ydy hi?' Chwiliais yn eiddgar rhwng y cymylau.

'Nid yn yr awyr, Ifor,' meddai Llywelyn. 'Mae'n llosgi y tu mewn i fi. Roedd hi'n llosgi yng ngwaed fy nhad, ac yn llosgi yng ngwaed fy ewyrth, a chyn hir mi fydd hi'n llosgi dros Gymru gyfan. Mi sgubwn ni'r Normaniaid o'n blaenau. Mi yrrwn ni nhw o'u cestyll, Ifor.'

'O Gastell Strigoil?' gofynnais.

'O Gastell Strigoil a phob castell arall. Mi safwn ni ar ben y tŵr, ti a fi.'

'Ac edrych i lawr ar y Brenin Edward yn y mwd?'

'Ac achub Owain o Fryste,' meddai Llywelyn.

'Gwnawn!'

Chwarddais. Chwarddodd Llywelyn, a sbonciodd y sŵn fel cerrig bychain llon dros y gors. Sboncio a sboncio a sboncio.

A throi yn ei ôl.

Tawodd y chwerthin, ond thawodd y sŵn ddim. Roedd cysgod llwyd wedi camu o'r llwyni o'n blaenau, ei anadl yn chwythu tuag atom a'r gors yn gwichian dan ei draed.

'Ceffyl!' Crynodd Llywelyn mewn cyffro. 'Mae ceffyl draw fan'na.'

'Lle mae ceffyl, mae marchog,' rhybuddiais, a gwasgu'i fraich. 'Paid â symud.'

Craffais o 'nghwmpas a gweld dim ond cysgodion.

'Ella mai un o'n ceffylau ni ydy o,' sibrydodd y tywysog. 'Un o'r rhai oedd yn disgwyl amdanon ni yn y coed. Ella'i fod o wedi dianc.'

'A falle mai un o geffylau'r Normaniaid yw e...'

'Na! Edrych!' Chwythodd yr anadl o wddw Llywelyn, ac yn yr eiliad honno collais fy ngafael arno.

Roedd seren wen yn hofran yn isel dros y gors.

Dim ond blew oedd y seren, blew gwyn yn disgleirio ar dalcen ceffyl dan olau'r lleuad, ond gyda bloedd fach hapus, rhedodd Llywelyn tuag ati.

Rhois innau naid. Ro'n i'n estyn am y tywysog, ro'n i wedi gafael yn ei diwnig, pan gododd hwyaden o'r dŵr wrth fy nhraed. Trawodd ei hadenydd fy wyneb. Disgynnais innau ar fy ngliniau. Dihangodd y tywysog, a chan fflapian yn wyllt, hedfanodd yr hwyaden yn syth dros ei ben at y ceffyl. Trodd hwnnw mewn dychryn a rhedeg. Rhedodd Llywelyn ar ei ôl.

Ac o'r tu ôl i Llywelyn cododd cysgod o'r llwyni.

'Llywelyn!' llefais.

Daeth un floedd dorcalonnus o wddw'r tywysog. 'Ifor!'

Codais o'r llawr a rhedeg orau gallwn i, ond ro'n i eisoes yn rhy hwyr.

33.

Carlamodd y ceffyl i ffwrdd ar hyd ymyl y gors, a'r lleuad yn gwreichioni ar ei gefn ac ar gefn ei farchog. Allwn i ddim gweld Llywelyn. Edrychais rhwng y llwyni rhag ofn ei fod yn gorwedd yn farw ar lawr. Ond doedd dim sôn am y tywysog yn unman. Roedd y marchog wedi'i gipio, ei roi i eistedd o'i flaen ar y ceffyl, ac yn cydio'n fwy tyn ynddo nag y cydiais i.

Morus oedd y marchog.

Ro'n i'n weddol siŵr o hynny, gan mai Nudd oedd y ceffyl.

Roedd fy nhywysog wedi galw, a finnau wedi methu.

Disgynnais yn swrth ar ddarn o dir cadarn dan goeden helygen a chladdu fy mhen yn fy mreichiau.

'Ifor!'

Deffrodd y llais fi yn oriau mân y bore.

Roedd y cymylau wedi diflannu a'r gors yn wyn dan olau'r lleuad.

'Ifor!'

Daliais fy ngwynt a chlustfeinio. Gwrandewais am hir,

ond chlywais i ddim mwy. Fi oedd wedi breuddwydio, mae'n rhaid.

Codais ar fy nhraed a bustachu yn fy mlaen tuag at yr afon.

Erbyn i fi gyrraedd yr afon, roedd yr haul ar fin codi. Swatiai rhes o longau ar hyd ei glannau, eu trwynau tua'r môr a'u cysgodion yn fawr a dierth uwch fy mhen. Ar eu byrddau, roedd dynion yn chwyrnu ac yn mwmian yn eu cwsg.

Dringodd llygoden fawr o'r dŵr, trwsio'i blew, a dianc yn ysgafn i dwll. Trois innau fy nhrwyn tua'r môr, a dechrau cerdded tuag adre. Cyn hir roedd yr haul ar fy nghefn, yn fy ngwthio tuag at Gymru. Dychmygais e'n disgleirio ar wyneb Mam. Byddai Mam yn ysu i glywed yr hanes am Fryste. Mae hi'n hoffi stori dda. Ond roedd y stori dda wedi methu. Ro'n i wedi achub tywysog, ac wedi'i golli.

Ro'n i'n brysur yn gwau stori fach arall i Mam, stori ddiniwed am fynachod a rhisgl a bachgen â llwyth o grwyn, pan dorrodd sŵn ar fy nhraws. Yn rhywle roedd 'na geffyl yn symud yn anniddig a'i garnau'n taro yn erbyn pren.

Sefais yn llonydd a gwylio pelydrau'r haul yn cripian i lawr yr afon tuag at long fach, fach oedd yn gorwedd yn dynn wrth y lan. Roedd cysgod mawr gwelw yn symud ar fwrdd y llong, a hyd yn oed cyn i'r haul daro'r seren wen, ro'n i'n gwybod pwy oedd e.

'Nudd!' ebychais.

'Ifor!' atebodd llais syn.

Ro'n i'n rhedeg erbyn hynny, heb boeni dim am y morwyr dierth yn cwyno a rhegi uwch fy mhen. Heb boeni dim am y mwd chwaith. Llithrais yr ychydig gamau olaf a tharo'n erbyn y llong. Cydiodd dau bâr o ddwylo cryf yn fy mreichiau a'm llusgo dros yr ochr.

Glaniais yn bendramwnwgl ar lawr a gweld dau fynach serchog yn gwenu arna i.

'Ifor bach!' meddai Ioan a'i wên yn lledu. 'Dwi mor falch i dy weld di. Buon ni'n poeni amdanat ti.'

'Glywest ti fi'n galw?' gofynnodd Brynach yn eiddgar. 'Roedd Nudd yn crwydro ar ei ben ei hun ar y gors, doedd dim sôn amdanat ti a Taran, felly fe fues i'n galw dy enw. If ... Be sy'n bod?'

Ro'n i wedi neidio ar fy nhraed. Brynach oedd wedi fy neffro ganol nos. Ble oedd Llywelyn? Ble oedd fy nhywysog? Edrychais o un pen y llong i'r llall. Doedd dim sachau o risgl. Dim Morus. Dim Llywelyn. Dim ond Nudd y ceffyl, a dau fynach yn syllu arna i.

Siglodd y llong yn wyllt wrth i fi ruthro i bwyso dros ei hymyl. Doedd neb ar y gors. Ble oedd Llywelyn?

Neidiais wrth i Ioan roi'i law ar fy ysgwydd.

'Be sy'n bod, Ifor bach?' gofynnodd yr hen fynach. 'Rwyt ti'n edrych yn ofidus. Be sy'n bod?'

'Collais i Morus,' mwmianais drwy fy nannedd. 'O achos yr helynt. Wn i ddim ble mae e.'

'Morus?' Ciledrychodd y mynachod ar ei gilydd.

'Be sy?' gofynnais yn daer. 'Pam y'ch chi'n edrych fel'na?'

'Clywson ni leisiau,' meddai Ioan.

'Roedden ni'n cysgu,' meddai Brynach, 'ond deffrodd y lleisiau ni. Roedd un ohonyn nhw'n debyg iawn i lais Morus, ac roedd e'n mynd ar fwrdd y llong o'n blaen.'

'Llong?' Sbeciais dros ei ysgwydd. Ger tro'r afon roedd llong fach debyg i'n llong ni, yn gorwedd wrth angor. 'Honna?' gofynnais.

'Na,' meddai Brynach. 'Mae'r llong wedi hwylio.'

'I Wynedd?'

'I Wasgwyn.'

'Gwasgwyn?' llefais.

Dychrynodd Brynach. 'Un o longau Gwasgwyn oedd hi, ontefe, Ioan?' meddai'n frysiog.

'Ie.'

Cydiais yn ochr y llong a gwasgu'n dynn. 'Pryd hwyliodd y llong?'

'Ychydig cyn codiad yr haul.'

Roedd yr haul yn cripian i lawr toeau Bryste. Yn y castell byddai Edmwnd Grwca o'i go' am fod Llywelyn wedi dianc, ac yn cynllunio i ddial o'r newydd ar Gymru. Yn y castell byddai Luc, ar ôl noson ddigwsg, yn ysu am ddial ar bwy bynnag ymosododd ar Toma. Os oedd Llywelyn yn hwylio i Wasgwyn, byddai'n fwy diogel fan'ny dros dro. Gallai ddysgu sut i ymladd yr Aragoniaid. Gallai ddod yn ôl yn filwr.

Ond roedd fy nhywysog am fynd i Wynedd.

Estynnais fy llaw'n sydyn at Nudd. Trodd y ceffyl ei ben i ffwrdd. Closiais ato.

'Sh! Sh!' meddai Brynach, a rhwbio boch yr anifail. 'Ifor yw dy ffrind, cofia.'

'Dwi am fynd ag e,' dwedais.

'Mynd ag e?' Ffromodd Brynach.

'Dwi'n mynd i farchogaeth adre.'

'Galli di hwylio i Gymru gyda ni,' meddai Ioan.

'Bydda i'n gallu marchogaeth yn gynt.'

'Alli di ddim!' wfftiodd Brynach yn chwyrn. 'Dwyt ti ddim yn gwybod sut i farchogaeth yn iawn. Fe wnei di ddrwg i ti a'r ceffyl.'

'Wna i ddim!'

Camodd Ioan rhyngddon ni. 'Be sy'n dy boeni di, 'machgen i?' meddai. 'Be sy'n dy boeni go iawn?'

Gwasgais fy nyrnau a gwrthod edrych i'w wyneb.

'Dwi am fynd at y llong,' dwedais.

'Y llong i Wasgwyn?' ebychodd Brynach.

'Os a' i'n gyflym...'

'Alli di ddim mynd yn gyflym!'

'Os a' i...'

'Be wnei di yng Ngwasgwyn?' meddai Ioan.

Be wnâi Llywelyn? Gwasgais fy nyrnau'n dynnach fyth. Ro'n i'n mynd i roi naid. Ro'n i'n mynd i hyrddio Brynach i'r naill ochr. Ro'n i'n mynd i lusgo Nudd i'r lan. Ond roedd Ioan yn gynt na fi. Er ei fod yn hen, roedd e'n gryf. Roedd e wedi gafael yndda i cyn i fi symud gewyn.

Gwingais, ond allwn i ddim ymladd yn ei erbyn. Ffrind oedd e wedi'r cyfan.

'Os yw Morus wedi mynd, mae e wedi mynd,' meddai. 'Ac os yw e eisiau i ti fynd i Wasgwyn, fe ddaw e i dy nôl. Un penderfynol iawn yw e, ddwedwn i. Tan hynny, aros.'

'Dim ots gen i am Morus,' sibrydais drwy fy nannedd. 'Ond mae rhywun arall ar fwrdd y llong. Rhywun sy ddim eisiau mynd i Wasgwyn. A dwi wedi addo ei helpu.'

'Pwy?'

Oedais. Dim ond am eiliad. Os o'n i am helpu'r tywysog, doedd gen i ddim dewis ond dweud.

'Llywelyn.

'Llywelyn?

'Llywelyn ap Dafydd.'

Ebychodd Brynach a gwneud arwydd y groes. Syllodd e ac Ioan arna i a'u llygaid fel lleuadau llawn.

'Mae Llywelyn ap Dafydd wedi marw!' sibrydodd Brynach. 'Mae...'

'Sh.' Dododd Ioan ei law ar ei fraich.

'Mae Llywelyn ap Dafydd wedi dianc o Gastell Bryste,' atebais innau. 'Roedd e gyda fi ar y gors. Roedd e eisiau mynd adre i Wynedd, ond nawr...'

'Mae Morus wedi'i gipio?' meddai Ioan.

'Ydy.'

'Ac rwyt ti'n meddwl y galli di garlamu ar hyd glan yr afon a'i achub?'

Nodiais.

'Na!' chwyrnodd Brynach.

'Bydd y llong wedi hen fynd o'r golwg,' meddai Ioan.

Roedd Brynach yn gafael yn awenau'r ceffyl. Cydiais ynddyn nhw.

'Nid dy geffyl di yw e,' dwedais yn gadarn wrth y mynach bach. 'Does gen ti ddim hawl i'w ddwyn oddi arna i.'

'Dwyn?' Gwylltiodd. 'Dwi ddim yn dwyn.'

'Rwyt ti yn dwyn. Wna i ddim carlamu, dwi'n addo, ond...' Taflais gipolwg dros fy ysgwydd. Roedd Bryste'n rhy agos o lawer, ac yn deffro gyda'r haul. 'Ond mae'n rhaid i fi fynd.' Er mwyn y mynachod, roedd yn rhaid i fi fynd. Pe bai'r Normaniaid yn fy narganfod ar eu llong, bydden nhw'n dioddef llawn cymaint â fi. Taflais gipolwg arall a gweld cysgodion y gwylwyr yn llifo fel rhaeadrau i lawr y waliau.

Gwelodd Ioan nhw hefyd.

'Brynach!' cyfarthodd. 'Cwyd yr angor, Brynach!'

Gwgodd Brynach arna i a gwrthod symud cam.

'Brynach!'

'Paid ti mynd â'r ceffyl!' sibrydodd Brynach wrtha i, a gollwng yr awenau. 'Paid ti! Os gwnei di, fe...'

'Wnaiff e ddim!' meddai Ioan.

Rhuthrodd Brynach heibio i fi. Cleciodd yr angor ar lawr, tasgodd mwd dros y lle, a siglodd y llong yn wyllt wrth i Brynach neidio i ailafael yn Nudd.

'Nawr cydia mewn rhwyf,' meddai Ioan wrtha i.

'Gad i fi fynd,' sgyrnygais. 'Nid dy fusnes di a Brynach yw hyn.'

'Na?' atebodd. 'Pwy aeth â ti i Fryste yn y lle cyntaf? Ro'n i'n amau bod rhywbeth o'i le. Cydia yn y rhwyf! Os na wnei di, fe darwn ni'n erbyn y llong gyferbyn.'

Heb i fi sylwi, roedd ein llong yn symud, a'r llif yn ei sgubo tuag at y lan bella. Yno gorweddai llong fawr, ei hwyl yn hongian yn gam, a dyn yn dringo fel gwiwer i fyny'r hwylbren. Cydiais mewn rhwyf ar ras a gwthio'r llong tua'r dde, cyn iddi daro'r llong fawr a thaflu'r dyngwiwer i'r llawr.

'Dal ati!' gwaeddodd Ioan gan godi'r rhwyf arall.

Yna doedd dim amdani ond ymladd yn erbyn y llif. Roedd yr afon yn ein taflu ffordd hyn a ffordd draw, a phob ochr i ni roedd llongau, rhai'n anelu am Fryste, rhai'n anelu am y môr. Symudai'n llong fach yn igam-ogam rhyngddyn nhw, gydag Ioan a finnau'n rhwyfo am yn ail, chwith, dde i osgoi eu taro. Y tu ôl i ni roedd Brynach yn gafael yn dynn yn Nudd, yn canu yn ei glust, a'i lais yn sboncio fel yr afon. Gwaeddai morwyr arnon ni o fyrddau'r llongau, a chwyrnu a bygwth wrth i ni wau rhyngddyn nhw.

'Normaniaid!'

Roedd Brynach wedi gweiddi deirgwaith cyn i ni ei glywed. Roedden ni wedi cyrraedd y man lle'r oedd creigiau bob ochr i'r afon. Edrychais dros fy ysgwydd a gweld rhes o farchogion yn carlamu o gyfeiriad Bryste, a'r haul yn neidio ar eu harfwisg. Gollyngais y rhwyf.

'Paid!' gwaeddodd Ioan.

'Gall Brynach rwyfo,' dwedais.

Ro'n i am neidio i'r dŵr, a dianc cyn i'r Normaniaid fy ngweld.

Ond 'Rhwyfa!' rhuodd Ioan.

Syrthiais yn ei erbyn.

'Rhwyfa!' rhuodd, wrth i drwyn y llong anelu tuag at y lan. 'Rhwyfa, neu fe fyddwn hi'n taro'r lan yn ymyl y marchogion. Rhwyfa!'

Ailgydiais yn y rhwyf a gwthio tua'r chwith. Cyn i ni gyrraedd canol yr afon, carlamodd y ceffyl cyntaf heibio a'i farchog yn gorwedd â'i drwyn yn y mwng. Carlamodd y lleill ar ei ôl, heb arafu dim, a'u sŵn yn atseinio rhwng y creigiau.

Ac yna tawelodd y carnau, tawelodd yr afon, a gwenodd Ioan arna i a phwyso ar ei rwyf.

'Ti'n gweld,' meddai. 'Doedd dim rhaid i ti boeni.'

'Dim rhaid i ti boeni,' meddai Brynach wrth Nudd oedd yn crynu mewn dychryn.

Ond wrth i ni ddianc rhag cysgodion y creigiau, bloeddiodd y ddau forwr ar y llong o'n blaenau a chodi ar eu traed. Cododd Ioan. Codais innau a gweld rhywbeth yn wincian.

Ymhellach i lawr yr afon, roedd llong fawr â baner goch a gwyn yn cyhwfan o'i hwylbren. O dan y faner roedd hwyl foliog â thwll ynddi. Winciai'r twll fel llygad fawr wen.

Gwaeddodd Brynach yn syn. Roedd llygad arall wedi ymddangos yn ymyl y gyntaf.

'Saethau,' sibrydodd Ioan, gan wneud arwydd y groes.

Roedd rhywrai'n saethu at yr hwyl. Y Normaniaid! Rhuthrais i ochr arall ein llong ni. Bron iawn i fi golli fy rhwyf. Bron iawn i fi ddymchwel y llong.

'Ifor!' dwrdiodd Brynach.

Gweryrodd Nudd mewn braw.

Cydiodd Ioan fy mraich, wrth i fi bwyso dros yr ymyl ac edrych i lawr yr afon.

Roedd y Normaniaid wedi sefyll yn rhes yn ymyl y llong a'u harweinydd yn gweiddi ar y morwyr ar ei bwrdd.

'Llong Gwasgwyn yw hi, ontefe?' sibrydais.

'Ie.'

'Yr un â Llywelyn ar ei bwrdd?'

'Ie.'

'Be mae'r dyn yn ddweud?'

'Mae e'n mynnu bod y morwyr yn trosglwyddo Llywelyn i'w gofal.'

'Fe laddan nhw e!' llefais.

'Pam nad yw llong Gwasgwyn yn hwylio yn ei blaen,' meddai Brynach yn daer. 'Gallen nhw ddianc! A!' Daliodd ei wynt.

Roedd rhywun wedi camu ar ddec uchaf llong Gwasgwyn fel y Brenin Edward ar dŵr Castell Strigoil gynt. Morus oedd e.

'Maurice!' rhuodd y Norman.

Estynnodd Morus ei freichiau, fel petai'n gwahodd pob un o'r marchogion ar fwrdd y llong. Edrychai fel dewin. Ar y dec isaf safai morwyr Gwasgwyn yn rhes, yn wynebu'r lan.

Ble oedd Llywelyn?

Ro'n i edrych amdano, pan drawon ni'r llong o'n blaen. Trodd y morwyr ar ei bwrdd a chwerthin, ond diflannodd y chwerthin pan welson nhw Nudd yn pystylad a strancio. Roedd y glec yn ormod i Nudd druan. Er i Brynach wneud ei orau i'w gysuro, roedd ei lygaid yn fawr a'i ffroenau ar led. Gwaeddodd y morwyr yn llon mewn iaith oedd yn swnio'n debyg i Gymraeg. Wedyn codon nhw eu rhwyfau a dangos eu bod am symud o'n ffordd er mwyn i'r ceffyl gael hwylio ymhell o'r sŵn.

Roedd llong fach arall yn cripian i lawr yr afon, heibio i long Gwasgwyn, a'r Normaniaid yn gadael iddi. Gallen ninnau gripian heibio. Gallen ni fynd adre'n ddiogel.

'Ifor!' meddai llais yn fy nghlust.

Dim ond dychymyg oedd e. Fyddai Llywelyn erioed wedi mentro gweiddi arna i. Os oedd e am ddianc yn fyw, ei unig obaith oedd gadael i Morus dwyllo'r Normaniaid.

Ond clywais y llais eto, fel pigyn yn fy ngwaed.

Ac yna clywais lais go iawn. Llais Ioan yn cyffroi. Roedd rhywun yn dringo dros ochr bella llong Gwasgwyn.

Llywelyn!

Disgynnodd y tywysog yn sydyn nes oedd ei draed bron â chyffwrdd â'r dŵr. Roedd e'n cydio mewn rhaff fer. Dringodd i fyny ryw fymryn, a throi'i wyneb tuag ata i. Roedden ni tua phum hyd llong i ffwrdd. Oedd e'n fy nabod i? Codais fy llaw at fy moch. Feiddiwn i wneud dim mwy.

Yn fy ymyl roedd gwefusau Ioan yn symud. Dechreuodd Brynach barablu gweddi. Dim ond gweddïau allai helpu'r tywysog. Os âi'r Normaniaid ar fwrdd y llong, fydden nhw fawr o dro yn dod o hyd iddo.

Ifor! Ro'n i'n dal i glywed y llais yn fy nghlust, er bod gwefusau'r tywysog wedi'u gwasgu'n dynn.

'Dwi'n dod!' sibrydais dan fy anadl, wrth i'r llif ein cario'n nes ac yn nes. Rywsut ro'n i'n mynd i'w achub.

Ond plyciodd ein llong yn sydyn a rhoi naid tuag yn ôl. Ioan oedd wedi gwthio'i rwyf i'r dŵr. Roedd e'n arafu'r llong, yn ceisio'i chadw'n llonydd.

'Ioan!' llefais. 'Ioan! Ioan! Be wyt ti'n wneud? Wyt ti'n mynd i fradychu Tywysog Cymru i'r Normaniaid?'

'Byth!' meddai Ioan yn chwyrn. 'Byth! Ond dwi'n meddwl bod Morus wedi'u twyllo nhw.'

Roedd Morus yn siarad yn dawel a rhesymol, a'r marchogion wedi troi i edrych dros y gors, fel petaen nhw'n disgwyl gweld Llywelyn fan'ny. Ond yna ysgydwodd eu harweinydd ei ben. Bloeddiodd yn chwyrn, ac ar ddec llong Gwasgwyn, plygodd un o'r morwyr i chwilio am rywbeth ar y llawr. Pan gododd, roedd rhaff hir yn ei law.

'Ioan!' llefais, wrth i un pen o'r rhaff hedfan tua'r lan. 'Mae'r Normaniaid yn mynd i ddringo i'r llong!'

Cyn i'r rhaff ddisgyn i'w dwylo, roedd Ioan wedi codi'i rwyf. Symudais innau'n gynt. Arhosais i ddim am Ioan. Mewn chwinciad roedd blaen fy rhwyf yn y dŵr. Neidiodd ein llong yn wyllt, ac o'r tu ôl i fi daeth clec erchyll a bloedd. Yr eiliad nesa roedd ochr dde'r llong wedi codi'n grwn o'r dŵr. Syrthiodd Ioan yn fy erbyn, llifodd ton o ddŵr dros fy wyneb, ond pan o'n i ar fin rholio i'r lli, syrthiodd y llong yn ôl ar yr afon. Tasgodd rhagor o ddŵr, ysgydwyd y llong, a phan agorais fy llygaid, roedd Nudd yng nghanol yr afon, yn nofio'n wyllt am y lan.

'Nudd!' gwaeddodd Brynach.

'Sa'n llonydd!' rhuodd Ioan.

Ar y lan roedd ceffylau'r Normaniaid yn pystylad yn anghysurus wrth weld y dŵr yn tasgu, a'r ceffyl llwydwyn yn rhuthro amdanyn nhw. Crafodd carnau

Nudd yn erbyn y lan. Llithrodd yn ôl a tharo yn erbyn llong Gwasgwyn. Siglodd y llong a, phan edrychais i am Llywelyn, roedd e wedi diflannu i'r dŵr.

'Rhwyfa!' meddai Ioan. 'Rhwyfa gyda fi! Nawr!'

Er bod fy mreichiau'n crynu, arhosais i Ioan godi'i rwyf.

'Un, dau!'

Plymiodd ein rhwyfau ar yr un pryd. Gwibiodd ein llong yn ei blaen.

'Nudd!'

Roedd Brynach yn dringo dros yr ymyl. Roedd e am ddilyn y ceffyl, ond 'Y tywysog, Brynach! Y tywysog!' ymbiliodd Ioan, a disgynnodd Brynach yn ei ôl.

Ar y lan roedd y Normaniaid yn gweiddi ar draws ei gilydd, eu ceffylau'n strancio, ond chlywais i ddim gair. Roedd fy nghalon bron â byrstio. Ro'n i'n chwilio am Llywelyn.

'Fan'na!' meddai Ioan.

Roedd e tua dwy hyd braich o long Gwasgwyn, ei wyneb fel deilen ar y lli.

'Gofal!' meddai Ioan, wrth i fi forthwylio'r dŵr.

Ces hergwd yn fy nghefn, a hergwd arall. Brynach oedd yn fy ngwthio o'r ffordd.

'Gad i fi rwyfo,' meddai. 'Cer di.'

Gollyngais y rhwyf ac anelu am ben blaen y llong a

Llywelyn. Cododd cysgod llong Gwasgwyn uwch ein pennau. Roedd llygaid y tywysog yn agored, ei ddwylo'n crafu'r dŵr. Arafodd y rhwyfo a suodd ein llong ni rhyngddo a'r llong fawr. Estynnais am y tywysog a methu.

'Ara' deg,' rhybuddiodd Brynach.

Roedd llong Gwasgwyn yn ysgwyd a llais Morus yn taranu. Cododd y tywysog ei law. Agorodd ei geg. 'I—.' Llifodd y dŵr drosto a diflannodd. Neidiais i'r afon. Nofiais o dan y tywysog, cydio ynddo a gwthio'i ben o'r dŵr. Roedd Brynach yn estyn ei rwyf ata i. Lapiais un fraich amdani a dal Llywelyn â'r fraich arall. Roedd Llywelyn yn pesychu a gwingo. Gwasgais e'n dynn a chwyrnu yn ei glust.

'Bydd dawel! Bydd dawel!'

'If...'

'Bydd dawel!'

Roedd yr awyr yn las uwchben. Roedd cysgod llong Gwasgwyn wedi diflannu. Roedd yr haul yn ddigon cryf i losgi ein llygaid, a'n llong ni'n symud yn ara' bach wysg ei hochr fel cranc tuag at y lan bella, a finnau'n dal i afael yn Llywelyn a'r rhwyf.

34.

Gollyngais y rhwyf pan grafodd hi wely'r afon. Roedd y tywysog yn tagu ac yn gwingo. Arhosais i'r llong gyffwrdd â'r lan a'i ollwng ar ei gefn ar y mwd.

'Peidiwch â symud!' erfyniodd Ioan.

Crynodd Llywelyn a daeth sŵn gwag o'i wddw. Tynnodd anadl wichlyd. Ac un arall.

'Gorweddwch yn llonydd!' meddai Ioan, a neidiodd y llong wrth i'r ddau fynach daflu eu hunain ar lawr.

Chwibanodd saeth yn isel dros ein pennau. Trawodd garreg a sboncio'n ôl â'i phlu'n crynu. Trawodd saeth arall y llawr yn nes aton ni.

Oedd y gelyn yn dod amdanon ni? Os oedden nhw, doedd 'na unman i redeg. Roedd cors yr ochr hon o'r afon, 'run fath â'r ochr draw. Pe baen ni'n rhedeg, fe saethen nhw ni'n farw.

'Ioan!' gwichiais. 'Be sy'n digwydd?'

Atebodd Ioan ddim. Roedd arweinydd y Normaniaid yn gweiddi, a'i lais yn trywanu'r awyr, mor finiog â saeth.

'Ioan...'

Cyffyrddodd Llywelyn â fy mraich.

'Galw enwau ar y mynachod mae o,' meddai'r tywysog yn fain.

'Be?'

'Eu galw'n ffyliaid a chŵn am fethu cadw rheolaeth ar eu ceffyl, a dychryn ei geffylau o.'

'Beth amdanat ti? Wnaeth e sôn amdanat ti?'

'Na. Dim ond galw enwau.'

'Fa ton sia,' mwmianais, a gweld Llywelyn yn gwenu.

Roedd y Normaniaid yn saethu i ddychryn y mynachod. Doedden nhw ddim wedi'n gweld ni'n dau'n swatio'n dynn wrth y llong fel dwy gragen fôr. Pe baen ni'n gregyn môr go iawn, fe allen lynu wrth y pren a chael ein cludo o olwg y gelyn. Ac o olwg Morus. Roedd Morus yn siarad eto. Siarad iaith y Normaniaid oedd e, ond roedd fel petai'n siarad â fi, y geiriau'n hedfan dros yr afon ac yn disgyn fel cerrig mân. Roedd Morus yn gwybod yn iawn ble oedden ni.

'Roedd o'n mynd i 'nghipio i Wasgwyn,' sibrydodd Llywelyn. 'A' i ddim i Wasgwyn. Ymladdodd rhai o'u dynion yn erbyn fy nhad. A' i ddim i Wasgwyn. Dwi'n mynd adre i Wynedd i...'

'Ifor!' Torrodd llais taer ar ei draws. Roedd Ioan yn pwyso dros ymyl y cwch. 'Dwi'n mynd i ddringo drostoch chi,' sibrydodd.

'Fe saethan nhw di!'

'Na. Mae'r Normaniaid wedi anghofio amdanon ni nawr. Maen nhw'n paratoi i fynd ar fwrdd y llong i chwilio am Llywelyn. Os ydyn ni am ddianc, dyma'r amser.' Camodd yn drafferthus drosta i. Crafodd ei esgid fy nghoes. Gwingais heb ddweud gair.

Cyn gynted ag y cafodd e'i draed oddi tano, trodd Ioan i wynebu'r llong a gafael yn ei hymyl.

'Dwi'n mynd i wthio'r llong yn ôl i'r lli,' meddai heb symud ei wefusau. 'Dwi am i chi fod yn barod i godi a gwthio gyda fi.'

'Codi?'

'Roedd tri ohonon ni ar y llong, ac os troian nhw'u pennau, fe welan nhw dri yn gwthio,' mwmianodd Ioan. 'Byddwch yn barod.'

Cododd Llywelyn yn ei gwrcwd. Codais innau. Swation ni bob ochr i Ioan, gan bwyso'n talcennau ar bren y cwch.

Symudodd y pren a llifodd ton o ddŵr dros ein traed. Yr ochr draw i'r afon roedd llong Gwasgwyn yn ysgwyd, a'r Normaniaid ar y lan yn gweiddi a thuchan.

'Nawr!' meddai Ioan. 'Codwch, gwthiwch a dringwch ar eich union i'r llong.'

Un hwb caled ac roedd y llong yn nofio oddi wrthon ni, a Llywelyn yn rhoi naid ar ei bwrdd. Disgynnodd ar ben Brynach oedd yn swatio o'r golwg ar y llawr.

Dringais innau ar ei ôl, heb edrych i gyfeiriad llong Gwasgwyn. Trawodd Ioan ei ben-glin wrth ddringo dros yr ochr, ond eisteddodd yn fy ymyl a chodi'i rwyf. Codais innau fy rhwyf i.

'Un, dau,' meddai Ioan, a dechreuon ni rwyfo am y gorau.

Roedd Llywelyn yn eistedd wrth fy nhraed a'i wyneb tua'r môr. Wnaeth e ddim edrych yn ôl unwaith, ond fe wnes i. Cyn i ni fynd o olwg llong Gwasgwyn, cipedrychais dros fy ysgwydd. Ar y dec uchaf safai ffigwr tywyll a'i gysgod yn ymestyn ar hyd yr afon. Roedd yr haul yn fy llygaid, a welwn i mo wyneb Morus, ond roedd e'n gallu gweld fy wyneb i.

Trois fy nghefn arno a rhwyfo'n galetach.

35.

Ar ôl mynd heibio'r tro, cododd Brynach ar ei draed.

'Dwi'n mynd i chwilio am Nudd,' meddai.

'Allwn ni ddim aros amdanat ti, fachgen,' meddai Ioan.

'Does dim eisiau i chi aros,' meddai'r mynach bach yn benderfynol. Cydiodd yn yr hwylbren a throi i edrych yn ôl dros y gors.

'Weli di o?' gofynnodd Llywelyn.

'Ydw. Dwi'n gallu'i weld e! Dwi'n gallu'i weld e!'

Dechreuon ni rwyfo tua'r lan, ond allai Brynach ddim aros. Neidiodd i'r afon, diflannu i'r dŵr dros ei ganol, a stryffaglu tua'r tir.

'Duw fo gyda thi,' galwodd Ioan.

'A gyda chithau,' galwodd Brynach, gan ysgwyd y dŵr o'i sandalau a rhedeg.

Cododd Llywelyn ar ei draed a meddyliais am foment ei fod am ddilyn Brynach, ond roedd coesau'r tywysog yn simsan. Roedden ni'n symud yn chwim eto, y gwynt yn ein helpu a'r hwyl yn llawn. Cydiodd Llywelyn yn yr hwylbren, a throi i wylio'r mynach bach.

'Be ddigwyddith iddo?' gofynnodd i Ioan.

'Fe ddaw e'n ôl.'

'A'r ceffyl?'

'Fe ddaw â hwnnw'n ôl hefyd, os gall e.'

'I'ch mynachdy?' meddai Llywelyn.

'Ie. I Dyndyrn.'

'A phan ddaw o, mi fedra i ei farchogaeth adre i Wynedd at fy nheulu?' meddai'r tywysog.

'Os mai dyna dy ddymuniad,' meddai Ioan.

Nodiodd y tywysog, ac aeth i sefyll ym mhen blaen y llong, yn yr union fan lle'r oedd Morus yn sefyll pan hwylion ni i fyny'r afon. O'i gymharu â Morus edrychai'n fain, yn fregus ac yn ifanc.

Syllai Ioan arno'n drist.

'Be sy?' gofynnais.

'Mae Gwynedd yn bell i ffwrdd,' sibrydodd yr hen fynach.

'Ydy...'

'A'i gartref yn nwylo'r Brenin Edward.'

'Dim ond am y tro.'

'Bydd di'n ofalus, 'machgen i,' rhybuddiodd Ioan.

Gwenais. Doedd Ioan ddim yn deall. Roedd e'n meddwl mai breuddwydiwr oedd Llywelyn.

Ond roedd gan Llywelyn ap Dafydd wreichion y sêr yn ei waed.

Roedd ein llong yn hedfan erbyn hyn, a'n rhwyfau bron yn segur. Roedden ni'n hedfan mor gyflym, cwympodd Llywelyn ar ei eistedd. Sbonciodd yn ôl ar ei draed ar ei union, a chwerthin nes cyffroi'r gwylanod. Cydiodd yn dynn yn ochr y llong a gwylio'r glannau'n cilio oddi wrthon ni.

Roedd y môr o'n blaenau ac arogl halen ar y gwynt.

'Cymru!' chwarddodd. 'Cymru!' wrth i'r afon agor ei cheg a'n poeri i'r tonnau.

'Rhwyfa!' galwodd Ioan. 'Rhwyfa!'

Rhwyfais.

Morthwyliais y môr â'm holl egni a dwyn fy nhywysog adre.

36.

Erbyn i Gastell Strigoil ddod i'r golwg, roedd fy mreichiau'n llosgi, a fy nwylo ar dân. Doedd Llywelyn ddim wedi cynnig rhwyfo, ond fyddwn i ddim wedi gadael iddo, beth bynnag. Roedd ei freichiau fel brwyn o'u cymharu â'm rhai i.

Roedd e'n dal i sefyll ym mhen blaen y llong, ei ben yn troi o un ochr i'r llall a'i geg yn hanner agored fel petai am lyncu pob darn o Gymru. Ond pan welodd e Strigoil, safodd yn stond.

'Am gastell enfawr!' meddai'n isel, gan wylio'r adeiladwyr ar y tŵr. 'Pwy sy'n ei godi o? Edward?'

'Na. Roedd y castell yma ymhell cyn dyddiau Edward,' dwedais, a'r geiriau'n crafu drwy fy nannedd wrth i fi dynnu'r rhwyf. 'Dim ond y tŵr sy'n newydd.'

'Ond mae Edward yn codi cestyll, yn tydy?' meddai Llywelyn. 'Mae'n codi rhai yng Ngwynedd. Mi glywais i'r Normaniaid yn brolio. Ydyn nhw mor fawr â hwn?'

Wyddwn i ddim. Edrychais ar Ioan. Roedd chwys yn rhedeg ar hyd wyneb yr hen fynach, ac yn sgleinio esgyrn ei fochau.

'Ydyn,' medai'n llafurus. 'Maen nhw'n fawr.'

'A!' bloeddiodd Llywelyn. 'Mae Edward yn ceisio troi creigiau Cymru yn ein herbyn. Mi falwn ni'r cyfan neu eu dwyn oddi arno.'

Cododd ei ddwrn a morthwylio'r awyr. Nawr roedd ei freichiau fel breichiau cawr, a'u cysgod yn malu seiliau Strigoil.

Erbyn i ni gyrraedd glanfa'r mynachod, fy mreichiau i oedd fel brwyn. Er siom i Llywelyn, doedd Brynach a Nudd ddim wedi cyrraedd yn ôl eto. Roedd e am garlamu i Wynedd ar ei union.

Allwn i ddim fod wedi carlamu. Ro'n i wedi blino'n lân. Pan roddodd Ioan ei law ar fy ysgwydd, bues i bron â chwympo dan y pwysau.

'Cer di adre,' meddai wrtha i.

'A Llywelyn?'

'Fe a' i ag e i Dyndyrn. Bydd e'n ddiogel rhag y Normaniaid am y tro.'

'A rhag Morus?'

'Rhag pawb.'

Ro'n i'n falch. Ro'n i wedi gweld y mwg yn codi o'n pentref ni, ac ro'n i'n hiraethu am fynd adre.

Es i ffarwelio dros dro â Llywelyn.

'Ifor!' meddai'r tywysog yn daer.

'Bydda i'n gwrando,' addewais. 'Pan fyddi di'n galw, bydda i'n barod.'

Chwarddodd yn falch, a phwnio fy mraich, gan adael patrwm ei ddwrn yn y mwd ar fy llawes.

Ddylwn i ddim bod wedi golchi'r patrwm i ffwrdd, ond mi wnes. Ers gorwedd ar lan yr Afon, ro'n i'n fwd o fy mhen i fy nhraed. Roedd fy nhiwnig yn galed ac yn rhwbio croen fy ngwddw. Ar ôl gadael Llywelyn ac Ioan, rhedais ar hyd y llwybr lle ro'n i wedi cwrdd â Morus ddau ddiwrnod yn gynt. Roedd arna i ofn ei weld eto, a wnes i ddim arafu o gwbl nes cyrraedd yn ôl at lannau'r Gwy. Rhedais yn syth i mewn i'r afon a gadael i'r dŵr fwytho'r briwiau ar fy nwylo ac ar fy ngwddw, a golchi'r holl fwd a drewdod i ffwrdd. Pan oedd fy nhiwnig yn lân, ysgydwais fel ci a throi am adre.

Ro'n i'n dal yn wlyb diferu pan gyrhaeddais ein pentref ni. Roedd Ronw'n gweithio yn y llain ŷd. Ro'n i'n ei glywed e'n clochdar o bell. Gyda lwc byddai Mam gyda fe. Sleifiais heibio cefnau'r tai. Roedd rhywrai'n siarad yn uchel a chyffrous. Gorau i gyd os oedd pawb yn hel straeon. Fyddai neb yn sylwi arna i.

Cripiais heibio i dalcen y tŷ, a thrwy'r drws ar wib.

Ar unwaith daeth sgrech, sŵn llestr yn disgyn, a breichiau Mam yn disgyn amdana i.

Gollyngodd fi yr un mor sydyn.

'Rwyt ti'n wlyb!'

'Ydw...'

'O Ifor! Gest ti dy luchio i'r afon?'

'Na...'

'Ond rwyt ti'n sopen wlyb?' Llusgodd fi i olwg yr haul, a syllu'n syn ar fy nhiwnig werdd.

'Roedd mwd ar fy nillad. Bues i'n 'molchi.'

''Molchi? O, Ifor!' llefodd a fy nghofleidio eto, er gwaetha'r dŵr. 'Ro'n i'n poeni amdanat ti, yn Gymro bach ym Mryste. O, Ifor! Mae'r Normaniaid wedi lladd Llywelyn ap Dafydd! Clywodd Iago Hen rywrai'n gweiddi ar y cei ben bore. Maen nhw wedi'i ladd ym Mryste. Ac ro'n i'n meddwl am dy dad...'

'Dwi'n iawn, Mam!' mynnais.

'Wyt, yn dwyt?' Gwasgodd ei llaw ar ei brest a thynnu anadl hir. Yna craffodd arna i o 'mhen i 'nhraed. Ar ôl craffu arna i eto o 'nhraed i'm pen, lledodd gwên fach grynedig dros ei hwyneb. 'Wyt! Rwyt ti'n iawn, ond fel pysgodyn! Eistedd. Tyn dy ddillad gwlyb.' Gwthiodd fi i lawr ar fainc a, chyn i fi allu protestio, cydiodd yn fy esgid dde a rhoi plwc.

Tasgodd y Brenin Edward i'r awyr. Llithrodd i lawr tiwnig Mam â'i geg yn llydan agored. Cipiodd Mam y geiniog cyn iddi ddisgyn i'r llawr ac edrychodd arna i'n falch.

'Hon gest ti'n dâl?' meddai. 'Fe wnest ti waith da, felly?'

'Do,' dwedais.

Estynnodd y geiniog yn ôl i fi, ond caeais ei llaw amdani.

37.

Mae Mam yn dal i sôn am y geiniog, yn enwedig pan fydd Ronw'n fy mhryfocio. Mae gaeaf cyfan wedi mynd heibio, ac mae fy mrawd yn methu'n lân deall pam dwi byth yn sôn rhyw lawer am Fryste. Yn ôl Ronw, bob tro mae e'n gofyn beth ddigwyddodd yn y ddinas, dwi'n codi fy ysgwyddau ac yn mwmian.

'Cest ti ofn y ddinas fawr, yn do?' meddai wrtha i un diwrnod yn y gwanwyn. 'Dyna pam dyw Morus ab Adda byth wedi dod yn ôl i ofyn am dy help. Nawr petai e wedi gofyn i fi...'

'Ronw,' meddai Mam. 'Fe gafodd e geiniog arian.'

'Hm,' meddai Ronw. 'Falle ffeindiodd e'r geiniog yn y gwter.'

Mae fy mrawd yn rhy graff o lawer weithiau.

Ond yn y pen draw dyw e'n gwybod dim. Mae'n wir na ddaeth Morus ab Adda byth yn ôl i ofyn am help, ond fe ddaeth Rhys ap Gwrgant.

Bore oer oedd hi. Ro'n i wedi breuddwydio bod rhywun yn galw. Dwi'n aml yn clywed gwaedd yn fy nghwsg ac weithiau, os ydw i'n deffro go iawn, dwi'n cripian o'r gwely a chlustfeinio. Fel arfer, dwi'n clywed dim.

Chlywais i ddim y tro hwn chwaith, ond pan es allan, roedd llinyn o olion traed yn y llwydrew o flaen tŷ ni. Dilynais yr olion â fy llygaid, dros y glaswellt tua'r coed lle mae'r nant fach. Yna, â 'ngwynt yn fy nwrn, es i'r tŷ i nôl fy sgidiau a'u dilyn go iawn.

Roedd e'n disgwyl amdana i wrth y pwll.

'Ifor ab Einion,' meddai'n dawel, wrth i fi nesáu.

'Morus,' atebais innau'n rhy gwta.

'Rhys,' meddai. 'Rhys ydw i.'

Codais fy ysgwyddau. Pwy bynnag oedd e, roedd e'n gwisgo tiwnig o frethyn garw ag ôl gwaith arni, tiwnig debyg iawn i fy nhiwnig i.

'Be wyt ti eisiau, Rhys?' gofynnais.

Yn lle ateb, gwenodd. 'Rwyt ti wedi tyfu'n ddyn, Ifor.'

'Dim diolch i ti.' Dwi wedi meddwl yn aml be fyddai wedi digwydd i fi yng Nghastell Bryste. Siawns na fyddwn i wedi byw'n hir.

Chwarddodd. Yna'n sydyn roedd tafod y ddraig yn gwibio tuag ata i a llaw'n gafael yn fy mraich.

'Ifor!' meddai'i lais taer yn fy nghlust. 'Dere gyda fi i Wasgwyn.'

Gwingais a gwneud fy ngorau i wthio 'mhenelin i'w fol, ond roedd e'n gafael yn rhy dynn.

'Dere gyda fi i Wasgwyn, Ifor. Rwyt ti'n ddewr. Rwyt

ti'n fentrus. Mae angen pobl fentrus ar Gymru. Fe gei di ddysgu sut i ymladd. Fe gasglwn ni fyddin.'

'Ni?'

'Ti a fi, Ifor. Yn ymladd dros Gymru.'

'Ond mae Llywelyn...'

'Llywelyn!' wfftiodd Rhys. 'Sdim sôn amdano ers iddo fynd yn ôl Wynedd. Fe fyddet ti'n well tywysog!'

'Na!' Tynnais yn rhydd.

Baglodd Rhys yn ôl tua'r pwll. Tasgodd dŵr dan ei draed, a phlygodd ei ben fel bustach, fel petai am ruthro amdana i. Sefais innau'n gadarn.

'Fe ddaw'n tywysog o'r Gogledd fel seren wib,' dwedais. 'Nid Gwasgwyniaid fydd yn ymladd wrth ei ochr, ond Cymry o bob cwr o'r wlad. Fe sgubwn ni'r gelyn o'u cestyll. Aros di.'

'Aros?' Gwenodd Rhys yn gam, a throi oddi wrtha i. 'Tan pryd?'

Allwn i ddim ateb. Dwi ddim yn ddewin.

Ond dwi'n Gymro, a dwi'n gwybod, yn hwyr neu'n hwyrach, y daw'r geiriau'n wir.

Wrth i fi fynd adre'r bore hwnnw, roedd cwmwl yn hofran uwchben Castell Strigoil. Tybed a welodd Rhys e hefyd?

Cwmwl coch fel tân, â phen tebyg i ddraig.

Nofelau eraill gan Siân Lewis

Straeon cyffrous wedi'u seilio ar ddigwyddiadau hanesyddol

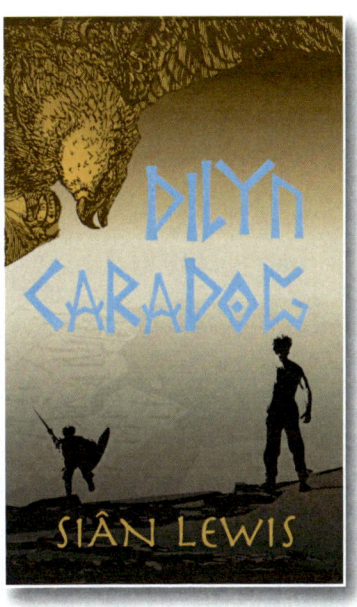

DILYN CARADOG
Siân Lewis

Hanes un llanc yn dilyn ei arwr Caradog o frwydr i frwydr nes cyrraedd Rhufain ei hun.

£5.99

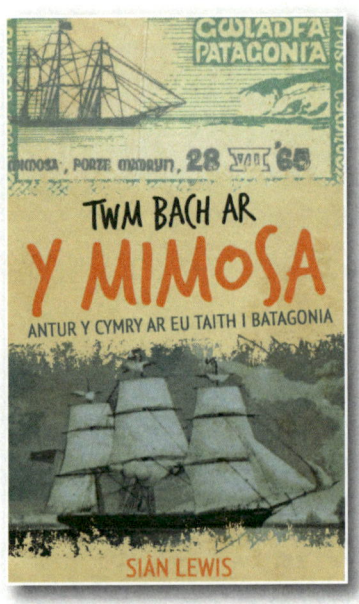

TWM BACH AR Y MIMOSA
Siân Lewis

Nofel am antur y Cymry ar eu taith i Batagonia yn 1865.

£5.99

Y CI A'R BRENIN HYWEL
Siân Lewis

Teithiwch yn ôl i oes Hywel Dda, sy'n cyhoeddi ei gyfreithiau ar gyfer Cymru. Mae Griff y ci mewn helynt. A fydd yn dianc heb gosb o lys y brenin?

£5.95